U0943261

澹軒文集校注

國家社科基金
GUOJIA SHEKE JIJIN HOUQI ZIZHU XIANGMU
後期資助項目

澹軒文集校注

（上）

馬慶洲 著

山東人民出版社

圖書在版編目（CIP）數據

澮軒文集校注（上下册）/馬慶洲著．—濟南：
山東人民出版社，2015.11
ISBN 978－7－209－08913－5

Ⅰ．①澮⋯ Ⅱ．①馬⋯ Ⅲ．①中國文學—古典
文學—作品綜合集—明代 ②《澮軒文集》—注釋
Ⅳ．①I214.82

中國版本圖書館 CIP 數據核字(2015)第 069350 號

特邀編輯　胡長青
責任編輯　王海濤

澮軒文集校注（上下册）
馬慶洲　著

主管部門　山東出版傳媒股份有限公司
出版發行　山東人民出版社
社　　址　濟南市勝利大街 39 號
郵　　編　250001
電　　話　總編室（0531）82098914
　　　　　市場部（0531）82098027
網　　址　http：//www. sd－book. com. cn
印　　裝　山東臨沂新華印刷物流集團有限公司
經　　銷　新華書店

規　　格　16 开（165mm×240mm）
印　　張　50.5
字　　數　550 千字
版　　次　2015 年 11 月第 1 版
印　　次　2015 年 11 月第 1 次
ISBN 978－7－209－08913－5
定　　價　68.00 元（上下）
如有印裝質量問題，請與出版社總編室聯繫調换。

謹以此書，向先祖澹軒公致敬，
並藉以紀念我遠去的雙親及業師董治安先生。
他們予我以生命，教我如何爲人、爲學……

先祖無美而稱之，是誣也；有善而弗知，不明也；知而弗傳，不仁也。此三者君子之所恥也。

——《禮記·祭統》

馬愉畫像（臨朐馬氏家族藏）

狀元祠外景（著者攝於二〇一二年十二月）

狀元林外景（著者攝於二〇〇七年二月）

此帙乃我
狀元祖文集稿也其文自經兩次
鐫板而原稿多散落不全愚所
藏者僅此數紙每珍惜之唯恐
失傳茲敬裝裱成帙以示後世
庶可壽先人之手澤於不朽也
十世孫 聲遠謹識

馬聲遠藏馬愉手札題記

臨朐進士遲鳳翔書『狀元基業』匾
（著者攝於二〇一三年十二月）

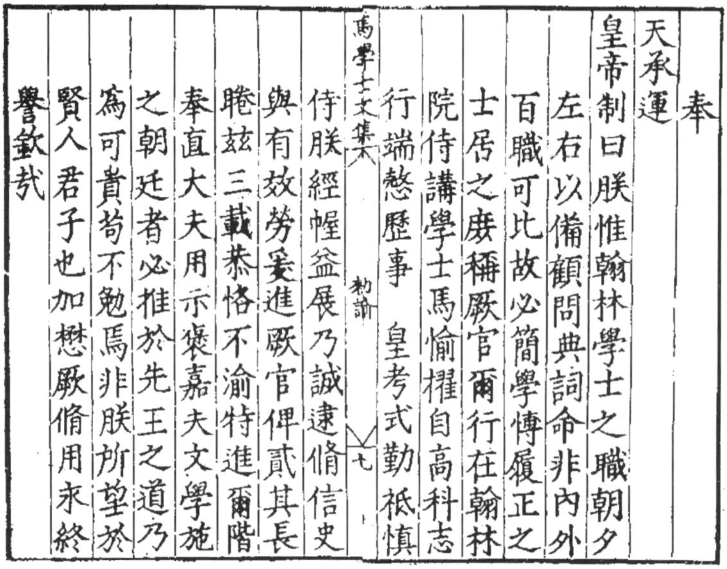

奉
天承運
皇帝制曰朕惟翰林學士之職朝夕
左右以備顧問典詞命非内外
百職可比故必簡學博履正之
士居之賡稱厥官爾行在翰林
院侍講學士馬愉擢自高科志
行端慤歷事 皇考式勤祗慎

馬學士文集六 勅諭 七

侍朕經幄益展乃誠逮脩信史
與有效勞爰進厥官俾貳其長
睠茲三載恭恪不渝特進爾階
奉直大夫用示褒嘉夫文學施
之朝廷者必推於先王之道乃
爲可貴苟不勉焉非朕所望於
賢人君子也加懋厥脩用永終
譽欽哉

嘉靖本《馬學士文集》書影

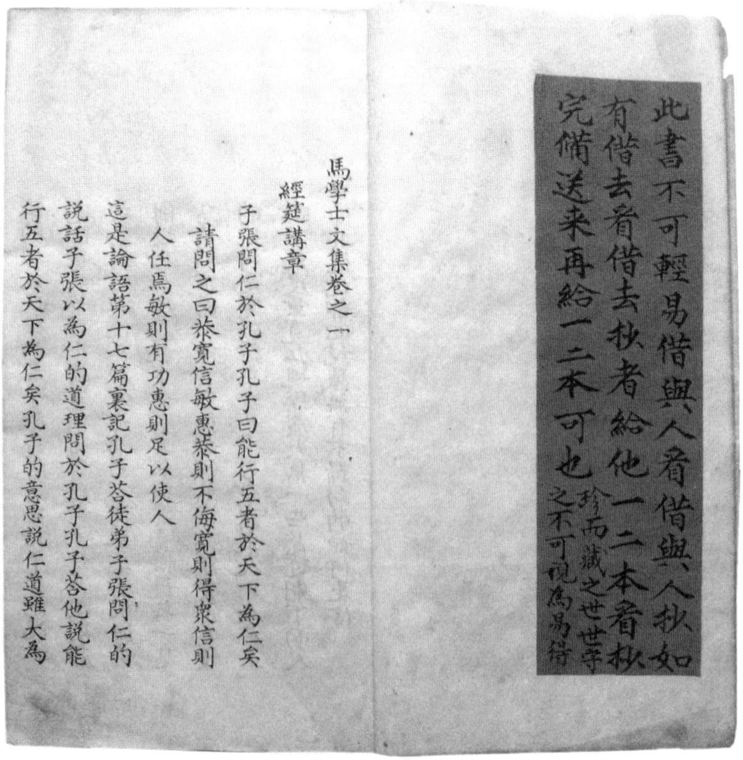

此書不可輕易借與人看借與人抄如
有借去看借去抄者給他一二本看抄
完備送来再給一二本可也 珍而藏之世世守之不可視爲易得

馬學士文集卷之一
經筵講章
子張問仁於孔子孔子曰能行五者於天下爲仁矣
請問之曰恭寛信敏惠恭則不侮寛則得衆信則
人任焉敏則有功惠則足以使人
這是論語第十七篇裏記孔子荅徒弟子張問仁的
説話子張以爲仁的道理問於孔子孔子荅他説能
行五者於天下爲仁矣孔子的意思説仁道雖大爲

道光八年臨朐馬瑞芝抄本書影

送黃尚書還南京
冢宰聲華重兩京胷中藻鑑十分明纔
看曳履朝
天闕又見旋車入鳳城江閣梅開詩思好
薇垣吏散漏聲清茲行未必常居此
當宁虛心待老成

馬愉手迹（之一）

送南京吳助教

幾年游宦重斯文，華秩重遷荷
寵恩。桂館清才人共羡，成均宿學士多尊。
官河雪霽迷長渚，驛路梅開暎遠
村。懸想金陵明到日，好懷高詠對芳樽。

馬愉手迹（之二）

國家急務莫先食用凡廩庾儲
蓄必自民以時供輸而後充實不
匱之其賦取之制著自往昔惟一於
至約不以厲民行於今餘七十載
鮮有弊者近歲爲大郡庶務日
殷額負常一不及於是督萃輸轉

馬愉手迹（之三）

靜誠陳先生挽詞　工部侍郎恭父也

初當草昧任沉浮晚際風雲慶會秋王道略

陳畀衆論嘉謨屢進協

神謀綜、辭黄閣絲綸命甘作青山杖屨游千

載高蹤人仰止重、

制墨煥林丘

馬愉手迹（之四）

前　言

《澹軒文集》八卷，馬愉撰。

馬愉（1395—1447），字性和，號澹軒，明山東青州府臨朐縣朱位里（今屬潍坊市臨朐縣東城街道）人。馬氏遠祖為東漢伏波將軍扶風（今陜西興平）馬援。馬援後代散居各地，愉之始遷祖名近，北宋末年為青州府學教授。任滿致仕，遂卜居臨朐。自近至愉之父士賢，六世為儒，多以教書為業，樂善好施，稱譽鄉里。

馬愉生於洪武二十八年（1395）九月，自幼聰慧異常，四歲便能讀書屬對。稍長，出語驚人，祖父喜曰：『兒他日當大吾門。』馬愉讀書極刻苦，入邑學後，備覽群籍，『力學至忘寢食，為文章敏贍，不務雕斫，而渾厚典雅，自不可及』（嘉靖《臨朐縣志》）。永樂十八年（1420），以禮經奪省魁。次年春，欲赴京參加會試，途中得病誤期。永樂二十二年（1424）甲辰科會試，因守繼母孝，又未成行。宣德二年（1427），馬愉終能進京趕考，赴會試，與殿試，一舉大魁天下，時年三十三歲。

中國古代的科舉制度至明朝而達於極盛，科舉取士，成為選拔官吏最主要的手段。由於歷史的原因，有明一代進士大多出自東南諸省，尤以南直隸、浙江、江西、福建四地為多，狀元亦復如此。明自洪武四年（1371）開科，前十五科皆南北士合試，南人數量佔絕對優勢，以至出現洪武三十年的南北榜之爭。宣宗即位後，採納楊士奇建議，開始實行南北分別取士，南取六十，北取四十（既而又分南、北、中卷，以百名為率，南取五十五，北取三十五，中取十）。宣德二年科考，為宣宗登位後首次開科，俗稱『龍飛榜』，朝廷上下，對此科寄予厚望，重視有加。宣德皇帝親出策問，并云：『自古制科以得人為盛，願得忠孝士足矣。』馬愉為明代開科以來第十七位狀元，也是時人公認的江北第一位狀元，史稱『國朝登科以來，南北並試，未有北人居首選者，有則自愉始也』（《内閣行實》卷十）。

馬愉廷試第一，即授翰林院修撰，宣宗還勉其努力進學，以備將來重用。宣德九年（1434）秋，宣宗特別挑選史官及庶吉士三十七人進學文淵閣，『以愉為首』（《明史·馬愉傳》）。正統元年（1436），經楊士奇舉薦，馬愉充任經筵講官。其『侍經筵，惟以帝王仁義之道為陳，進退從容，有古君子風』（《贈學士禮部尚書馬公愉神道碑銘》）。正統二年（1437），馬愉陞為侍讀學士。正統三年，與修《宣宗實録》成，陞侍講學士。正統五年（1440）二月，英宗下詔，命馬愉等以本官入内閣，參預機務（明代不設宰相一職，凡入閣者，即稱宰輔。時宰輔共五人，首輔為楊士奇，另四人為楊榮、楊溥、馬愉、曹鼐）。正統十年（1445），馬愉陞禮部右侍郎。是年，馬愉出任會試主考官，他秉公選才，得狀元商輅，『人服其識鑑』（《國朝列卿紀》卷二十）。商輅乃浙江淳安人，是明代僅有的一位連中三元者。

正統十二年（1447）九月初三，馬愉早起準備上朝，突發『中風』，倒地不能言語。英宗聞訊，急遣御醫診視，並每天賜藥。然終回天無力，越四日，九月乙未（初六），卒。享年五十有三。馬愉遽逝，英宗十分痛惜，嗟悼不已，特贈翰林院學士、資善大夫、禮部尚書。並循師保例賜賻萬緡，派禮部尚書胡濙致祭，後又賜謚號『襄敏』。史稱『賜官兼職自愉始』（《明史·馬愉傳》）。

據統計，明代共有狀元八十九人，史有傳者三十八人，由狀元而入閣辦事者十一人，狀元官學士者二十三人，狀元有謚號者二十人，狀元而有詩文别集傳世至今者四十七人。而這幾項，馬愉均在其列。從此一角度看，在明代整個狀元群中，馬愉也算得上是其中的翹楚，在北方，更無出其右者。

馬愉政治方面的成就，史家記載並不多，最為人稱道的，是其力主修預備糧倉、清理滯獄以及善處蕃使幾件事。質諸原因，主要有幾方面。其一，馬愉自進士及第即身居翰林院，而翰林學士的主要職責是『掌制誥、史冊、文翰之事，以考議制度、詳正文書，備天子顧問』（《明史·職官二》），不同於統馭一方的大員，其『政績』很難衡量。其二，馬愉入閣時間不長，資歷較淺，尚未能施展其才蘊，便英年早逝。其三，也是最主要的一點，是當時宦官專權的現實，使其無法施展才能。馬愉等入閣是『三楊』防止東宫太監王振專權的舉措之一，其時『三楊』逐漸老去，王振依恃英宗信賴，把持朝政，氣焰熏天，閣臣難有作為。

馬愉雖無耀眼政績，但自釋褐入朝，就身居清要之地，且終以狀元身份入閣，官至翰林院學士、禮部侍郎，以道德文章，贏得朝野尊重及後人景仰。檢視明代有關正史野乘，所見皆為褒獎之辭，這對身居廟堂之高者而言，洵屬不易。馬愉為明宣宗『龍飛』狀元、英宗老師，兩朝帝王對其恩禮有加。正統六年（1441）六月廿七日，英宗下詔云：『翰林院侍講學士馬愉，擢自高科，志行端慤，歷事皇考，式勤祗慎。侍朕經幄，益展乃誠。逮修信史，與有效勞。』杜寧為馬愉同榜榜眼，其所撰《贈翰林學士資善大夫禮部尚書馬公行狀》稱：『公為人端重簡默，和厚謙慎，喜愠不見，人莫窺其際。與人無貴賤少長言，如恐傷之。尤樂道人善，未嘗及人之過。』馬愉同鄉、後輩馮惟健對其備加推崇：『澹軒公未論其爵位通顯，其行履醇潔，蓋先哲之望也。予嘗登其堂，訪其遺跡，見其所為書，雖草稿皆小楷。又讀其詩文志傳焉，慨然想見前輩典刑。與其孫游，皆蹈詩好學，未嘗不歎其流風也。』（嘉靖《臨朐縣志》卷三）《明史》本傳稱論馬愉『以文學受知兩朝，端重簡默，門無私謁，論事務寬厚』，蓋棺之論充溢着崇尚之情。廖道南由是而感慨道：『予觀《山東志》，謂愉淳雅寬厚，行義可式。及讀國史，則又云「端重簡默，自處澹如，門無私謁」。於乎！使居台揆者，其門如市，其心如水，何愧於愉哉！』（《殿閣詞林記》卷三）

馬愉一生著述頗豐，然自為官始，即在朝中，且積年為帝師，故所著詩文，以優游述懷感遇之類為主，多為講章、序跋、銘記等實用文體。劉珝評價其文章風格云：『館閣鴻儒，平居為詩賦，為記序，為志說，為雜著，用字著語，皆有程度，典雅新邃，一歸於正。』（《馬學士澹軒文集序》）遲鳳翔總結其學術意義云：『捧讀經筵諸章，見其有啟心沃心之道焉；應制諸篇，見其有昭功頌美之忠焉。時與上大夫賡和，辭雅而婉，義正而明，茲非誾誾之遺矩乎？與下大夫吟哦，進之理道，而勉之未貞，又非侃侃之流風乎？或瀉游宴之懷，而節之以禮義之中正，樂而不淫也；或宣悲悼之情，而原之以命數之幾微，哀而不傷也。贈士大夫之謝政者，既已嘉其恬退，而復諭以君恩之不可忘，豈往而不反者之心乎？賀士大夫之晉秩者，既已宣其芳美，而復勉之官常之不可玷，豈溺而不止者之為乎？推而感寓感興，悲時悼俗，以至下逮於飛潛蠢動之微，農圃醫卜之賤者，則又莫不物各付物，以人治人，卒不詭於聖賢之道，而咸得夫性情之正者矣。噫！我公之文，豈直為東土之秀，而關係於國家者，非小補也。』（《續刻馬學士澹軒文集序》）二人所論，道出了時人對馬愉文章的認識，頗為中肯、精到，是公允之論。

馬愉中道謝世，文稿多散落，部分手稿藏於家人手中。成化十四年（1478），山東承宣布政使司左參政邢居正，巡視臨朐，從馬愉後人手中索得其手稿，並囑托青州知府劉時勉校讎鋟梓，以廣其傳。劉時勉校正後，時任户部尚書兼文淵閣大學士壽光人劉珝為之作序，取名《澹軒文集》，刊刻流傳。時為成化十六年

（1480），上距馬愉去世已三十三年矣。此即所謂『成化本』，今已佚，其真實面貌無從詳考。據《四庫全書總目》可知，清乾隆時，此本猶存，四庫館臣即據『浙江巡撫采進本』著録。此本『凡詩賦四卷、雜文三卷，第六卷又有歌詩錯雜其中。蓋隨得隨編，故先後無序』（《四庫全書總目・集部・別集類存目二》）。

古籍刊刻不易，保存亦難。至嘉靖時，成化本『其板已散落無存』（《續刻馬學士文集跋》），存世本亦如魯殿靈光，極為稀見，遲鳳翔欲『覓其原梓善本，俱已時遠無存』（《續刻馬學士文集序》），僅於歷下（今濟南）書肆中檢得殘編一帙。嘉靖四十一年（1562）秋，遲鳳翔借出巡之機，回到故鄉臨朐，親訪馬氏家塾，從馬愉裔孫手中檢得未刊手稿若干篇，攜至陝西洮岷兵備副使任上，令鄖陽府學訓導林震、生員秦守卿二人重加校閲，合先後所得，釐為八卷，分為四册，交付鄖陽太守張循，招募刻工刻印流傳。遲鳳翔作序，馬愉五世孫舉人馬讜作跋。刻成之時，在嘉靖四十二年仲春。此即『嘉靖本』。此本在成化本基礎上，重加編排增訂，眉目更清晰，所收愈完備，字更端大便觀。除增補馬愉十七篇『經筵講章』外，還多收録了九十七篇（首）詩文。《四庫全書》存目中著録之『《別本澹軒集》八卷』，即為此本。

嘉靖本共收經筵講章十七篇，頌、賦五篇，詩二百八十首（含挽詩九十八）、贊六則，歌三篇，銘五篇，記五篇，跋十一則，序一百零一篇，哀詞三篇，計詩文四百二十六篇（首）（有兩篇文字基本相同，其一今作存目處理）。筆者今又搜得馬愉佚文五篇（含殘篇二），佚詩三首。馬愉存世作品基本盡於此矣。顯然，這並非馬愉作品的全部，其文中言及的贈臨朐縣令任華之文，以及新發現的《淮安府學重修記》等，均不見於文集。但遺珠之憾，已無從彌補矣。

自成化至嘉靖，前後不足百年，而馬愉文集瀕於雲散，幸賴遲氏景仰鄉賢，深知『我公之文，豈直為東士之秀，而關係於國家者，非小補也』（《續刻馬學士澹軒文集序》），終以一己之力，重修《澹軒文集》，使一代狀元遺墨重又匯於一帙。然而，隨着時光流逝，嘉靖本亦日加稀見，幾至湮没不彰。據臨朐地方志載，清道光年間，馬愉嫡孫馬爾森『書工歐陽』，『嘗手寫《澹軒集》二函，藏於家，精妙無匹，蓋實録也。今其抄集猶存朱位馬氏家。』（《臨朐續志·雜記》）。道光八年（1828），馬愉十二世孫馬瑞芝工筆抄写《馬學士文集》，較完整地保存了嘉靖遅刻本原貌。但書中留有訓言：『此書不可輕易借與人看、借與人抄，如有借去看、借去抄者，給他一二本看，抄完備送來，再給一二本可也。珍而藏之，世世守之，不可視為易得。』因是之故，此本亦長期深藏閨中，不為外人所知，更無從傳播。另據《臨朐續志·藝文》載：『明馬愉《澹軒集》八卷，見舊志，今存。民國十一年，濟南舉行歷史博物展覽會，曾寄呈陳列，後經評議給獎。』《續志》所云『寄呈』者是刻本，還是馬瑞芝抄本，其詳已無從考訂。《臨朐續志》纂修於民國二十四年，這是迄今所見民國之前有關《澹軒集》最晚的一點信息。自此之後，又逢中華大地多災多難，數十年間動蕩不安，斯文漸滅，科舉被污名化，狀元也少有人關注，即使馬氏嫡裔對《澹軒文集》的存在也鮮有知者。

日盈則仄，月盈則食。物换星移，時光流轉至二十世紀八十年代，動蕩多年之後，社會終於回歸正常。其時，臨朐馬氏族人中有心者始獲知先祖詩文的一絲線索，便據以展开搜索。經艱苦努力，先後找到《馬學士文集》手抄本二至四卷和一至六卷兩個本子，並以此爲基礎加以整理，於一九八七年三月刊印六卷本《馬學士文集》（内部印本，未公開出版）。他們找到的『一至六卷本』，實即馬瑞芝抄本的一部分。二〇一三年元旦之際，筆者返鄉，在本族前輩馬學修家中，目驗了這個手抄本。經比對，可以肯定的是，馬瑞芝抄本所據即為嘉靖遅鳳翔刻本。抄本一遵原書格式、行款，小楷工筆，字跡娟秀，雖歷經一百八十餘年滄桑，依然光潔如鮮。惜此書亦間有闕頁、闕字，據此亦可知遲刻本至道光時已難見全本矣。

一九九七年，《四庫全書存目叢書》由齊魯書社出版，其中《馬學士文集》八卷所據為華東師範大學圖書館藏明嘉靖四十一年遲鳳翔刻本。經查證，華東師範大學所藏本幾可斷定爲海內孤本，此本二〇一三年四月入選第四批《國家珍貴古籍名録》，足見其珍貴。惜此本亦非完帙，尚有三个闕頁。此外，在臨朐馬愉後人手中尚保存有馬愉手跡二十五通（由不同人發現於不同時期，但來源當一致，猜測是收藏者不想全部示人而已）。這是馬愉十世孫馬聲遠裝裱成帙的，時間大約在清初。二〇一一年，臨朐縣史志辦公室將其中十二通以《馬愉手劄》之名，製成經摺裝式冊葉，以楠木盒函之，作為禮物贈送同鄉賢達，亦頗稀見。

這就是今所能考見馬愉詩文流傳的大致情況。自宣德初年至今，已有近六百年時光，惜一代名士文章竟不廣其傳。幸賴今日古籍整理事業發達，《四庫全書存目叢書》收録其書，吾輩得以便捷觀覽。此次整理工作即以此為底本，以臨朐縣所藏抄本（簡稱『朐抄本』）及《馬愉手劄》為參校本。

需要交待的是，族人馬維堂前輩所整理《馬學士文集》（一至六卷），是極其嚴謹之作。惜其當日所見唯有抄本，闕文不少，無他本可校，又限於專業，可商之處多有所在。然此本仍是此次整理工作的重要參考之一，在此特別説明，並致敬意！為記録這次整理的歷史，以見我族人對光大先祖名山事業之貢獻，特將臨朐《馬學士文集》整理本《序言》及《出版説明》作為附録予以收録。

此次校注工作，首先是以抄本補足底本缺頁，成一足本。史乘中所見馬愉佚文，以附録形式置於文後。其次，對詩文加以注解。注釋方面，對詩文所涉人物盡可能考證其生平事蹟，以見詩文寫作背景。字詞的注釋，旨在幫助中等文化以上的讀者明瞭詩文大意，一般不做考證。為便於讀者進一步瞭解馬愉，筆者輯録歷代文獻中所見有關馬愉的重要資料、馬愉軼聞傳説等，並據所考證出詩文繫年編就《馬愉年譜簡編》，一並附録於後。

附此説明的是，文集之名，筆者以為仍遵《四庫全書》所用《澹軒集》為妥，按《四庫提要》所云，馬愉文集初名即為『澹軒集』，而遲氏刻本《序》作《續刻馬學士澹軒文集序》，目録作『澹軒馬學士文集目録』，書眉題作『馬學士文集』則是省稱。准此，此整理本一仍其舊，稱《澹軒文集校注》。此外，在校注的過程中，感到原有的編排，無論是從體裁還是從時間上看，都有不盡完善之處，多少顯得有些『無序』。但限于體例，不能重新編排，將來若有可能，按詩文作一編年排列，或許也不無意義。

由於資料所限，無更多版本可資參校，加之筆者研究領域主要在先秦兩漢，於明史較為生疏，不免捉襟見肘，疏漏在所難免，敬請方家不吝賜教。

二〇一三年三月十八日初稿於清華園，時已春暖花開

二〇一四年五月二十九日零時許終稿

凡例

一、本書以華東師範大學圖書館藏明嘉靖本《馬學士文集》（收録《四庫全書存目叢書》中）爲底本，以臨朐馬瑞芝抄本（簡稱『朐抄本』）爲參校。此外，臨朐馬氏後人藏有《世德集》（乾隆四十三年所修《馬氏族譜》卷一，收録有與馬愉相關的敕諭、碑記等）及馬愉手跡二十五通，均作為重要參校資料。校記徑以注釋形式出現。

二、文中減字標以圓括號，增字標以方括號。原書闕字，以及漫漶而又無法補足者，以『□』標注。個别明顯刻印錯誤，如『己』、『巳』與『已』、『焉』與『馬』、『予』與『子』、『時』與『詩』等，徑予改正。底本目録中標題與正文不盡一致者，擇善而從，於正文注釋中略作説明。

三、注釋以分句為單位，串講以句子為單位。注碼，放在分句的後面。為省卻讀者前後翻檢之勞，對一般性字詞的注釋，不避重複，基本不用『參見』方式，只根據文意，有繁簡之分。佔篇幅較多的人名、歷史事件、典故等，則採用參注形式。由於涉及年號較爲頻繁，同一注釋中，同一年號對應公元紀年只在首次出現時標注一次。

四、本書繁體字採用新字型，對個別俗體字、異體字，根據出版的相關規定及各古籍社常見做法，參照《異體字整理表》以及《辭海》、《漢語大詞典》、《漢語大字典》等權威辭書，予以統一。人名、地名用字，不作任何改動。

五、對非常見字、破音字，均加注現代漢語拼音，擬音依《漢語大詞典》（縮印本，一九九七版）。

六、底本目録與正文標題，有不盡一致處，今據內容，加以甄別統一。《經筵講章》底本無細目，今予以補足，以便觀覽。

目録

卷之一

卷之二

卷之三

卷之四

卷之五

卷之六

卷之七

卷之八

附録

馬學士澹軒文集序①

君子所以有譽於今後者，亦曰言之是託。夫言之精者爲文，文豈易言哉？弗遇其時，弗文也；弗充其氣，弗文也；弗正其學，弗文也。粤自造書契以來②，世有升降，而文與之俱。宋不唐，唐不漢，漢不春秋戰國，春秋戰國不三代黄虞③，如老者不可復少，勢不得不然也。況文以氣爲主，所養者正，則英華之發見者亦正。苟失所養，不易則艱④，不隱則恠，不晦則誕，不俚則誇，其弊至於不可言者。乃若好學之君子者出，遭世隆平，養氣正大，又通（念）「貫」乎群經⑤，蒐獵乎百子⑥，浸淫乎諸史，藴於其心，發於其言⑦，沛然爲一代之文。其所以有譽於今後者⑧，職斯而已。

齊魯之墟，東有大海，西有岱山，士生于兹，若聖、若賢、若君子，昭然可數。百年以前，不可尚已；百年以後，兼前三者而一之，臨朐馬先生性和其人焉。先生生于海岱之間，上無師傅，獨能奮志于學，日取群經、百子、諸史，矻矻然窮之不釋⑨，且氣禀淳正，無問識不識，皆稱曰君子。爲文肖其爲人，無所謂艱易、恠隱、晦誕、誇俚之習。積益深而發益宏，不數載間，大魁天下。方是時，爲宣廟紹統之初，詔禮部科舉，歲取百人，南士什六，北士什四，合南北士試之，先生獨占魁焉。此盖隆平之時，文明之化，人材之出，駸駸唐虞三代⑩，不春秋戰國，不漢不唐，不宋也。

嗣是，長史局，長翰苑，登内閣，晋位少宗伯，參預機密，潤色治道，與修《宣廟實録》、《五倫》、《君鑒》諸書，蔚然館閣鴻儒。平居爲詩賦，爲記序，爲誌説，爲雜著，用字著語，皆有程度，典雅新邃，一歸於正。惜乎中道謝世，稾之散落人間，不獲覩其全焉。吾藩大參邢君居正⑪，「按」巡（臨）臨朐⑫，即其家，索其稾，僅得是。乃屬青州太守劉君時勉校讎鋟梓⑬，以廣其傳。噫！先生之文雖未全，其所遇之時，所養之氣，所學之富，皆可即此而遡知也。彼千江之波，其水同原；千枝之秀，其木同本。即一波一葉，亦可以求水木之本原。然則先生之文，豈不可即此而逆其全耶？《傳》曰：『誦其詩，讀其書，不知其人，可乎？』⑭後之欲景範先生者，宜（必）有徵於斯。若夫賢大參、太守壽斯集於不朽⑮，其用心之仁，又不可不知。

成化庚子歲仲秋穀旦⑯，資政大夫、太子少保、户部尚書兼文淵閣大學士、知制誥、經筵官兼修國史玉牒青齊劉珝書⑰。

【注釋】

① 此文撰者劉珝（1426—1490），字叔温，號古直。明青州府壽光縣陽河里（今青州市高柳鎮陽河村）人。正統十三年（1448）進士。授編修。成化中，歷吏部左侍郎，充講官，兼翰林學士。入閣參預機務，憲宗每呼『東劉先生』。進吏部尚書、謹身殿大學士。弘治三年（1490）卒，謚『文和』。有《古直先生文集》。《明史》有傳。此文亦見於《古直先生文集》，據以校訂，不一一出注。

② 書契：指文字。

③ 黄虞：黄帝、虞舜的合稱。

④ 艱：指文思不暢。

⑤通貫：通曉，貫通。貫，底本作『念』。

⑥蒐（sōu）獵：猶涉獵。

⑦其言：二字底本漫漶，據『朐抄本』補。

⑧有譽於：三字底本漫漶，据『朐抄本』補。

⑨矻矻（kūkū）：勤勞不懈貌。

⑩駸駸（qīnqīn）：漸進的樣子。

⑪大參：參政的别稱。指邢表。字居正，順天府文安縣（今屬河北）人。天順元年（1457）進士。官獲嘉（在河南）知縣，以治績陞彰德府（治所在今河南安陽市）知府。陞山東布政使司左參政，轉任右布政使。母喪，守孝三年期滿，以原職補四川，官至右副都御史，巡撫四川。邢居正巡視臨朐，事在成化十四年（1478）。

⑫按巡：巡視。底本作『巡臨』。

⑬太守：指知府劉釗。直隸太平府當塗縣（今屬安徽馬鞍山市）人。天順四年（1460）進士，成化十一年（1475）任青州府知府。校讎：一人獨校爲校，二人對校爲讎。謂考訂書籍，糾正訛誤。鋟梓：刻板印刷。書板多用梓木，故稱。

⑭『《傳》曰』：見《孟子·萬章下》。誦，朗讀，念誦。讀，研究。

⑮壽：鐫刻，鐫鏤。謂使之長遠留存。

⑯成化庚子：成化十六年（1480）。穀旦：良辰，晴朗美好的日子。舊時常用爲吉日的代稱。

⑰玉牒：歷代皇族族譜稱爲玉牒。唐代已有，宋代每十年一修，沿及明清。

澹軒歷受誥詞

録冠于首

皇帝敕諭：太子太保、英國公張輔①，少傅、兵部尚書兼華蓋殿大學士楊士奇②，少傅、工部尚書兼謹身殿大學士楊榮③，禮部尚書兼翰林院學士楊溥等④：

朕祇奉天命，嗣承祖宗大寶，统御天下，用主神人。而即位以來，弗遑夙夜，永惟厥道必學乃明。今以初九日御經筵，命爾輔知經筵事。士奇、榮、溥同知經筵事。詹事府少詹事兼翰林院侍讀學士王直⑤，少詹事兼翰林院侍讀學士王英⑥，翰林院侍讀學士李時勉、錢習禮⑦，侍講學士陳循⑧，侍讀苗衷⑨，侍講高穀⑩，修撰馬愉、曹鼐⑪，兼經筵官。溥、衷、穀、愉、鼐，專侍講讀。翰林春坊等衙門儒臣，分直侍講。

夫道原於天，堯、舜、禹、湯、文、武以隆政教，而周公、孔子闡明之，我祖宗世所師法，以安天下。卿等宜端心竭誠，相與講論，務歸至當，毋隱而弗彰，毋曲以徇好，庶幾明之於心，誠之於行，以興治化，以濟蒼生，用不忝天與祖宗之命。欽哉！故諭。

正統元年三月初二日。

【注釋】

① 張輔（1375—1449）：字文弼。河南祥符（今屬開封市）人，河澗王張玉之子。靖難之役，從戰有功，封信安伯。永樂

三年(1405)，進封新城侯。永樂六年，以征安南功，進封英國公。仁宗即位，掌中軍都督府事，進太師。宣德元年(1426)，率軍平定漢王朱高煦之亂。英宗即位，加號翊運佐理，知經筵、監修《實録》如故。歷事四朝，三定交南。與『三楊』等同心輔政，二十餘年，海内晏然。正統十四年(1449)，隨明英宗北征，死於難。追封定興王，謚『忠烈』。

② 杨士奇(1366—1444)：名寓，以字行。號東里，謚『文貞』。江西泰和縣人。官至禮部侍郎兼華盖殿大學士，兼兵部尚書，歷五朝，在内閣爲輔臣四十餘年，首輔二十一年。與楊榮、楊溥同輔政，並稱『三楊』。因其居地所處，時人稱之爲『西楊』。『三楊』中，楊士奇以『學行』見長，先後擔任《明太宗實録》、《明仁宗實録》、《明宣宗實録》總裁。著有《東里集》、《東里續集》。《明史》有傳。

③ 楊榮(1371—1440)，初名子榮，字勉仁。福建建安縣(今福建建甌)人。建文二年(1400)進士，授編修。成祖即位，直文淵閣，更名為榮。歷事成祖、仁宗、宣宗、英宗四朝，累官工部尚書，謹身殿大學士。宣德五年(1430)晉少傅，正統三年(1438)晉少師。因居地所處，時人稱為『東楊』。正統五年，卒於杭州。謚『文敏』。著有《訓子編》、《北征記》、《兩京類稿》、《玉堂遺稿》。《明史》有傳。

④ 楊溥(1372—1446)，字弘濟。湖廣石首縣(今湖北石首)人。建文元年(1399)，湖廣鄉試第一名(解元)。次年，中庚辰科進士。授翰林院編修。永樂中，侍皇太子為洗馬。永樂十二年(1414)，因太子遣使迎帝遲，為漢王所譏，繫獄十年，讀書不輟。仁宗繼位，被釋放，擢翰林學士，掌弘文觀事。宣宗即位，召入内閣，典機務。宣德九年(1434)，陞禮部尚書。正統三年(1438)四月，晉太子少保兼武英殿大學士。與楊士奇、楊榮合稱『三楊』。時人稱之為『南楊』。正統十一年(1446)七月卒，年七十五。贈太師，謚『文定』。有《楊文定公集》、《水雲録》。《明史》有傳。

⑤ 王直(1379—1462)：字行儉，號抑菴。江西泰和縣人。永樂二年(1404)進士。授修撰。歷仕仁宗、宣宗，遷少詹事，兼侍讀學士。正統三年(1438)，修《明宣宗實録》成，陞禮部侍郎，八年陞吏部尚書。在翰林二十餘年，稽古代言

編纂記注之事，多出其手筆。秉詮事十四年，為時名臣。卒謚『文端』。有《抑菴文集》、《文端公集》。

⑥王英（1376—1450）：字時彦，號泉坡。江西金溪縣（今臨川）人。永樂二年（1404）進士，選庶吉士。永樂帝以其慎密，令掌機密文字。與修《太祖實録》，授翰林院修撰。仁宗時，累進右春坊大學士。又修太宗、仁宗實録。正統元年（1436），總裁《明宣宗實録》，陞禮部侍郎。官至南京禮部尚書。歷仕四朝，朝廷大制作，多出其手。卒謚『文安』。著有《泉坡集》。

⑦李時勉（1374—1450）：名懋，以字行，號古廉。江西安福縣人。永樂二年（1404）進士，選庶吉士。預修《太祖實録》成，陞翰林侍讀。宣德初，官至國子祭酒。掌國子監六年中，言傳身教，視學生爲子弟，深受敬重。正統十二年（1447）春，辭官還鄉，朝臣及國子生近三千人送出崇文門外。景泰元年（1450）四月卒。賜謚『忠文』。有《古廉集》。錢習禮（1373—1461）：名幹，以字行，江西吉水人。永樂九年（1411）進士。選庶吉士，授翰林院檢討。與修《明宣宗實録》，累官禮部侍郎。王振亂朝綱，錢恥爲屈，乞歸。卒謚『文肅』。

⑧陳循（1385—1462）：字德遵，號芳洲。江西泰和縣人。永樂十三年（1415）一甲一名进士，授修撰。歷事永樂至景泰五朝。宣德初，入直南宫，進侍講學士。正統九年（1444），入文淵閣典機務。次年，進户部右侍郎兼學士。正統十四年『土木之變』時，支持于謙。景帝即位，進户部尚書，繼進少保兼文淵閣學士，加太子太傅，進華盖殿大學士仍兼文淵閣。英宗復位，謫戍遼東，後昭為平民。有《芳洲集》、《東行百咏集句》。

⑨苗衷（1381—1460）：字公彝，南直隸定遠（今屬安徽）人。永樂九年（1411）一甲二名進士。授翰林院編修。宣德初，預修兩朝實録，轉侍讀。正統元年（1436），以楊士奇薦，充經筵講官。正統三年，與修《宣宗實録》成，陞侍讀學士。正統十年，擢工部右侍郎，入文淵閣典機務。十二年，陞兵部右侍郎。景泰初，進兵部尚書。以老疾乞致仕。天順四年卒，謚『文康』。有《雪窩稿》、《史閣記聞》、《歸田録》。

⑩ 高穀（1390—1460）：字世用，號育齋。南直隸興化（今屬江蘇）人。永樂十三年（1415）一甲二名進士。選庶吉士，授中書舍人。洪熙初，擢翰林侍讀。正統元年（1436），以楊士奇薦，充經筵講官。正統三年，與修《宣宗實録》成，陞侍講學士。正統十年，進工部右侍郎，入文淵閣典機務。景泰初，進工部尚書兼翰林學士。累遷東閣大學士、謹身殿大學士。英宗復位，辭歸。天順四年（1460）卒，謚『文義』。

⑪ 曹鼐（1402—1449）：字萬鐘。北直隸真定府寧晉縣（今屬河北邢臺）人。宣德八年（1433）一甲一名進士，授翰林院修撰。正統元年（1436），以楊士奇薦，充經筵講官。正統三年，與修《宣宗實録》成，進侍講。正統五年，入文淵閣典機務。正統十年，進吏部左侍郎兼翰林學士。正統十四年（1449），隨英宗親征，遭土木堡之變，戰死軍中。景帝繼位，贈少傅、吏部尚書、文淵閣大學士，謚『文襄』。英宗復位，加贈太傅，改謚『文忠』。

奉天承運，皇帝制曰：朕惟翰林學士之職，朝夕左右，以備顧問，典詞命，非内外百職可比。故必簡學博履正之士居之，庶稱厥官。爾行在翰林院侍講學士馬愉，擢自高科，志行端慤，歷事皇考，式勤祇慎①。侍朕經幄②，益展乃誠。逮修信史，與有效勞；爰進厥官，俾貳其長；睠兹三載③，恭恪不渝。特進爾階奉直大夫，用示褒嘉。夫文學施之朝廷者，必推於先王之道，乃爲可貴。苟不勉焉，非朕所望於賢人君子也。加懋厥修，用永終譽。欽哉！

正統六年六月二十七日。

【注釋】

① 祇慎：敬慎。

② 經幄：猶經筵。

③ 睠：同『眷』，恩遇；恩宠。

奉天承運，皇帝制曰：講讀之臣，所以考質疑義，非專誦習而已；館閣之職，所以備資顧問，非專辭命而已。國家列官，以館閣兼講讀，往往寵以重秩，固有自來。而朕尤意嚮之，蓋信任之篤，委託之重，非其他可比也。然非文學該洽、操履淳正之士①，則不輕畀②。故禮部右侍郎兼翰林侍講學士馬愉，早自賢科，榮魁多士，首擢官於史局，再遷秩於經筵，既公紀載之精③，亦勤講讀之久，比參機政，益慎弗渝。顧眷遇之方殷，胡壽齡之不副？宜有顯賜，以慰朕懷。兹特贈卿翰林院學士、資善大夫、禮部尚書。咨爾冥靈，光我寵數。欽哉！

正統十二年十月十四日。

【注釋】

① 該洽：廣博。操履：操守。

② 畀：賜予。

③ 紀載：紀，通『記』。用文字記録。

〔維正統十二年歲次丁卯九月庚寅朔，越十八日丁未〕①，皇帝遣禮部尚書胡濙賜祭禮部右侍郎兼翰林侍讀學士馬愉②，曰：

卿以先朝初科進士第一，累官翰苑，兼侍經筵，遷亞春卿③，榮膺寵眷。始終涖職，二十餘年。英偉之才，篤實之學，恭勤端慎，簡在朕心④。顧倚毗之方殷⑤，胡疾疢之遽及⑥。醫初承命，哀訃來聞，追念相從，實深傷悼！特贈卿翰林院學士、資善大夫、禮部尚書，賜以賻儀⑦，仍茲遣祭，用表始終之意⑧。卿靈不昧，尚克歆承！

正統十二年。

【注釋】

① 此詔《世德集》及《臨朐續志》中均存，今據以校訂。

② 胡濙（1375—1463）：字源潔，號潔菴。南直隸武進（今屬江蘇常州）人。建文二年（1400）進士，授兵科給事中。永樂元年（1403），遷户科都給事中。五年，受明成祖派遣，訪查建文帝下落，永樂十四年還。擢禮部左侍郎。洪熙間，召為行在禮部侍郎。宣德元年（1426）四月，進禮部尚書。宣宗卒後，與楊士奇等同為顧命大臣。正統十四年（1449），土木之變後，極力主張堅守北京，並與兵部侍郎于謙謀定退敵之策。景泰初年，進太子太傅。歷事六朝，任禮部尚書三十餘年。英宗復位，以老致仕。卒贈太保，謚『忠安』。有《芝軒集》。

③ 春卿：周春官為六卿之一，掌邦禮。後因稱禮部長官為春卿。

④ 簡在：猶存在。《論語·堯曰》：『帝臣不蔽，簡在帝心。』

⑤倚毗：倚重亲近。毗，《世德集》及《臨朐續志》均作『注』。

⑥疾疢：泛指疾病。疾疢，《世德集》及《臨朐續志》均作『疢疾』。

⑦賻儀：猶賻禮。儀，《世德集》及《臨朐續志》均作『葬』。

⑧意：《世德集》及《臨朐續志》均作『義』。

[維]正統十二年歲次丁卯①，十二月戊午朔②，越初三日庚申，皇帝遣山東布政司左參議黎璉賜祭禮部右侍郎兼翰林院侍講學士馬愉③，曰：卿以文學侍從之臣，擢居館閣，講論撰述④，克效勤誠⑤。方重倚毗，遽然長逝，奄及窀穸⑥，感悼益增⑦！特茲遣祭，用答賢勞。卿靈有知，尚其歆饗！

【注釋】

①此詔《世德集》中存，據以校訂。

②朔：舊曆每月初一。

③黎璉：交趾（今越南北部）人。監生。正統四年（1439）三月，陞山東布政司左參議。正統十四年三月，陞廣東布政司左參政。景泰六年（1455），陞江西布政司右布政使。天順元年（1457），以民請，任廣東布政司右布政使。

④撰述：著述。撰，《世德集》作『傳』。

⑤勤誠：勤勉忠誠。

⑥窀穸（zhūnxī）：也作『窀夕』。墓穴。

⑦感悼：感傷哀悼，傷感。

奉天承運，皇帝敕曰：國家簡文學之士，列職於翰林，而修撰、編修、檢討，則謂之史官，所以備紀載之公，而傳信於天下後世也。兹惟遴選，不輕畀人爾。行在翰林院修撰馬愉，發身賢科，擢魁廷選，逮任史職，勤慎有年。兹特授爾階爲儒林郎，錫之敕命①，以示褒嘉。古之論良史者蓋曰：『明足以周萬事之理，道足以適天下之用，智足以通難知之意，文足以發難顯之情，然後其任可得而稱，非徒優游以養榮名而已。②』尚益毖懋③，光我訓詞。欽哉！

宣德五年八月二十四日。

【注釋】

①錫：賜予。

②優游：悠閑自得。榮名：令名，美名。

③毖：謹慎，戒慎。懋（mào）：勤勉，努力。

贈翰林學士資善大夫禮部尚書馬公行狀①

公諱愉，字性和，號澹軒。其先系出扶風②。宋時，諱近者為青州教授，遂家臨朐。高祖諱慶，曾祖諱天（驂）［駟］③，祖諱景信。世業儒，皆有隱德，不仕。父士賢，以公貴，封翰林修撰，再封翰林侍講學士、階奉直大夫，淳德懿行，鄉稱古人長者。母劉氏，繼魏氏，皆贈宜人④。張氏，封宜人⑤。

公生四歲，知讀書，能屬對，聲律出口不思，動有奇語。祖父異而鍾愛之，撫其頂曰：『兒他日當大吾門！』八歲，母卒，哭踊如成人⑥，三日勺飲不入口⑦，朝夕哀慕，遂致瘠毀⑧，終喪久之始愈。魏繼育公甚有恩義，喪之亦然。稍長，補邑庠弟子員⑨，潛心篤學，殆忘食寢⑩。處朋輩，無狎言戲行，師友咸器重之。部使者涖學，以考諸生，得公之文，驚曰：『奇才！勉之，必魁天下⑪，勿自足也。』以禮經中永樂庚子鄉薦第三⑫。赴會試，道遇疾而歸。閉門讀書，屏絕人事，數年，無所不窺。宣德丁未，禮部中前選，廷試，擢進士第一。賜朝服銀帶，除翰林修撰⑬。

今上為皇太子⑭，將御春宮聽學⑮，欲選用臣屬。宣宗皇帝御文淵閣，召公等十餘人，試『諸葛孔明可與興禮樂論』。公所作稱旨，賜寶楮⑯，月給燈燭費，使益進學，蓋將為輔導計也。上嗣位，正統元年，同考禮部會試，簡拔精允。既而詔開經筵⑰，以公兼經筵官，賜白金、寶楮、綵幣⑱。日以二帝三王周孔之道、正心修身經綸之要⑲，講説左右，研極旨趣，反覆敷（暢）〔暢〕⑳，所以開導上心，輔成聖德者（備）〔益〕至。上深嘉納㉑，時賜金帶及時服、食物尤厚。以秩滿，陞侍讀。三年，纂修《宣廟實録》成，陞翰林侍講學士，賜金幣如故事㉒。五年，奉旨入文淵閣㉓，預聞機務㉔。十年，主考禮部貢士㉕。未幾，拜禮部右侍郎兼侍講學士㉖。

公自釋褐登朝二十年㉗，致位清顯，承顧問，被寵遇，謀猷密勿㉘，贊襄之益居多㉙，士大夫以為榮，而公歉然若不勝㉚，夙夜祗慎㉛，以清靜自守，門無私謁㉜，澹如也。上益重公之賢。

十二年九月壬辰，晨起將趨朝，風中，仆不能言。上聞，遣中官并善藥㉝，以醫來視。越乙未，卒，年五十有三。訃聞，上深嗟悼，賜賻鈔二千錠及棺歛㉞，遣禮部尚書胡濙致祭㉟。特贈翰林學士、資善大夫、禮部尚書㊱。歸其喪，命有司爲營宅兆㊲。公卿士大夫吊者相屬，莫不隕涕痛惜焉。

公為人端重簡默㊳，和厚謙慎，喜慍不見㊴，人莫窺其際。與人無貴賤少長言，如恐傷之。尤樂道人善，未嘗及人之過。性至孝，事繼母，曲盡誠意㊵，得其懽心。厥父學士先生惟公一子，欲迎就養，以年高不可，乃盡推其俸給於鄉以養親，甘旨豐備㊶。每有内賜嘉味，必推使附之。先生在家遘疾，公忽心動，彷徨不寐。翼日，即以情乞歸視。上允之，命馳驛往，加賜道里費。公至，先生感激喜甚，疾愈。未浹旬㊷，謂公曰：『荷聖天子寵恩，吾幸復生。汝宜速還，竭忠圖報，毋以我為念也。』

公篤於為義，不事厚蓄，所得禄賜，遇鄉人居京師貧者周之，寒且饑者衣食之，死則棺歛之，無吝色。為文章，敏贍有法㊸，不務雕斫㊹，而渾厚馴雅，自不可及。有文集若干卷，藏於家。配陳氏，封宜人，有賢行，與公合德。子男二，曰徵曰徽。女一人，淑婉，未行㊺。孫男一人，石麟。以是年 月□日□葬于鄉之原。

寧忝公同年㊻，從公遊，且厚知公平生為詳。故述其大節為行狀，乞辭于大人先生，用垂不朽云。

翰林侍講[學士]杜寧謹狀。

【注釋】

① 此行狀由馬愉同榜進士杜寧撰。杜寧（1404—1473），字宗謐，浙江天臺縣（今屬台州市）人。永樂二十一年（1423）舉人。宣德二年（1427）一甲二名進士（即俗謂『榜眼』），授翰林院編修。宣德五年（1430），陞修撰。正統三年（1438）四月，陞翰林侍講。正統十三年（1448），與高穀出任會試考試官。正統十四年（1449）秋，陞南京禮部右侍郎。成化九年（1473）七月，卒於故里，年七十。著有《樂全集》。此文《世德集》中存，文字與底本有異，今據以校訂，不一一出注。

② 扶風：指扶風馬氏。漢時將京兆尹、左馮翊、右扶風稱三輔。東漢移右扶風治槐里（今興平東南）。三國魏改為扶風郡。臨朐馬氏家譜所記，以東漢馬援為始祖。援（前14—49），字文淵。扶風茂陵人。東漢開國功臣之一，累官伏波將軍，封新息侯。馬氏以扶風為郡望。

③ 駟：底本作『驂』。《神道碑銘》及《墓誌銘》均因此而誤。據《世德集》及族譜，當為『駟』，今據改。

④ 宜人：明代五品官妻、母封宜人。

⑤ 張氏：馬愉父親士賢繼室。據《士賢公祭石几記》：『繼魏氏，中歲遭折。又繼張氏。內相咸德，並以宜人封贈。』

⑥ 哭踊：喪禮儀節。邊哭邊頓足。《禮記·檀弓上》：『夫禮，爲可傳也，爲可繼也；故哭踊有節。』《漢書·禮樂

志》：『哀有哭踊之節，樂有歌舞之容。』

⑦勺飲：一勺湯水。言湯水量少。《左傳·定公四年》：『申包胥如秦乞師……立依於庭牆而哭，日夜不絶聲，勺飲不入口，七日。』

⑧瘠(jí)：瘦弱。

⑨邑庠：明清時稱縣學為邑庠。弟子員：明清對縣學生員的稱謂。

⑩食寢：《世德集》作『寢食』。

⑪魁：指居第一位，中第一名。

⑫永樂庚子：永樂十八年(1420)。鄉薦：唐宋應試進士，由州縣薦舉，稱『鄉薦』。後世稱鄉試中式為領鄉薦。

⑬除：拜官，授職。翰林修撰：唐代史館有修撰，掌修國史，宋有集英殿、右文殿等修撰。至元時，翰林院始設修撰。明清因襲之，一般於殿試揭曉後，一甲第一名進士(即狀元)即授翰林院修撰。

⑭今上：指明英宗朱祁鎮。

⑮春宮：即東宮。太子宮。

⑯楮(chǔ)：指紙。楮皮可制皮紙，故有此代稱。

⑰經筵：漢唐以來帝王為講論經史而特設的御前講席。宋代始稱經筵，置講官以翰林學士或其他官員充任或兼任。元、明、清三代沿襲此制，而明代尤為重視。除皇帝外，太子出閣後，亦有講筵之設。

⑱綵幣：指賞賜的財帛。

⑲經綸：整理絲縷、理出絲緒和編絲成繩，統稱經綸。引申為籌畫治理國家大事。

⑳敷暢：鋪敘而加以發揮。《尚書序》：『約文申義，敷暢厥旨，庶幾有補於將來。』暢，底本作『鬯』。

㉑嘉納：贊許並採納。多為上對下而言。

㉒故事：先例。

㉓文淵閣：明代宮内貯藏典籍及皇帝講讀之所。明太祖始建於南京奉天門東。成祖遷都北京，又於宮内東廡南建文淵閣。後置文淵閣大學士。

㉔預聞：指參與其事並得知内情。機務：機要事務。多指機密的軍國大事。

㉕主考禮部貢士：指馬愉正統十年為會試主考官。

㉖禮部：官署名。隋唐以後為六部之一，包括客曹及祠部之職掌，管理國家的典章制度、祭祀、學校、科舉和接待四方賓客等事之政令。長官為尚書。歷代相沿不改。侍郎：古代官名。漢制，郎官入臺省，三年後稱侍郎。隋唐以後，中書、門下及尚書省所屬各部皆以侍郎為長官之副。明清時設左右二侍郎，正三品。侍講學士：官名。唐始設，初屬集賢殿書院，職司撰集文章、校理經籍。宋時由他官之有文學者兼任，屬翰林學士院。元明清翰林院均置此職，講論文史，甚為清顯。

㉗釋褐：脱去平民衣服。比喻始任官職。

㉘謀猷：計謀，謀略。《尚書·文侯之命》：『亦惟先正克左右昭事厥辟，越小大謀猷，罔不率從，肆先祖懷在位。』『謀』《世德集》作『謨』。密勿：勤勉努力。

㉙贊襄：輔助，協助。語本《尚書·臯陶謨》：『臯陶曰：「予未有知，思曰贊贊襄哉。」』

㉚歉然：不滿足的樣子。

㉛祇(zhī)慎：敬慎。

㉜私謁：因私事而干謁請托。

㉝中官：宦官。

㉞賻（fù）鈔：為助辦喪事而贈送給喪主的錢。《世德集》無『鈔』字。

㉟胡濙：見前《澹軒歷受誥詞》注。

㊱資善大夫：文散官名。金始置。明為正二品初授之階。

㊲宅兆：墓地。

㊳簡默：簡靜沉默。

㊴見：《世德集》作『形』。

㊵曲：《世德集》無。

㊶甘旨：美味的食物。特指養親的食物。

㊷浹旬：一旬，十天。

㊸敏贍：敏捷而豐富。

㊹雕斫：刻意修飾文辭。

㊺行：出嫁。

㊻忝（tiǎn）：有愧於。常用作謙詞。同年：古代科舉考試同科中式者之互稱。

贈學士禮部尚書馬公神道碑銘①

天之生才，固將爲世用，然亦關乎國家之氣運焉。人君懷治道經遠之慮，旁求賢才，尊禮榮養，以備任用，是能副天之意。賢才充夫天之所以與我者，隨所任用，以行其道，是能副君之意。上焉者，其道德法乎帝王，勳業著于社稷，鏗鍧振耀②，流聞永世，固非衆人（之）［所］易及。其次，學問足以闡明治理，文章足以黼黻鴻猷③，光明俊偉，名著一代，若漢之董賈，唐之韓陸，宋之歐蘇。諸君子（盖）［皆］本天之所生，國家氣運所關，豈易得哉？肆歷代賢明之君，所以汲汲焉簡拔儲養④，以膺國家之用，非徒爾也⑤。

我朝聖聖相承，教化浹洽⑥，賢才彬彬輩出，其學問文章，追美夫古之君子，盖有其人矣。宣宗皇帝即位初，屢詔中外，博訪學文才能之士，用圖治理。明年，值龍飛第一科，上曰：『自古制科以得人爲盛，願得忠孝士足矣。』及試畢開卷，首選得臨朐馬愉。制科北人占首選者，自公始。上甚悦，授翰林修撰，且勉進學，以期後用。

今上將御春宫⑦，宣宗皇帝欲選賢才備臣屬⑧，拔翰林官及進士共三十一人，比永樂初二十八宿例，績學秘閣，恩禮有加。公，其首也。被召試『諸葛孔明可與興禮樂論』，公所作稱旨，賜以寶楮，益勉進學。今上嗣位之明年，改元正統，詔開經筵，館閣之臣多預選擇，［特擢］禮部尚書兼翰林學士楊公溥等五人，日侍講讀。公與（之）［焉］。歲時屢賜三品服帶。二年，以秩滿，陞侍讀。三年，以《宣廟實録》成，恩陞侍講學士。五年，預聞機務於文淵閣。十年，遷禮部右侍郎兼侍講學士。十二年九月六日，以疾卒，享年五十有三。初得疾，上日賜藥，遣醫視療。既卒，深加悼惜，特循師保例，賜賻萬緡及棺槨，贈翰林學士、資善大夫、禮部尚書。自前文武大臣贈官者，率加其正職，公始并兼職加之，蓋出特恩[也]。復遣禮部尚書胡濙諭祭[9]，命有司歸喪，營葬於鄉[10]。葬畢，其子入謝，詔爲國子生。

公遭際聖明，恩禮隆厚，存歿光榮。何其如是之盛也？蓋公端厚凝重，謹畏勤恪。其侍經筵，惟以帝王仁義之道爲陳，進退從容，有古君子風。其在秘閣，凡所論事，務存寬厚，不尚瑣細，得大臣體。初，少師楊公士奇展墓還，言及所歷郡縣預備倉皆廢弛，甚至垣址弗存者，民何所濟？或曰：『茲廢已久，比比然，其何能理？』公徐曰：『政之興廢在人。此養民之要[11]，豈可少緩耶？』少師公即議以聞，詔遣廷臣徧歷郡邑，修弊舉廢，民爭出粟實廩，所在充足，蒙其濟者，不可勝計。郡縣疑獄被繫，歲久不決，有詿誤致死者。少師公累以爲言，曰：『古云死者不可復生，感傷和氣，率由於此。』遂議以言，詔遣中内（法司）[深]練達刑名者詳審之，直其冤，多所全活。夷寇鼠竊擾邊，朝廷命[将]率兵往剿之，會其[屬]別部四十餘徒來，有請執之，朝議僉同。上遣左右問於館閣，時獨公與予合辭對曰：『朝廷以賞善罰惡爲治。苟賞罰至公，則人心信服。若因惡以執其善，豈爲治之道？』左右辯問再三，公終不易辭。上從之，賞其使，遣回。部屬感悦，皆相率來謝。凡論言，不輕先發，俟人盡其所長，審其可否，惟義是從，故於事多所裨益，率類此。公與禮闈，兩爲考官，克盡乃心。遣祭先聖孔子，及凡陪祀，必誠敬兼至。簡在上心，推恩優待，雖没身不衰。

性聰敏，自四歲知讀書，稍長，出語驚人。大父喜曰：『是兒必光大吾家！』暨選補邑庠生，刻志苦學，至忘寢食[12]。師友咸器重之。上官課試，觀其所作，必以『奇才』稱之。永樂庚子，以禮經魁鄉選第三。⑬遘疾，不獲會試，因得肆力問學，遂膺首選。既入翰林，種學績文，日大以肆。平居至孝，八歲失恃，執喪如成人。事繼母，盡孝敬。以父母春秋高，無他兄弟奉養，請以所得俸給於鄉以養親。凡受誥封贈，推恩及親。再繼母張氏，累封宜人⑭。其初，繼母魏氏未得請，公懇陳其情，特恩給之。父嘗得疾，公心動，即請于朝，詔給驛及道里費歸省。既至，父喜即愈。人咸以孝誠所感。公自處，愈若不逮，襟度閑雅。（於）[與]士大夫交，謙恭和易。有忤之者，亦不較。鄉人往來者，率以禮相接，略不以勢位介意。公平生實行若此，其符忠孝之期，宜矣！使天假之以年⑮，其所就庶幾追美古之君子[矣]。惜乎竟以中年而没。故自勳貴至公卿大夫[士]，皆哀悼痛惜無已也。

公諱愉，字性和。其先扶風人，在宋，有諱近者，爲青州儒學教授，因家臨朐。曾祖天（驂）[駟]，祖景信，皆業儒，有隱德。父士賢，鄉稱善人，封翰林修撰、儒林郎，再封翰林侍講學士、奉直大夫。母劉氏，累（贈）[封]宜人。繼母魏氏、張氏，封贈如制，皆自公推恩也。配陳氏，有淑行，封安人⑯，進封宜人。子男二人，長即徵，次徽。女一，淑婉。孫男一人，石麟。所著文章若干卷，藏于家。時户部侍郎兼翰林學士陳公嘗爲誌以葬⑰。徵復奉其父執侍講杜宗謐所爲狀屬予文⑱，刻諸墓石。予自[入翰林，至擢]經筵館閣十五年，于兹進退起居，未嘗一日相離，正資麗澤之益⑲，而公遽溘先朝露⑳，墓石之文，予（豈）[詎]可辭邪？敬述其概而銘之，曰：

公昔挺生海岱間㉑，清氣灑灑起塵寰。登岱匪但窮巑岏㉒，觀海直欲瞰波瀾。遠究羲軒扣玄關，（往）[近]師孔顔造杏壇。文章五彩備鳳鸞，乘時飛向青雲端。高叫閶闔呈琅玕，引領群仙謁金鑾。明良遭際天顔懽，雲龍鳳虎何盤桓。彯纓垂組光儒冠㉓，操觚濡毫聳世觀㉔。日侍聖學靡敢安，（秖）[抵]掌帝制竭寸丹㉕。功成回首遽盖棺㉖，清風明月路漫漫。神遊八極天地寬，玉埋九泉松栢寒。殊恩没後猶重頒，穹碑懿行人難攀。於乎！君子(竟)[永]不還。

正統十三年。

【注釋】

①神道碑，是立於墓道前記載死者生平事蹟的石碑。以漢楊宸所題《太尉楊公神道碑銘》為最早。秦漢以來，死有功業，生有德政者皆可立碑。晉宋之世，始盛行天子及諸侯立神道碑。胡侍《真珠船·墳碑之制》：『(金石例)三品以上神道碑，五品以下不銘碑，謂之墓碣。』馬愉神道碑銘由嘉議大夫、吏部左侍郎、翰林院侍講學士曹鼐(詳見前《澹軒歷受誥詞》注)撰。立石時間為『正統十三年歲次丙辰十一月長至日』。隆慶五年(1571)十一月至隆慶六年九月曾加重修。此文《世德集》中存，文字與底本有異，今據以校訂，不一一出注。

②鏗鍧(kēnghōng)：形容文詞鏗鏘有力。振耀：照耀，顯耀。

③鴻猷：鴻業，大業。

④所以：《世德集》在『汲汲焉』後。

⑤非徒爾也：《世德集》無此四字。

⑥浹洽：貫通。

⑦春宫：即東宫。太子宫。用以指代太子。

⑧臣屬：猶臣下。

⑨諭祭：天子下旨祭臣下。

⑩營葬：辦喪事。

⑪要：《世德集》作『道』。

⑫寢食：《世德集》作『食寢』。

⑬選：《世德集》作『薦』。

⑭宜人：中國古代婦女因丈夫或子孫而得的一種封號。明清五品官妻、母封宜人。

⑮之：《世德集》無。

⑯安人：明清時，六品官之妻封安人。

⑰陳公：指陳循。見前《澹軒歷受誥詞》注。陳循撰有《禮部侍郎兼翰林侍講學士贈翰林學士禮部尚書馬公墓誌銘》，見本書《附錄》二《馬愉資料彙編》。

⑱杜宗謐：即杜寧。詳上篇《贈翰林學士資善大夫禮部尚書馬公行狀》。

⑲麗澤：出自《周易・兑卦》，意爲兩澤相連，其水交流猶如君子朋友通過講學來交流學問。

⑳溘先朝露：指生命比朝露消失得還快。形容死得過早。

㉑挺生：指傑出。

㉒巑岏(cuánwán)：峻峭的山。

㉓彯纓(piāoyīng)：冠纓飄動。指在朝爲官。

㉔操：《世德集》作『摻』。

㉕抵(zhǐ)掌：掌握。抵，底本作『秖』，據《世德集》改。

㉖功成：《世德集》作『成功』。

續刻馬學士澹軒文集序①

竊惟斯文之在宇宙，豈獨有關夫人材之盛衰而已哉？然而，國運之汙隆②，氣化之淳漓③，亦莫不於是焉係之矣。何者？夫有一代之興，運祚方隆④，則乾坤精粹之氣會合。沖和鍾之於人⑤，則真純未散。以是發而爲文，匪雕匪琢，天趣渾成⑥，而至理盈溢，猶酒之玄，猶音之稀。其天下之至味至聲，質而不俚，淡而不厭者歟。

今觀前輩馬公之作，其殆有契於是者乎？是故捧讀經筵諸章，見其有啓心沃心之道焉；應制諸篇，見其有昭功頌美之忠焉。時與上大夫賡和⑦，辭雅而婉，義正而明，玆非閶闔之遺矩乎⑧？與下大夫吟哦，進之理道，而勉之未貞，又非侃侃之流風乎⑨？或瀉游宴之懷，而節之以禮義之中正，樂而不淫也；或宣悲悼之情，而原之以命數之幾微⑩，哀而不傷也。贈士大夫之謝政者，既已嘉其恬退，而復諭以君恩之不可忘，豈往而不反者之心乎？賀士大夫之晉秩者，既已宣其芳美，而復勉以官常之不可玷，豈溺而不止者之爲乎？推而感寓感興，悲時悼俗，以至下逮於飛潛蠢動之微⑪，農圃醫卜之賤者⑫，則又莫不物各付物，以人治人，卒不詭於聖賢之道，而咸得夫性情之正者矣。噫！我公之文，豈直爲東土之秀，而關係於國家者，非小補也。

愚總角游鄉校時⑬，已知竊慕私淑⑭，且亟欲得公之遺文而讀之。偶於歷下書肆檢得殘編一帙，即東藩參伯邢君所校刻者⑮。嗣是，覓其原梓善本，俱已時遠無存矣。愚於公之賢裔諸孫曰邑慱仲衡、國子生亞衡⑯，暨邑庠生宗儒、宗商者相爲友善⑰，乃於家塾中檢得散亂遺藁若干篇，即今目録中注有『續刻』者是也。維時愚適有提督撫治三藩之命⑱，隨攜此以行，乃於視政暇日，令鄖陽府學訓導林震、生員秦守卿者⑲，重加校閲，合先後所得者，釐爲八卷，分爲四册，付太守張君循募工刻之以傳⑳。因而深嘆我朝運化之隆，故一時人文乃有如斯之盛美者也。若我公之行義在鄉閭，事業在朝著㉑，已有太史公採而紀之矣。愚末學又何敢復贅云？

旹嘉靖四十一年㉒，歲次壬戌，孟冬吉旦，賜進士出身、都察院都御史後學遲鳳翔謹序。

【注釋】

① 此序為遲鳳翔嘉靖四十一年(1562)所撰。遲鳳翔，字德徵，號朐岡。山東臨朐縣人。嘉靖二十三年(1544)進士。初授户部主事，後任兵部職方武選司郎中、陝西洮岷兵備副使、都察院右僉都御使、户部侍郎、兵部侍郎等職。為官清正，不阿權貴，以病乞歸。著有《四書說》、《易經說》、《朐岡集》等。與縣内馮惟敏、傅應兆、張邦彦齊名，時稱『臨朐四傑』。

② 汙隆：昇與降。常指世道的盛衰或政治的興替。

③ 淳漓：厚與薄。多指風俗的淳厚與澆薄。

④ 運祚：國運祚福。

⑤冲和：指真氣、元氣。語本《老子》：『冲氣以爲和。』

⑥天趣：自然的情趣，天然的風致。

⑦賡和：續用他人原韻或題意唱和。

⑧誾誾(yínyín)：說話和悅而又能辯明是非之貌。

⑨侃侃：和樂貌。

⑩幾微：猶預兆；隱微。

⑪飛潛：指鳥和魚。蠢動：泛指動物。

⑫農圃：指農家。醫卜：醫生和卜人。

⑬總角：古時兒童束髮為兩結，向上分開，形狀如角，故稱總角。借指童年。鄉校：古代地方學校。

⑭私淑：私自敬仰而未得到直接的傳授。《孟子·離婁下》：『予未得爲孔子徒也，予私淑諸人也。』趙岐注：『淑，善也。我私善之於賢人耳，蓋恨其不得學於大聖也。』

⑮參伯邢君：指邢居正。見前《馬學士澹軒文集序》注。

⑯仲衡：指馬璣，字仲衡，號月亭。嘉靖四十年(1561)歲貢，授安州訓導，後陞華亭縣教諭，未及行而卒。亞衡，指馬珩(1503—1549)，字亞衡，號合川。嘉靖十七年(1538)貢生。『性孤潔，好學。以親老不仕，卒於家』(嘉靖《臨朐縣志》)。二人均為馬愉曾孫，其父為馬暈，祖父為馬徵。遲鳳翔有《馬氏四賢贊》(見《世德集》)，記述璿、璣、瑤、珩兄弟四人事蹟甚詳。

⑰庠生：科舉時代稱府、州、縣學的生員。明清時為秀才的別稱。宗儒、宗商：皆馬愉玄孫，生平無考。

⑱撫治：安撫治理。

⑲鄖陽府：明憲宗成化十二年（1476）置，治所在鄖縣（今屬湖北）。屬湖廣行省。領鄖、房、竹山、竹溪、上津、鄖西、保康七縣。林震：三水人，鄖陽府學訓導。秦守卿：生平不詳。

⑳太守張君循：張循，河南固始縣人，嘉靖十六年（1537）舉人。嘉靖三十八年任鄖陽知府。

㉑朝著：朝班。語本《左傳·昭公十一年》：『朝有著定。』杜預注：『著定，朝内列位常處，謂之表著。』

㉒旹（shí）：『時』的古字。

澹軒文集校注

【卷之一】

經筵講章①

子張問仁於孔子②。孔子曰：『能行五者於天下爲仁矣。』『請問之。』曰：『恭、寬、信、敏、惠。恭則不侮，寬則得衆，信則人任焉，敏則有功，惠則足以使人。』

這是《論語》第十七篇裏記孔子答徒弟子張問仁的説話。子張以『爲仁』的道理問於孔子，孔子答他説：『能行五者於天下爲仁矣。』孔子的意思説：仁道雖大，爲仁的功夫只在此五者。子張請問其目，孔子答他説：『恭、寬、信、敏、惠。恭則不侮，寬則得衆，信則人任焉，敏則有功，惠則足以使人。』

如何是『恭則不侮』？『恭』是恭敬，『侮』是侮慢③。凡人居處、執事，能正其衣冠，尊其瞻視④，無一息怠惰，則下面人望其容貌，都悚然敬畏⑤，無有敢褻慢的⑥。如何是『寬則得衆』？『寬』是寬容，『衆』謂衆人。凡人居上臨下，能度量寬弘，規模廣大，無一些急迫，則下面人仰其德化，都心悦誠服，無有不歸向的。如何是『信則人任焉』？『信』是信實，『任』是可倚仗的意思。在上的人，能以誠信自持，凡事件件都著實去做，無一些虚詐，則下面人都知他是可以擔當事務的人，自然倚靠他做主宰。如何是『敏則有功』？『敏』是敏速，『功』是爲事有成功。在上的人，凡行事疾捷快當⑦，足以鼓率衆人⑧，則下面人自然奔走服力，趨事赴工⑨，不敢怠惰，凡百所爲，大事小事，都有成功。如何是『惠則足以使人』？『惠』是恩惠，『使人」是容易使動人。在上的人，能以恩澤及人，使之衣食充足，安生樂業，仰視俯育⑩，都遂其願，則下面人自然盡心竭力，聽其役使⑪，雖勞苦也不辭，雖患難也不避。

臣謹按：此章，子張以仁爲問，孔子以五者告他。效驗爲何？正是他平日所欠闕的⑫，說他若能行這五者，便有如此的效驗。蓋以『恭』是仁之著，『寬』是仁之量，『信』是仁之實，『敏』是仁之力，『惠』是仁之澤，五者都是仁道驗見出來的。人能存心以五者爲主，則無非僻之雜⑬，而心德可存⑭。行事以五者爲主，則無悖謬之失⑮，而事理可得。凡行此五者，必自一家一國，以至於天下，都要公平、周徧⑯。若但有些間斷虧闕，怎麼行得仁道？這雖是一時告門人的說話，若從這裏推廣將去，帝王政事也不過如此。如帝舜温恭⑰，成湯克寬⑱，武王敦信⑲，大禹克勤⑳，文王惠鮮鰥寡㉑，這都是能行這五者道理的。所以，天下平治，後世不能及。於此可見，孔子的言語，無不是徹上徹下之道㉒，萬世帝王所當取法㉓。伏惟聖明留心㉔。

【注釋】

①經筵，是漢唐以來帝王爲講論經史而特設的御前講席。宋代始稱經筵，置講官以翰林學士或其他官員充任或兼任。宋代以每年二月至端午節、八月至冬至節爲講期，逢單日入侍，輪流講讀。元、明、清三代沿襲此制，而明代尤爲重視。除皇帝外，太子出閣後，亦有講筵之設。經筵講章，便是講官在經筵上宣講的講稿。明代經筵的禮儀，《禮部志稿》載：『每月初二、十二、二十二會講。每日止用講讀官四員，學士輪流侍班。不用侍衛，侍儀執事等官、侍班講讀等官入見，行叩頭禮，東西分立。先讀書，次讀經，或讀史。每伴讀十數遍後，講官直說大義，惟在明白易曉。講讀

後，侍書官侍。上習書畢，各官叩頭退。』（卷六十七）經筵進講的地點，始定於正統元年（1436）三月，在文華殿。寒暑（五月至七月，十月至十二月）暫停。

② 『子張問仁』一段：見《論語・陽貨》。子張，孔子學生顓孫師，字子張，小孔子四十八歲。

③ 侮慢：對人輕忽，態度傲慢，乃至冒犯無禮。

④ 瞻視：觀瞻。指外觀。

⑤ 悚然：肅然恭敬的樣子。

⑥ 褻慢：輕慢，不莊重。

⑦ 疾捷：快速。快當：快速，迅速。

⑧ 鼓率：擂鼓率領。

⑨ 趨事：辦事，立業。

⑩ 仰視俯育：對上侍奉父母，對下養育妻兒。泛指維持全家生活。

⑪ 役使：驅使，支配。

⑫ 欠闕：同『欠缺』。缺少，不足。

⑬ 非辟：邪惡。《禮記・玉藻》：『非辟之心，無自入也。』

⑭ 心德：指人的意識與性情。

⑮ 悖繆：背理荒謬。

⑯ 周徧：普遍，遍及。

⑰ 舜：五帝之一，傳説中我國父系氏族社會後期部落聯盟的賢明首領。姚姓，有虞氏，名重華，史稱虞舜或舜。相傳

受堯禪讓，後禪位於禹，死在蒼梧。温恭：温和恭敬。《尚書・舜典》：『濬哲文明，温恭允塞。』孔穎達疏：『温和之色，恭遜之容。』

⑱成湯：商朝開國之君。又稱武湯、武王、天乙等。克：能夠。寬：度量寬宏，寬厚。

⑲武王：指周武王。姬姓，名發，文王之子，滅商後建立周朝。敦信：尊重信義。

⑳禹：古代部落聯盟的領袖。姒姓，名文命，鯀之子。原爲夏后氏部落領袖，奉舜命治理洪水，領導人民疏通江河，興修溝渠。據傳治水十三年中，三過家門不入。後被選爲舜的繼承人，舜死後即位，建立夏代。後世視爲聖王。

㉑惠鮮鰥寡：對鰥寡孤獨施以恩惠。語出《尚書・無逸》：『懷保小民，惠鮮鰥寡。』惠鮮，惠賜。

㉒徹上徹下：貫通上下，通達上下。

㉓取法：取以爲法則，效法。

㉔伏惟：下對上的敬詞，表示希望。

子張問明①。**子曰：『浸潤之譖，膚受之愬，不行焉，可謂明也已矣。浸潤之譖，膚受之愬，不行焉，可謂遠也已矣。』**

這是《論語》第十二篇裏孔子答子張問明的事。子張是孔子的徒弟。他問孔子説：人欲要心裏明白透徹②，盡知天下人情，是是非非，無一些昏昧③，這道理是怎麼？孔子答他説：『浸潤之譖，膚受之愬，不行焉，可謂明也已矣。浸潤之譖，膚受之愬，不行焉，可謂遠也已矣。』

如何是『浸潤之譖，膚受之愬』？『浸潤』，是水中浸物漸漬不驟的意思④。『譖』，是以讒言敗壞人的德行。『膚受』，是有利害之事傷着己身的意思。『愬』，是以誣言告訴自己的冤抑⑤。『不行』，是不聽信。『明』，是見得分明。『遠』，是思慮廣遠。且如有人心裏嫉妬，欲要敗壞人，便捏合一端不好的事⑥，毁人短處。又恐人不信他，不敢正直指着説，只把閑言冷語從容宛轉，微露出那人的過失，務要使人不覺得信他，生起疑忌心來，便把那人離間了。若我心裏先有箇主張，察知他情僞⑦，他雖這等説，我終不信他屈怪了人，這便是『浸潤之譖不行』。又或有人心裏詭詐⑧，欲要陷害人，便虚狀一件驚駭人的事來告愬。又恐人不聽他，必多生些事頭⑨，本只被人罵，便説某人打他；本只被人打，便説某人要殺他。都説傷着他肌膚的模樣，務要使人不免得聽他，激起暴怒性來，便把那人誣害了。若我心裏自有箇分曉⑩，察知他的虚實，他雖這等説，我終不聽他枉罪了人，這便是『膚受之愬不行』。浸潤之譖不行，則必無偏信之失；膚受之愬不行，則必無偏聽之過。這等呵，豈不是至明的人。不惟一二人的譖愬不行，雖天下人的言語，萬幾的事務⑪，都能辨别詳審，無一毫壅蔽⑫。這等呵，豈不是識見十分廣遠的人？看來孔子這意思，只欲人凡聽言語，須先把自己的心做定主宰，去審察他，然後纔不爲姦邪小人誣言詐語所欺蔽得⑬。此章書雖是一時答子張的説話，其於帝王聽言處事之際，尤爲切要⑭。

臣考之帝舜有曰：『朕堲讒説殄行，震驚朕師。』⑮伊尹告太甲有曰：『視遠惟明，聽德惟聰。』⑯既曰『朕堲讒説殄行』，則間言必不能入⑰，其無偏聽可知。既曰『惟明』、『惟聰』，則亂言必不能行，其無偏信可知。所以虞商之世⑱，用人至當，刑罰至公，治化隆盛⑲，後世不可及。伏惟皇上以孔子之言爲法，以虞商之事爲鑑。

【注釋】

①『子張問明』一段：見《論語·顏淵》。

②透徹：詳盡而深入。

③昏昧：愚昧，糊塗。

④漸（jiān）漬：浸潤。

⑤誑言：謊話。冤抑：冤屈。

⑥捏合：僞造，虚構。

⑦情僞：真假，真誠與虚僞。

⑧詭詐：狡詐，欺詐。

⑨事頭：猶事情，事體。

⑩分曉：明白，清楚。

⑪萬幾：指帝王日常處理的紛繁的政務。

⑫壅蔽：遮蔽，阻塞。

⑬誑言：謊騙，説謊話。詐語：騙人的話，假話。

⑮切（qiè）要：確切扼要。

⑯『朕堲（jí）讒説殄（tiǎn）行』二句：見《尚書·舜典》。意思是説，我厭惡讒毀的言論和危害的行爲，會使我的民衆震驚。堲，厭惡。殄，危害。師，民衆。

⑯『視遠惟明』二句：見《尚書·太甲中》。意思是説，觀察遠方要眼明，順從有德要耳聰。

⑰間（jiàn）言：離間的話。

⑱虞：朝代名。指帝舜有天下之號。商：朝代名。前十六世紀商湯滅夏所建，都亳。中經幾次遷都，盤庚時遷殷（今河南安陽縣小屯），因亦稱殷。

⑲隆盛：興隆昌盛。

子貢問政①。子曰：『足食，足兵，民信之矣。』

這是《論語》第十二篇記孔子答子貢問政的言語。子貢是孔子的徒弟。他以爲政的事請問孔子，孔子答他説：足食、足兵、民信三件。

如何是『足食』？夫食以養生，如魚依水，如木依土。魚無水則死，木無土則枯，人無食則不能存活。所以，爲政的要足食，國家少差使②，教百姓每都得依時耕種收穫，不科徵③，不刻剥苦害百姓④。百姓每三年耕，必有一年的糧食；九年耕，必有三年的糧食。這等呵，百姓每都有飽飯喫，官府倉廪也有餘糧⑤，便遇水旱災傷，百姓每不受饑寒，官府裏錢糧也不乏用。這便是『足食』。如何是『足兵』？兵是朝廷的軍馬，要他防奸禦侮⑥，保障百姓每，國家不可無的。所以，爲政的又要足兵。國家平日養兵，要他強壯，常常操練他，要他慣熟⑦。或遇草寇生發，或遇邊境騷擾，著他守，他守的堅固；著他戰，他無不勝的。這便是『足兵』。如何是『民信之矣』？『信』，是百姓每以誠實相與⑧，無有相欺相背的意思。這『信』字，又從人君教化上來。國家既使百姓每都得食，不饑餒，又有軍馬保衛他得安穩，便可以施教化，使百姓每都知道禮義廉恥，都知道尊君愛親。這等呵，人心自然和協⑨，上下相信，百姓怎麼有那離叛的？這便是『民信之矣』。

臣謹按：爲政之道，食以養民，兵以安民，信以結民心，三者皆不可無。然這『信』字，本從『足食』、『足兵』的功效説來。若推所以取信之本，則在人君。孔子曰：『敬事而信。』⑩曾子曰：『與國人交，止於信。』⑪這便是取信與百姓的根本。爲人君的，躬行仁義，施之政事，守而勿失，以存大信於天下，天下之民莫不信服，則足以廣禮樂之化，成雍熙之治⑫。伏惟聖明留意。

【注釋】

①『子貢問政』一段：見《論語・顔淵》。

②差（chāi）使：差遣，派遣。

③科徵：徵收賦税。

④刻剥：侵奪剥削。

⑤倉廩：貯藏米穀的倉庫。

⑥禦侮：指抵禦外侮。

⑦慣熟：熟練。

⑧相與：相處，相交往。

⑨和協：同心協力。

⑩『敬事而信』句：見《論語・學而》。意思是説，嚴肅認真地對待工作，信實無欺。

⑪『與國人交』二句：見《大學》。原句是：『爲人君，止於仁；爲人臣，止於敬；爲人子，止於孝；爲人父，止於慈；與國人交，止於信。』

⑫雍熙：和樂昇平。

子曰：『武王、周公其達孝矣乎！夫孝者，善繼人之志，善述人之事者也。』

這是《中庸》第十九章，子思引孔子所言武王、周公的孝達乎天下，皆由中庸的道理，推廣之以至其極。與上章説舜大孝、文王無憂的意思一般。

如何説『武王、周公其達孝矣乎』？『孝』，是奉事父母的道理①，衆人所能知能行的。武王、周公推廣這道理，以繼其祖考太王、王季、文王的統緒②，伐罪救民而有天下③，身不失天下的顯名，尊爲天子，富有四海之内，宗廟享之，子孫保之。周公輔佐武王④，安定天下，成就文王、武王的志意⑤，追尊祖考太王、王季⑥，上祀先公以天子之禮。又制爲禮法，以教天下，使天下後世爲子孫的，皆得致其孝敬。所以，孔子説武王、周公的孝，乃天下人通稱其孝，非衆人所能，所以爲『達孝』。如何是『夫孝者，善繼人之志，善述人之事』？『繼』，是繼續的意思。『志』，是心志。『述』，是尊守的意思。『事』，是已成的事業。孔子因説武王、周公達孝，又推廣這孝的意思説：爲人子孫，當以祖宗的心爲心，祖宗心志欲爲好勾當⑦，當時未曾爲，子孫當繼其心志而成就之；祖宗已行的事業，可爲後世法則的，子孫當遵守而行。這便是『善繼人之志，善述人之事』。如武王纘先王的統緒以有天下⑧，周公成文武之德，追崇其先祖。這便是繼志、述事的大勾當。

臣因是考之，宋儒真德秀以爲[9]，祖宗的法度，當持守而持守固爲繼述[10]，當變通而變通亦爲繼述，何也？帝王致治的道理[11]，有萬世之常經[12]，有一時之權宜[13]。如《洪範》五「皇極」言[14]，人君居中建極[15]，爲天下表儀[16]，此萬世之常經也；六「三德」曰「正直」、「剛」、「柔」[17]，因時制宜，用其中于民，此一時之權宜也。其要只在保國家、安天下。人君因孔子繼述之言，講求《洪範》之理，則足以明時中之道，足以成致治之功。伏惟聖明留意。

正統四年二月十二日進講。

【注釋】

① 奉事：侍候，侍奉。

② 統緒：指宗族系統。

③ 伐罪：討伐有罪者。

④ 周公：姬姓，名旦，也稱叔旦。文王之子，武王之弟，成王之叔。輔佐武王滅商。武王崩，成王年幼，周公攝政，輔佐治理天下，天下臻於大治。後世視爲聖賢的典範。

⑤ 志意：意願。

⑥ 追尊：爲死者追加尊號。

⑦ 勾(gòu)當：事情。

⑧纘(zuǎn)：繼承。

⑨真德秀：字景元，後更爲希元，福建浦城(今浦城縣)人。本姓慎，因避孝宗諱改姓真。南宋後期著名理學家，是繼朱熹之後的理學正宗傳人。

⑩繼述：繼承。

⑪致治：使國家在政治上安定清平。

⑫常經：固定不變的法令規章。

⑬權宜：暫時適宜的措施。

⑭洪範：《尚書》中的一篇，主要講治理國家必須遵循的九條大法。洪，大；範，法則。第五條是『皇極』。

⑮建極：建立中正之道。

⑯表儀：表率，儀範。

⑰三德：《洪範》第六條。『一曰正直，二曰剛克，三曰柔克』。剛克，指過分剛強，柔克，指過分柔順。

孟子曰：『知者無不知也，當務之爲急；仁者無不愛也，急親賢之爲務。堯舜之知而不徧物，急先務也；堯舜之仁不徧愛人，急親賢也。』

這是《孟子·盡心》上篇，孟子説：知者無所不知[1]，但行時，當以先務爲急[2]；仁者無所不愛，但行時，當以親賢爲先。

如何説『知者無不知也，當務之爲急』？『知者』，是識達道理的人。『當務』，是所當先行的事。孟子說，識達道理的人③，心體光明，於天下的事無有不知的。若所行不知緩急先後，何以爲知？必須把緊要的事先着力去行，則事無有不治，而其知大矣。如何說『仁者無不愛也，急親賢之爲務』？『仁者』，是有仁德的人。『賢』，是賢人君子。孟子說，有仁德的人，存心寬大，天下的人都是所愛的，若不分別賢愚，混於所愛，何以爲仁？必須先親愛賢人君子而信任之，則恩無不洽，而其仁溥矣④。孟子又把堯舜所行來證這事，說有知識的莫如堯、舜，堯、舜有天下，如治曆明時⑤，察璿璣玉衡⑥，以齊七政，都是先把緊要的事行，其餘小事且緩緩理會。又說，有仁德的莫如堯、舜，堯、舜治天下時，訪問大臣，舉用八元八愷⑦，都是先親近賢人君子。以下百姓雖不曾一箇箇親愛他，因用的都是賢人君子，故以下百姓自然得所了⑧。這便是『堯舜之知而不偏物，急先務也；堯舜之仁不偏愛人，急親賢也』。

臣謹按：此章朱子《集注》取豐稷所解說：『知者若不急於先務，雖徧知人之所知、徧能人之所能，徒弊精神，而無益於天下之治；仁者若不急於親賢，雖有仁民愛物之心，小人在位，無由下達，聰明日蔽於上，而惡政日加於下。』⑨其說深得孟子的意思。伏惟皇上，講求知仁之全體大用，體念孟子所言⑩，取法於堯、舜⑪，知以先務爲急，仁以親賢爲先，用成雍熙泰和之治⑫，以福蒼生⑬，天下幸甚。

正統三年八月初二日進講訖。

【注釋】

①知：同『智』。

②先務：首要的事務。

③識達：識鑒並洞達。

④溥：廣大。

⑤治曆：製定曆法，研究曆法。明時：闡明天時的變化。

⑥『璿（xuán）璣玉衡』句：語見《尚書・舜典》：『在璿璣玉衡，以齊七政。』璿璣、玉衡，都是古代的測天儀器。孔穎達疏引蔡邕曰：『玉衡長八尺，孔徑一寸，下端望之以視星辰。蓋懸璣以象天而衡望之。』璿，同『璇』，美玉。齊，定，指定準。七政，古天文術語。説法不一，一説，指日、月和金、木、水、火、土五星；一説，指天、地、人和四時；一説，指北斗七星，以七星各主日、月、五星，故曰七政。

⑦八元：古代傳説中的八個才子。《左傳・文公十八年》：『高辛氏有才子八人：伯奮、仲堪、叔獻、季仲、伯虎、仲熊、叔豹、季貍，忠肅共懿，宣慈惠和，天下之民，謂之「八元」。』元，善，指其善於事也。八愷：相傳古代高陽氏的八個才子。《左傳・文公十八年》：『昔高陽氏有才子八人：蒼舒、隤敳、檮戭、大臨、尨降、庭堅、仲容、叔達，齊聖廣淵，明允篤誠，天下之民謂之「八愷」。』愷，和，指其和於物。

⑧得所：指得到安居之地或合適的位置。語出《詩經・魏風・碩鼠》：『樂土樂土，爰得我所。』

⑨『此章朱子』一段：見朱熹《孟子集注》。朱子，指朱熹，字元晦、一字仲晦，號晦庵、晦翁等，南宋著名理學家、教育家，世稱朱子。他用畢生精力所撰《四書章句集注》，是其代表作之一，自元代起，成爲科舉考試的標準教科書，影響甚巨。豐稷，字相之，謚清敏，明州鄞縣（今浙江寧波）人。北宋嘉祐四年（1059）進士，官至工部尚書兼侍讀。爲官清苦廉直，又博學多聞，遍注經傳，遺著多散佚，近人張壽鏞輯有《豐清敏公詩文輯存》一卷。

⑩體念：體驗。

⑪取法：取以爲法則，效法。

⑫泰和：太平。

⑬ 蒼生：指百姓。

孟子曰：『人皆有所不忍，達之於其所忍，仁也；人皆有所不爲，達之於其所爲，義也。』

這是《孟子·盡心》下篇，孟子説：仁義根於人心，皆有所不忍、有所不爲。但爲私欲所害，則於事或有所忍、有所爲的人，能把所不忍的心，達之於所忍，把所不爲的事，達之於所爲，便是仁義。『仁』，是心上慈愛的道理①，人人所同有的。所以，見人迫於飢寒，見人陷於水火，便有惻隱的心②。或因私欲遮蔽，將這惻隱的心都昧了③，卻爲殘忍害人的事，這便是不仁。孟子説，人若常把惻隱的心推行將去，不爲殘忍害人的事，這等呵，則天下萬物都在所愛之内，這便是仁。所以説『人皆有所不忍，達之於其所忍，仁也』。『義』，是心上分别是非的道理，也是人人所同有的。所以，於那不合道理的，如穿踰爲盜的事④，皆有羞惡的心⑤。或爲私欲牽引，將這羞惡的心都昧了，於富貴貧賤取舍之間，爲所不當爲，這便是不義。孟子説，人若常把這羞惡的心推行將去，凡所爲的都要合道理，這等呵，則平日所爲豈有不是的。所以説『人皆有所不爲，達之於其所爲，義也』。

臣謹考之，孟子論王天下之道，有曰：『古之人所以大過人者，無他焉，善推其所爲而已矣。』⑥竊以爲，仁義的心雖衆人所同，推而行之，則莫大于人君。何也？人君爲天下主宰，推廣其不忍的心，則必輕刑、薄税、省差徭⑦，使天下的百姓皆安於仁；推廣其所不爲的事，則必去讒遠色，賤貨而貴德，使國家的政事皆合於義，則仁義之效廣大無窮。伏惟聖明，體念孟子所言，推廣仁義之心，以隆古帝王之治⑧，斯世斯民之萬幸也。

正統三年九月十二日講訖。

【注釋】

① 慈愛：仁慈愛人。多指上對下或父母對子女的愛憐。

② 惻隱：同情，憐憫。

③ 昧：迷亂，惑亂。

④ 穿踰(yú)：也作『穿窬』。挖牆洞和爬牆頭。指偷竊行爲。

⑤ 羞惡：對自己或別人的壞處感到羞恥厭惡。

⑥『有曰』句：見《孟子·梁惠王上》。

⑦ 差(chāi)徭：徭役。

⑧ 隆：尊崇，尊重。

《象》曰：『天下有風，姤。后以施命誥四方。』

這是《周易·姤卦》大象傳[①]，孔子發明聖人體姤之象，以施命令，徧誥天下的意思。

《姤卦》乾上巽下[②]，以二象言之，乾爲天，巽爲風。『姤』，是相遇。風是陰陽和氣吹噓播揚[③]，爲天之號令，所以鼓舞萬物，遂其生者也。其行於天下，周偏廣被，物無不遇。故說『天下有風，姤』。聖人君主萬邦，觀風行天下，無不周徧之象，故施命令，以徧誥四方。何也？聖人秉大德至仁，統理萬邦④，以一身之禮樂，爲天下之禮樂，以一身之法度，爲天下之法度，而後萬姓皆歸於善。然非發號施令，何以警天下之人？誥之不周徧，則此得聞而彼或不聞，何以通天下之心志，一天下之視聽⑤？聖人體天道，制爲禮樂法度，徧誥萬方，如風之流行，凡囿於天地之間者，莫不鼓舞動盪，以遂其生，所以說『后以施命誥四方』。

臣謹考之，唐虞三代⑥，若《書》之『訓誥誓命』之文⑦，《洪範》『皇極之敷言』⑧，皆命令誥於四方者也。當時臣民奉承之⑨，如風之鼓動，歸於政化，皆此道也。孔子於《姤卦》，發明其理，所以示天下後世，欲一道德而同風俗，必體天爲治，而後盡其道也。洪惟聖朝，太祖高皇帝革胡元之獘習⑩，制爲《大誥三編》⑪，申明中國之舊章⑫，使人知爲善避惡，即《易》卦之道也。伏惟聖明觀大《易》之象，體帝王之心⑬，法祖宗之道⑭，謹號令之施⑮，以爲法於天下，垂裕於悠久⑯，萬世幸甚。

【注釋】

①姤(gòu)卦：是《周易》六十四卦之第四十四。象傳：也稱象辭。《周易大傳》十篇之一。分上下兩篇，共四百五十條。其中解釋六十四卦卦名、卦義的有六十四條，稱爲『大象』；解釋三百八十六爻爻辭的有三百八十六條，稱爲『小象』。解釋卦名、卦義的都以卦象爲根據，解釋爻辭的也多以爻象(包括爻位元)爲根據，因此題其篇曰『象』。

②乾上巽下：指《姤卦》卦象，乾在上巽在下，即䷫。

③吹嘘：呼氣。播揚：散佈，揚棄。

④ 統理：統轄治理。

⑤ 一：統一。

⑥ 唐虞：唐堯與虞舜的並稱。亦指堯與舜的時代，古人以爲太平盛世。三代：指夏、商、周。

⑦ 訓誥誓命：《尚書》的幾種文體。《尚書序》：『芟夷煩亂，剪截浮辭，舉其宏綱，撮其機要，足以垂世立教，典、謨、訓、誥、誓、命之文凡百篇。所以恢弘至道，示人主以軌範也。』後世把典、謨、訓、誥、誓、命，稱爲《書》之六體。訓，教導之詞。誥，用於會同時的告誡。誓，軍中發佈有關告戒、約束將士的號令。命，王命，朝命。

⑧ 皇極之敷言：見《尚書·洪範》。原文作『曰皇極之敷言，是彝是訓，于帝其訓。凡厥庶民，極之敷言，是訓是行，以近天子之光』。馬融曰：『王者當盡極行之，使臣下布陳其言。是大中而常行之，用是教訓天下，于天爲順也。凡厥庶民，亦盡極敷陳其言於上也。』皇極，帝王統治天下的準則。即所謂大中至正之道。孔穎達疏：『皇，大也；極，中也。施政教，治下民，當使大得其中，無有邪僻。』

⑨ 奉承：承受，遵行。

⑩ 胡元：對元朝的貶稱。

⑪ 大誥三編：洪武十八年（1385）到二十年之間，朱元璋連續發佈了四篇文告，統稱《大誥》，即《大誥》、《大誥續編》、《大誥三編》和《大誥武臣》。《大誥三編》共四十三條。

⑫ 中國：指中原地區。

⑬ 體：體會，體察。

⑭ 法：仿效，效法。

⑮ 謹：謹慎，慎重。

⑯ 垂裕：爲後人留下業績或名聲。

詔：中外臣庶［許］直言朝政闕失、民間疾苦。①

這是《宋史》紀宋哲宗即位之初下詔求言的事。先是，嘗令百官言時政闕失②。及司馬光自洛陽赴闕③，請廣開言路，於是上封事者以千數④。至是，又慮時政闕失⑤，尚多民間疾苦未盡得聞，復詔内外群臣百姓，皆得直言⑥，無有所隱。史臣屢書之，以見哲宗初政，即能求言納諫，留心政事，深察民隱，而知爲治之先務也。元祐之初⑦，政有可觀，而無愧於熙寧、元豐之間⑧，蓋有所自來矣⑨。

臣謹按：自古聖帝明王，未有不求言以通治道者。故其聽政之際，史在前書過失⑩，工誦箴諫⑪，瞽誦詩諫⑫，公卿比諫⑬，士傳言諫⑭，庶人論於道⑮，商賈議於市，然後君得聞其過失也。聞其過失而改之，見義而從之，是以事行而不悖，天下永安矣。若堯之『稽於衆，舍己從人』⑯，舜之『明四目，達四聰』⑰，禹之『設六諫』、『拜昌言』⑱，湯之『從諫弗咈』、『改過不吝』⑲，以及漢、唐、宋賢明之君，願治之主⑳，未有不汲汲於求言者也㉑。誠以人君能開心虚己，聽納其言，可采者用之，不可者置之，則上自公卿、大夫之貴，下逮黎庶、芻蕘之賤㉒，莫不咸懷忠良，思陳善道，而治化臻雍熙之盛矣㉓。伏惟皇上，遠法堯舜禹湯之道，大開言路，以通下情，使善言畢聞，政事修舉㉔，安宗社於泰山㉕，福蒼生於悠久㉖。斯世斯民，不勝幸甚。

【注釋】

①此詔見《宋史·本紀第十七·哲宗一》，是哲宗即位當年（1085）六月的事。《宋史》「庶」下有「許」字，今據補。

②「嘗令」一事：是哲宗即位當年五月的事。

③司馬光：字君實，號迂叟，陝州夏縣（今山西夏縣）涑水人。北宋政治家、文學家、史學家。主持編纂中國歷史上第一部編年體通史《資治通鑑》。赴闕：入朝。指陛見皇帝。

④封事：密封的奏章。古時臣下上書奏事，防有泄漏，用皂囊封緘，故稱。

⑤闕（quē）失：失誤，錯誤。

⑥直言：直言敢諫。

⑦元祐：宋哲宗趙煦的第一個年號，共使用八年。

⑧熙寧、元豐：皆宋神宗年號。

⑨自來：由來。

⑩史：史官。在王左右的史官，擔任祭祀、星曆、卜筮、記事等職。書：記載。

⑪工：古代特指樂官。誦：朗讀，念誦。箴諫：規戒勸諫的話。

⑫瞽（gǔ）：樂官。古代以瞽者爲之，故稱。

⑬公卿：三公九卿的簡稱。比（bǐ）諫：以事類爲比，進行規勸。

⑭傳言：出言，發言。《儀禮·士相見禮》：「凡言，非對也，妥而後傳言。」俞樾《群經平議·儀禮一》：「傳言者，相傳而言也。見於君者或非一人，必待前人言訖，後人乃接續而言，不相儳越也。」

⑮庶人：平民，百姓。

⑯『稽於衆』二句：見《尚書・大禹謨》。稽，參考。

⑰『明四目』二句：見《尚書・舜典》。四目，觀察四方的眼睛。達，至，通。四聰，聽四方之聰。聰，聽力。

⑱拜昌言：見《尚書・皋陶謨》。昌言，善言，正當的言論。

⑲從諫弗咈(fú)：見《尚書・伊訓》。從，聽從。咈，違背，違逆。改過不吝：見《尚書・仲虺之誥》。意爲，改正錯誤態度堅決，不猶豫。吝，惜。

⑳願治：希望得到大治。

㉑汲汲：心情急切的樣子。

㉒黎庶：黎民。芻蕘：指草野之人。

㉓治化：指治理國家、教化人民。

㉔修舉：推行。

㉕宗社：宗廟和社稷的合稱，借指國家。

㉖蒼生：指百姓。

克明峻德，以親九族。九族既睦，平章百姓。百姓昭明，恊和萬邦。黎民於變時雍。

這是《尚書・堯典》篇。堯是上古時聖人，十六歲做帝，好生有功德在天下。這一章，是當時史官說堯治天下時，有這等的大功德。

『克』字解作『能』字。『峻』字解作『大』字。『德』是行的好勾當，都是心上的道理。堯本是聖人，它只怕自己心上天理有暗昧處，好生用心去整理。史官因一箇『明』字説不盡，又加一箇『克』字，便見堯的德光明如日月一般。堯的德行不比尋常人德行，史官於『德』字上加一箇『峻』字，便見堯的德如天地一般。『九族』是堯一家的親族，堯自己有這般大德，和順他一家的親族①，他那一家親族都相和睦。『百姓』是那京都近處的人。『平』是均平的意思。堯把這大德去均平整治那百姓每，百姓每都曉得爲善，無有昏昧爲不善的。『萬邦』是天下諸侯之國。『於變』是變惡爲善。『雍』是和的意思。堯把他的德去撫安那天下的人②，天下的人以前有不好的，都改過做好勾當，所以天下都和順。這等看來，堯能明白自己的大德化他一家，又化及一國，又化及天下。當時的人都無一箇不好的，這是多大的功德！孔子説：『大哉堯之爲君！惟天爲大，惟堯則之。』③因此上，天下後世爲帝王的，都以帝堯爲法度。伏惟聖明留意。

【注釋】

① 和順：和睦順從，和睦融洽。

② 撫安：安撫。安頓撫慰。

③ 『孔子説』句：見《論語·泰伯》。原句作：『大哉堯之爲君！巍巍乎！唯天爲大，唯堯則之。』則，學習，效法。

禹敷土，隨山刊木，奠高山大川。

這是《尚書·禹貢》篇①，是記大禹治水的大節。當唐堯之時，洪水爲患，堯命鯀治之②，九年無成功。及舜攝位③，復命禹治之，然後水土平治。《禹貢》一篇，是紀禹之成功。這三句是包括這一篇的事。

如何是『敷土』？『敷』字解做『分』字，分別天下土地做九州。如河内之地④，爲冀州⑤；東南據濟水⑥，西北至河，爲兖州⑦；東北至海⑧，西南至泰山，爲青州⑨；東至海，南至淮⑩，北至泰山，爲徐州⑪；北至淮，南至海，爲揚州⑫；北距南條荊山⑬，南極衡山之陽⑭，爲荊州⑮；西南至荊山⑯，北距大河，爲豫州⑰；東距華山之陽⑱，西南據黑水⑲，爲梁州⑳；西據黑水，東距西河㉑，爲雍州㉒。這便是『敷土』。如何是『隨山刊木』？『刊』是除去的意思。當時洪水横流，平地皆水，所可見者只是山，而山之樹木茂盛，無有道路。禹乃遂山勢高下㉓，相視便宜㉔，刊除樹木，開通道路，使人得以用工。這便是『隨山刊木』。如何是『奠高山大川』？『奠』字解做『定』字。禹既因山川界限，分天下爲九州，每州之内又定山最高的、水最大的爲一州的紀綱。如冀州的霍山，楊州的會稽山，兖州的濟水，雍州的黑水、西河。這等高山大川，都表識出來，以爲各州的紀綱。這便是『奠高山大川』。

臣謹按：禹先分别了各州的疆界，而後通道路，而後定高山大川，其次第盖如此。然其分别九州，非出禹的私智，天文、地理區域各定。故星土之法㉕，則有九野㉖；而在地者，必有高山大川爲之限隔。風氣不通，人生其間，風俗亦不同，禹亦因其自然之勢分别之耳。禹八年於外，三過其門而不入，而後水土平治，千萬世之下，仰其成功，亦惟順其水土之性而治之。考《禹貢》一篇，九州之下，各紀其疆界，記所用功之地，而後書其所貢之物，不強其所無㉗；分土地高下，以定賦入㉘，取民有其制；而後隨山濬川㉙；以疏其源委㉚；而後制爲五服㉛，詳内略外，各得其宜。至於草木、鳥獸、夷狄、異類㉜，亦使之各得其所，而終之以德化爲本。於此可見聖人經理天下，仁之至而義之盡也。伏惟聖明留心。

正統四年二月十二日進講。

【注釋】

①禹貢：《尚書》中的一篇。它以地理爲徑，分當時天下爲九州，是中國古代一篇重要的地理學文獻。

②鯀(gǔn)：傳説中中國古代部落酋長名，號崇伯。禹之父。曾奉堯命治水，因築堤堵水，九年未治平，被舜殺死在羽山。

③攝位：代理君位。

④河内：古代指黄河以北的地區。河，古代專指黄河。

⑤冀州：古九州之一。《爾雅·釋地》：『兩河間曰冀州。』郭璞注：『自東河至西河。』

⑥濟水：古四瀆之一。包括黄河南北兩部分，河北部分源出河南濟源縣西王屋山，下游屢經變遷。河南部分本是從黄河分出來的一條支流，因分流處與黄河北濟口隔岸相對，因而被古人視爲濟水的下游。後下游爲黄河所奪，黄河以南不再有所謂濟水。

⑦兖州：古九州之一。《尚書·禹貢》：『濟、河惟兖州。』《爾雅·釋地》：『濟河間曰兖州。』

⑧海：指渤海。

⑨青州：古九州之一。《尚書·禹貢》：「海岱惟青州。」岱，泰山。

⑩淮：水名，即淮河。源出河南省桐柏山，東流經河南、安徽等省到江蘇省入洪澤湖。

⑪徐州：古九州之一。《尚書·禹貢》：「海岱及淮惟徐州。」《爾雅·釋地》：「濟東曰徐州。」海，黄海。淮，淮河。

⑫揚州：古九州之一。《尚書·禹貢》：「淮、海惟揚州。」《爾雅·釋地》：「江南曰楊州。」

⑬距：抵達，通到。南條荊山：《尚書·禹貢》「導岍及岐，至於荊山」孔穎達疏：「舊説以爲三條。《地理志》云：《禹貢》北條荊山，在馮翊懷德縣南。南條荊山，在南郡臨沮縣東北。」

⑭極：至，到達。衡山：一名岣嶁山，又名霍山，古稱南嶽。位於湖南中部。相傳舜南巡和禹治水都到過這裏。

⑮荊州：古九州之一。在荊山、衡山之間。《尚書·禹貢》：「荊及衡陽惟荊州。」

⑯荊山：山名。在今湖北省南漳縣西部。漳水發源於此。

⑰豫州：古九州之一。《尚書·禹貢》：「荊河惟豫州。」《周禮·夏官·職方氏》：「河南曰豫州。」

⑱華山：又稱太華山。五嶽之一，古稱「西嶽」。在陝西省華陰市南，北臨渭河平原，屬秦嶺東段。陽：山之南。

⑲黑水：或謂即張掖河，或謂即黨河（均在今甘肅），或謂即大通河（在今青海），諸説不一。

⑳梁州：古九州之一。《尚書·禹貢》：「華陽黑水惟梁州。」

㉑西河：指今山西、陝西間的黄河。

㉒雍州：古九州之一。《尚書·禹貢》：「黑水西河惟雍州。」孔穎達疏：「計雍州之境，被荒服之外，東不越河，而西踰黑水。王肅云『西據黑水、東距西河』，所言得其實也。」

㉓遂：順從。

㉔相（xiàng）視：視察，察看。便宜：方便，順當。

㉕星土：古時以爲山川之精，上應星辰，故以星宿分主九州地域或諸侯封域。這些地域或封域即稱星土。
㉖九野：九州的土地。
㉗強：底本漫漶，據『朐抄本』補。
㉘賦入：賦税。
㉙隨：底本漫漶，據『朐抄本』補。濬川：疏通河道。
㉚源委：指水的發源和歸宿。語本《禮記·學記》：『三王之祭川也，皆先河而後海，或源也，或委也，此之謂務本。』鄭玄注：『源，泉所出也；委，流所聚也。』
㉛五服：古代王畿周邊，以五百里爲一區劃，由近及遠分爲侯服、甸服、綏服、要服、荒服，合稱五服。
㉜夷狄：古稱東方部族爲夷，北方部族爲狄。常用以泛稱除華夏族以外的各族。異類：指不同種類的事物。

八、庶徵：『曰雨，曰暘，曰燠，曰寒，曰風，曰時。五者來備，各以其叙，庶草蕃廡。一極備凶，一極無凶。』

這是《洪範》第八疇①，箕子説天道之休咎，本乎人君德政所感召的道理。

『八』是《洛書》之文，『徵』是徵驗②，説天道爲人事的徵驗，有雨、暘、燠、寒、風五者，所以謂之庶徵。天地之氣，蒸而爲雨，所以潤物；散而爲暘，所以煦物。陰往則陽來，則爲燠，萬物於是而暢茂。陽往陰來則爲寒，萬物於是而成就。天地之氣，噓而爲風，以動萬物。一歲之中，宜雨而雨，宜暘而暘，當熱而熱，當寒而寒，宜風而風，無少欠缺，不失時候，由是草木微物亦皆蕃盛。這便是『曰雨，曰暘，曰燠，曰寒，曰風，曰時。五者來備，各以其叙，庶草蕃廡』。庶草微物亦皆繁盛，則百穀豐登可知。『極備』是過多，『極無』是過少。雨、暘、燠、寒、風，這五者不可過多，不可過少。雨多而暘少，則有水澇之患；雨少而暘多，則有旱乾之災。過熱而不寒，則物不成；過寒而不熱，則物不茂。風不以時，或過多，或過少，則萬物不遂其生。這便是『一極備凶，一極無凶』。

臣謹按：天地之化，不出乎陰陽五行，人君以參天地、贊化育爲功者也③。在天爲五行，在人爲五事。人君於貌、言、視、聽、思，皆求當乎理，則五事修而致天地之和。而雨、暘、燠、寒、風，備而不失其序，是謂休徵；五事失，則五者或極備，或極無，是謂咎徵。此天人之理，相爲感通。箕子之告武王至矣④。《中庸》曰『致中和，天地位焉，萬物育焉』⑤，亦此理也。伏惟聖明，明天人之理，全中和之德，行皇極之道，以參天地，贊化育，俾海宇蒼生，同樂雍熙太和之治⑥，誠斯民斯世之至願也⑦。

【注釋】

①洪範：《尚書》中的一篇。洪，大。範，法。洪範，就是大法。

②徵驗：應驗，證實。

③贊：輔佐，説明。化育：化生長育。

④箕子：紂王叔父，因封於箕，故稱箕子。他勸諫紂王，紂王不聽，便披髮佯狂，被紂囚禁。

⑤『中庸』數句：見《禮記·中庸》。中和，是中庸之道的主要内涵。儒家認爲能『致中和』，則天地萬物均能各得其所，

達於和諧境界。位，指佔據其應有的位置。

⑥ 雍熙：和樂昇平。太和：太平。

⑦ 至願：懇切的願望，最大的願望。

天聰明，自我民聰明；天明畏，自我民明威。達于上下，敬哉有土。

這是《尚書・臯陶謨》篇臯陶告帝舜的言語①。臯陶因上文説『天叙』、『天秩』、『天命』、『天討』，又申説天以民爲心，人君當存敬心，然後能合天與民的心。所以説『大聰明，自我民聰明；天明畏，自我民明威。達于上下，敬哉有土』。

如何是『天聰明，自我民聰明』？『聰』是無所不聞，『明』是無所不見。臯陶説：天的聰明，無所不聞，無所不見。何嘗有耳聽，何嘗有目看，只是把百姓每的耳目做耳目，百姓每聽的，便是天聽的；百姓每見的，便是天見的。所以説『天聰明，自我民聰明』。如何是『天明畏，(是)[自]我民明威』？②『明』是光顯那善良的，『畏』是傾覆那凶惡的。臯陶説，天道福善禍淫，善良的必光顯，凶惡的必傾覆。天何嘗有心，有好那一箇人，惡那一箇人，只是把百姓每的好惡做好惡。百姓每好的，便是天好的；百姓每惡的，便是天惡的。所以説『天明畏，自我民明威』。如何是『達于上下，敬哉有土』？『上』是説天，『下』是説百姓，『有土』是説人君。臯陶意思説：人但見天在上，不與百姓相接，百姓在下，與天不相關，卻不知天理所存，便是百姓每心的所存；百姓每的心，便是天的心。爲人君的，把敬謹的心，奉順上天，不敢輕忽百姓；把敬謹的心，愛惜百姓，不敢違背天心。這便是『達于上下，敬哉有土』。

臣謹按：皋陶陳説安民的道理，極言天人一理，而終歸於『敬哉』一言。何也？蓋敬者，聖人傳心的要法③，國家致治的根本④。人君持心修身，恒存戒懼⑤，蒞政臨民⑥，不敢輕忽。至於用力之久，心與理一，習與性成，以建中和之極，而天地以位，萬物以育，皆不出乎此敬。孔子曰『修己以安百姓』⑦，《中庸》曰『君子篤恭而天下平』⑧，皆是此理。伏惟皇上，致勤於聖學，以成治功，天下幸甚。

【注釋】

① 皋陶（gāoyáo）：傳説虞舜時的司法官。

② 自：底本作『是』，據《尚書》原文改。

③ 要：底本漫漶，據『朐抄本』補。

④ 致治：使國家在政治上安定清平。

⑤ 戒懼：警戒恐懼。

⑥ 臨民：治民。

⑦『孔子曰』句：見《論語・憲問》。意思是，修養自己來使所有老百姓安樂。

⑧ 篤恭：純厚恭敬。

啓乃心，沃朕心。若藥弗瞑眩，厥疾弗瘳。若跣弗視地，厥足用傷。惟暨乃僚，罔不同心，以匡乃辟。俾率先王，迪我高后，以康兆民。

這是《商書·説命》上篇，高宗既以『舟楫』、『霖雨』爲喻，倚望傅説①，又欲其開心見誠，救其所失，指示其所不見，而與同僚同心輔佐他，循守先王的道理②，遵行乃祖成湯的法度③，以安天下百姓。

如何是『啓乃心，沃朕心』？『啓』，是開發的意思。『沃』，是灌溉的意思。高宗説：大臣事君，必以心相感。傅説你教誨我，當輸誠竭忠④，無有隱匿，使我的心性開悟，萬善衆理皆得於心，便如江河水浸灌萬物透徹一般。又説：『若藥弗瞑眩，厥疾弗瘳。』『瞑眩』是病人飲了苦藥，頭目昏悶的意思。高宗説：如人有病，不將苦藥治呵，怎麼得痊愈？比喻説，我若有差失，傅説你當苦口諫正⑤，便如用苦藥治病一般。又説：『若跣弗視地，厥足用傷。』『跣』，是跣足行。人跣足行，若不看地上呵，必然傷了足。比喻説，我於政事上有見不明處，傅説你當明白指示我，莫使我如那跣足行不看地傷了足的一般。又説：『惟暨乃僚，罔不同心，以匡乃辟。俾率先王，迪我高后，以康兆民。』高宗又説：爲大臣的，不但以一身事君，當以衆賢事君，傅説你當與僚屬、卿大夫、士衆人⑥，同心輔我。『先王』，是説古昔帝王。『高后』，是指乃祖成湯説。高宗説：古先帝王治天下的道理，傅説你當同心輔佐我，循行着；我祖成湯治天下的法度，傅説你當同心輔佐我，遵守着。使天下的百姓，人人都得安居樂業，無饑寒困苦。這等呵，纔盡得你的職任。這是高宗期望傅説深切的意思。

臣竊惟：自古人君修德圖治，必資於大臣；爲大臣者，必能輔君成德，然後能安天下。然君臣之間，必誠意交孚⑦，然後善言日聞，治道日成。帝舜咨詢百揆、四岳有曰，『予違，汝弼。汝無面從，退有後言』，『臣作朕股肱耳目』⑧，皆是此意。高宗命傅説，欲其以心格心；又欲其苦言以救其失，明白指示其所行；又欲其與同僚協心輔佐，率循先王及乃祖所行，以安天下。其言諄切⑨，至再求助於輔臣者如此，宜其爲三代之賢主也。伏惟皇上，取法高宗，求言輔德，以安生民，以隆治道⑩，以配堯舜禹湯之盛，天下幸甚，宗社幸甚。

正統三年十月二十二日講。

【注釋】

①倚望：依賴敬仰。傅説（yuè）：商王武丁時宰相。傅説本爲傅岩築牆之奴隸，武丁得之，舉以爲相，國大治。

②循守：恪守，遵守。

③乃：其，他的。

④輸誠：獻納誠心。

⑤諫正：諫諍，規勸。

⑥僚屬：屬官，屬吏。

⑦交孚：互相信任。

⑧『帝舜咨詢』數句：見《尚書·益稷》。咨詢，訪問，徵求意見。百揆，總理國政之官。四岳，相傳爲共工的後裔，因佐禹治水有功，賜姓姜，封于吕，並使爲諸侯之長。『予違』句，意爲，我有過失，你就輔助我。你不要當面順從，背後又

去議論。股肱，大腿和胳膊。比喻左右輔佐之臣。

⑨ 諄切：真誠、懇切。

⑩ 隆：使興盛。

冬十有二月，會齊侯、宋公、陳侯、衛侯、鄭伯、許男、滑伯、滕子，同盟于幽。

這是春秋魯莊公十六年事。當時齊桓公圖伯①，合諸侯尊周，故孔子書之。

『會』，是會合。齊侯是齊桓公，宋公是宋桓公②，陳侯是陳宣公③，衛侯是衛惠公④，鄭伯是鄭厲公⑤。許、滑、滕，三國名⑥。伯、子、男，是爵。『盟』，是刑牲歃血⑦，要質鬼神⑧，以信相結，誓不相背的意思。『幽』，是宋地⑨，在今河南境內。周自平王東遷⑩，王綱不振⑪，威權下移⑫，諸侯專擅⑬，互相侵伐⑭。齊桓以安攘爲己任⑮，會列國於北杏⑯，以圖創伯。然人心不齊，攜貳者多⑰，至是會合宋、魯、陳、衛、鄭之君，許、滑、滕之長，于幽之地，相與結盟，以申尊天子、攘夷狄之義，以誓同心守信義之言，諸國君長，莫不從矣。孔子皆以爵書之，蓋嘉其同尊周也。惟魯不稱『公』，何也？既盟之後，鄭侵宋不朝，齊桓乃執其臣叔詹⑱，詹逃而魯納之。是時，齊桓始伯，仗義以盟，而魯首叛盟，《春秋》不書『公』，惡失信也。夫自天子至於庶人，壹是皆以信爲主⑲。故孔子以信易食答子貢之問⑳，君子以信易生，重桓王之失。匹夫不敢違信，況國君乎？自昔堯、舜、禹、湯、文、武之爲君，未有不惇信以爲治㉑。是以唐虞三代雍熙之盛，有非後世之所能及也。伏惟聖明，考《春秋》之所書，而以堯、舜、禹、湯、文、武爲法。國家幸甚，天下幸甚㉒。

【注釋】

①齊桓公：春秋時齊國國君，前685年—前643年在位。姜姓，名小白。他任用管仲進行改革，國力逐漸強大起來，他安定東周王室的內亂，多次大會諸侯，訂立盟約，成爲春秋時的第一個霸主。伯（bà）：通『霸』。稱霸，做諸侯的盟主。

②宋桓公：春秋時宋國國君，前681年—前651年在位。子姓，宋氏，名御説。

③陳宣公：春秋時陳國國君，前692年—前648年在位。嬀姓，名杵臼。

④衛惠公：春秋時衛國國君，前699年—前697年、前686年—前669年在位。姬姓，衛氏，名朔。衛宣公之子，衛懿公之父。惠公三年（前697年），左右公子作亂，廢掉惠公，改立其叔公子黔牟爲君，惠公於是逃到了齊國。衛君黔牟十年（前686），齊襄公率領諸侯攻衛國，殺衛君黔牟，復立惠公爲君。

⑤鄭厲公：春秋時鄭國國君。姬姓，名突。前後在位共十一年。

⑥許：公元前十一世紀周分封的諸侯國，姜姓。在今河南許昌東。戰國初爲楚所滅。許男，指許穆公。滑：周代國名，姬姓，在今河南偃師市。滕：西周分封的諸侯國名。在山東滕州一帶。

⑦刑牲：古時爲了祭祀或盟約而殺牲畜。歃（shà）血：古代盟會中的一種儀式。盟約宣讀後，參加者用口微吸所殺牲之血，以示誠意。一説，以指蘸血，塗於口旁。

⑧要質：立盟。

⑨幽：在今河南蘭考境內。

⑩平王：周平王，西周幽王之子，前770—前720年在位。姬姓，名宜臼。前770年，西周滅亡，平王由晉文侯、鄭武公、衛武公、秦襄公夾輔，東徙洛邑（今河南洛陽王城公園一帶），東周開始。

⑪王綱：天子的綱紀。

⑫威權：威勢和權力。

⑬專擅：獨攬。

⑭侵伐：興兵越境討罪，進攻他國。

⑮安攘：排除禍患，使天下安定。

⑯北杏：齊地，在今山東東阿縣境。

⑰攜貳：離心，有二心。

⑱執：拘捕。叔詹：鄭國大夫。

⑲壹是：一概，一律。

⑳『孔子以信易食』句：當指《論語·顏淵》子貢問政事。原文作：子貢問政。子曰：『足食，足兵，民信之矣。』子貢曰：『必不得已而去，於斯三者何先？』曰：『去兵。』子貢曰：『必不得已而去，於斯二者何先？』曰：『去食。自古皆有死，民無信不立。』

㉑惇(dūn)信：重視信用。惇，注重，重視。

㉒自『天下幸甚』至下一節《孟軻去齊》中『問毀明堂』，底本缺頁，據『朐抄本』補足。

孟軻去齊。

這是周赧王元年①，《通鑑》紀孟軻仕齊不遇而去的事②。

孟軻是魯國鄒縣人，孔子孫子思的門人③。齊本諸侯之國，周末僭稱王④。當時七國爭雄，所用之士如商鞅、吴起、孫子之徒[5]，皆以智謀相尚[6]，戰爭爲賢。又處士楊朱、墨翟[7]，異端之言，蠱惑人心。孟軻以亞聖之資，生於其時，歎世道陵夷[8]，憫人心陷溺[9]，乃述堯舜禹湯文武周公孔子之道，以正人心，息邪説，思濟斯民，周流諸國。至魯國，平公沮於臧倉[10]；至魏國，魏侯問何以利國，孟子對以仁義[11]。道既不合，皆不見用。滕文公雖有慕道之心[12]，而其國勢微弱，道亦難行。當時齊爲大國，其勢可以行道安天下，宣王又天資誠朴[13]，可與爲善。於是適齊[14]，宣王任以爲卿。宣王問齊桓、晉文之事[15]，孟子告以王道[16]；問交隣國之道，告以以大事小、以小事大之言；問賢者所樂，而言當以天下爲憂樂；問毁明堂[17]，而曰：『王欲行王政則勿毁。』孟子所言皆王道之大者，惜宣王私意固蔽已深[18]，終不能用，孟子乃還其職而去。然必三宿而後出齊邑[19]，其心欲宣王改悔召用，猶可與爲治。及其不知改悔，然後浩然而歸。有曰：『王如用予，則豈徒齊民安，天下之民舉安。』又曰：『夫天未欲平治天下也。如欲平治天下，當今之世，舍我其誰也？』此孟子之心切於愛君憂民，未嘗一日忘天下。朱子《綱目》書曰『孟軻去齊』，以著大賢濟時行道之本心，以責齊宣王不能用賢，而傷世道之微也。

臣惟聖賢出處去就[20]，關天下、國家之盛衰。堯、舜、禹有皋、夔、稷、契之佐[21]，商湯、文、武有伊、傅、周、召之佐[22]，而後致雍熙泰和之盛。春秋戰國之時，孔子、孟子實天下之真儒，帝王之良弼[23]，使當時有賢君能用之，則足以復帝王之治。惜乎世不見用，道終不行。孔子退而删述六經[24]，孟子著書七篇[25]，以明帝王治天下大經大法，遵之則治，違之則亂，爲後世慮遠矣。盖聖賢之道，原於天理人心，孔孟雖不見用於當時，而其教則垂於萬世，以見天理常存，人心不泯也。伏惟聖明，尊崇其道，簡任賢才[26]，以紹帝王之盛治㉗，以開萬世之太平。天下幸甚，斯民幸甚。

【注釋】

①周赧(nǎn)王：東周最後一位國王。姬姓，名延。前 314—前 255 年在位。《説文·赤部》：『赧，面慚而赤也。』劉伯莊曰：『赧，慚之甚也。輕微危弱，寄住東、西，足爲慚赧，故號之曰赧。』(胡三省音注《資治通鑑》卷三引)

②通鑑：指朱熹編《資治通鑑綱目》。司馬光《資治通鑑》卷二記載周赧王元年齊王問孟子是否伐燕之事。

③子思：名伋，字子思，孔子嫡孫。春秋時期著名思想家。受教於孔子弟子曾參，孔子的思想學説由曾參傳子思，子思的門人再傳孟子。後人把子思、孟子並稱思孟學派。

④僭(jiàn)：超越本分，冒用在上者的職權、名義行事。

⑤商鞅：戰國時政治家。衛國人，公孫氏，名鞅，初爲魏相國叔痤家臣，後入秦説服秦孝公變法圖強。孝公六年(前 356)，實行變法。後因戰功封於(wū)(今河南西峽縣東)、商(今陝西商洛市東南)十五邑，號商君，因稱商鞅。吴起：戰國時兵家，衛國左氏(今山東定陶西)人，善用兵。輔佐楚悼王變法，促進了楚國的富強，楚悼王死後，被舊貴族殺害，變法失敗。孫子：指春秋時著名軍事家孫武。著有《孫子兵法》。

⑥相尚：互相超過。

⑦處士：有才德而隱居不仕的人。楊朱：戰國初期的道家，主張全性保真。墨翟：春秋戰國之際思想家，墨家學説的代表，主張『兼愛』、『非攻』、『非樂』等。

⑧陵夷：由盛到衰。

⑨陷溺：使人處於水深火熱之中，禍害人。

⑩平公：魯平公，戰國時魯國國君。魯景公之子，在位二十年。臧倉：魯平公寵臣。平公將見孟子，臧倉加以阻止。事見《孟子·梁惠王下》。沮（jǔ）：阻止。

⑪「至魏國」三句：事見《孟子·梁惠王上》。魏侯，指魏惠王，名罃，魏武侯之子，前370年繼位。前362年，由舊都安邑遷都大梁，所以又稱梁惠王。孟子見梁惠王，開口便問「叟，不遠千里而來，亦將有以利吾國乎？」孟子用帝王當行仁義來回答他。

⑫滕文公：戰國中期滕國（今山東滕州市）國君。

⑬宣王：指齊宣王。戰國時齊國國君，田姓，名辟疆。威王之子，前319—前301年在位。他招致天下文人學士來到齊國「稷下學宮」，使稷下學宮進入鼎盛時期，齊國也得以強盛。

⑭適：到，往。

⑮齊桓：指齊桓公。詳本卷《冬十有二月》篇注。晉文：指晉文公。春秋時晉國國君，姬姓，名重耳，前636—前628年在位。獻公之子，遭驪姬之亂，逃亡在外達十九年，後在秦兵護送下回國，繼君位。繼位後，整頓内政，樹立了政治威信，最終稱霸諸侯。

⑯王道：儒家提出的一種以仁義治天下的政治主張。與霸道相對。

⑰「問毁明堂」：事見《孟子·梁惠王下》。明堂：古代天子宣明政教的地方，凡朝會、慶賞、養老、教學等活動，均在此處舉行。

⑱固蔽：蔽塞不聰，不諳事理。

⑲三宿：三夜。指時間較久。

⑳去就：離去或接近。指擔任官職或不擔任官職。

㉑皋：皋陶，傳說是虞舜時刑官。夔（kuí）：相傳舜時樂官。稷：周之先祖。相傳姜嫄踐天帝足跡，懷孕生子，因曾棄而不養，故名之爲『棄』。虞舜命爲農官，教民耕稼，稱爲『后稷』。契（xiè）：傳說中商的祖先，爲帝嚳之子。舜時佐禹治水有功，任爲司徒，封於商，賜姓子氏。

㉒伊：指伊尹，商湯大臣，名伊，一名摯，尹是官名。相傳生於伊水，故名。原是湯妻陪嫁的奴隸，後助湯伐夏桀，被尊為阿衡。傅：傅說（yuè），商王武丁時宰相。周：周公，姬姓，名旦，文王之子，武王之弟，采邑在周（今陝西岐山北）。武王去世後，成王年幼，由其攝政，平定管蔡之亂，鞏固了西周政權。他制禮作樂，並建立典章制度。召（shào）：召公，名奭，周文王之子，武王之弟。因封於召（今陝西岐山西南），所以稱召公。

㉓良弼：良佐。

㉔六經：指詩、書、禮、易、樂、春秋。

㉕著書七篇：指《孟子》一書，有《梁惠王》、《公孫丑》、《滕文公》、《離婁》、《萬章》、《告子》、《盡心》七篇，每篇各有上下兩篇。

㉖簡任：經過選擇而任用官員。

㉗紹：承繼。

初起太學，帝還視之。

這是《通鑑綱目》紀漢光武建武五年起太學的事①。

『太學』，是天子學名，即今之國子監②。『視』，是天子親臨視之。光武承漢葉中衰之後③，奮起南陽，興復漢室[4]，投戈講藝[5]，息馬論道[6]。至是，乃建太學於洛陽城南開陽門外，作講堂[7]，大其規制，刻石經四部於堂前。時帝北巡，自魯而還，車駕親幸其學，博士弟子皆賜賚有差[8]。朱子特書曰：『初起太學，帝還視之。』曰『初起』，以見光武能以此爲先務[9]。不曰『幸』而曰『視』，以見光武能以師道爲重。

臣嘗考之，國家建太學，以明教化、育賢才，治道盛衰之所關也。虞、夏、商、周，皆立學於國[10]，天子視之，則釋奠於先聖先師[11]，講明道德，肄習禮樂[12]，所以人才輩出，風俗淳美，而天下以治。至秦而盡廢之。漢高不事《詩》、《書》[13]，文景於禮樂之事[14]，謙讓未遑[15]。武帝始興學校[16]，置弟子員[17]。至哀平之末[18]，遭莽之亂[19]，亦廢弛矣[20]。光武中興之初，修復先王政教，至明帝尊師重傅[21]，臨雍拜老[22]。永平之間[23]，教化修明[24]，禮樂文物[25]，焕然可觀[26]，實光武有以啓之也。

洪惟聖朝，太祖高皇帝[27]，混一天下[28]，首建國學，車駕親幸，釋奠孔子，命師儒講明典禮。太宗文皇帝即位之初[29]，幸太學，命祭酒、司業講五經[30]，崇儒重道之心，光昭萬世[31]。伏惟皇上，體祖宗之心，尊行孔子之道，以明教化，以育賢才，爲天下禮樂之宗主[32]，隆唐虞三代之盛治。斯道幸甚，斯民幸甚。

【注釋】

① 漢光武建武五年：是公元二十九年。光武，東漢光武帝劉秀。劉秀於公元二十五年即皇帝位，建元建武，定都洛陽，史稱東漢。

② 國子監：中国古代的教育管理機關和最高學府。晉稱國子學，北齊稱國子寺。隋至清，稱國子監。清末改革學制，自光緒三十二年(1906)起設學部，國子監並入學部。

③葉：世，代。中衰：中道衰落。
④興復：恢復。
⑤投戈：放下武器。指休戰。
⑥息馬：放馬，使馬休息。
⑦講堂：儒師講學的堂舍。
⑧賜賚(lài)：賞賜。
⑨先務：首要的事務。
⑩國：指國都。
⑪釋奠：古代在學校設置酒食以奠祭先聖先師的一種典禮。《禮記·文王世子》：『凡學，春官釋奠於其先師，秋冬亦如之。凡始立學者，必釋奠於先聖先師。』鄭玄注：『釋奠者，設薦饌酌奠而已。』
⑫肄習：學習，練習，演習。
⑬漢高：指漢高祖劉邦。
⑭文景：指漢文帝、漢景帝。
⑮謙讓：謙虛退讓。指文景時期實行無爲而治的政策。未遑：没有時間顧及。
⑯武帝：指漢武帝劉徹。
⑰弟子員：漢代對太學生的稱謂。
⑱哀平：漢哀帝和漢平帝的並稱。此時，外戚把持朝政，西漢大權旁落，氣數將盡。
⑲遭莽之亂：指王莽篡漢。

⑳廢弛：廢棄懈怠。指應施行而未施行。

㉑明帝：指漢明帝劉莊，光武帝劉秀之子。

㉒『臨雍拜老』：事在漢明帝永平二年(59)。臨，皇帝親臨。雍，辟(bi)雍，即太學。拜老，行養老禮。

㉓永平：漢明帝年號。

㉔修明：整飭昭明。

㉕文物：指禮樂制度。古代用文物明貴賤，制等級，故云。

㉖焕然：光明貌。

㉗太祖高皇帝：指明朝開國之君朱元璋。

㉘混一：齊同，統一。

㉙太宗文皇帝：即明成祖朱棣(1360—1424)，明朝第三位皇帝。

㉚祭酒：官名。漢代有博士祭酒，爲博士之首。西晉改設國子祭酒，隋唐以後稱國子監祭酒，爲國子監的主管官。司業：學官名。隋以後國子監置司業，爲監内的副長官，協助祭酒，掌儒學訓導之政。至清末始廢。

㉛光昭：照耀。

㉜宗主：衆所景仰歸依者。

二月詣國子監。

這是《通鑑綱目》朱熹書唐太宗幸學崇教的事。

『國子監』，即古之太學。古者，天子之元子、衆子①，公卿大夫之元子，士之適子②，與民間俊秀③，皆教於其中；凡養老、習射，皆行於此④。唐太宗貞觀十四年⑤，乃詣國子監，觀行釋奠禮，命祭酒孔穎達講《孝經》⑥，賜諸生帛有差⑦。是時，太宗大徵天下名儒爲學官，數幸國學⑧，使諸儒講論。諸生有能明一經以上者，皆得補官。增築學舍千二百間，生徒至三千二百六十人。自屯營飛騎諸武衛⑨，亦給教官，使授一經，其間有能通經者，亦聽貢舉⑩。於是，四方學者雲集京師，乃至高麗、百濟、新羅、高昌、吐蕃諸酋長⑪，亦遣子弟請入國學。升講席者至八千餘人。太宗又以師説多門，章句繁雜，命孔穎達與諸名儒考訂五經註疏，謂之『正義』⑫，令學者習之。朱熹於《綱目》備書之，以表太宗興學重道，足爲後世之法。

臣切惟⑬：自古聖人建國君民，皆以教學爲先，盖以風化所本⑭，人才所自出也。三代盛時，立教之法，極爲詳備；而天子、公卿躬行於上，言行政事皆可師法，故其治化、人才皆極其盛。後漢明帝尊師重傅，臨雍拜老，宗戚子弟莫不受學。唐太宗大召名儒，增廣生員⑮，庶幾先王之道。然而治化、人才，終不能比隆於古者，诚以躬行之實有未至也⑯。洪惟國家聖聖相承，皆以崇儒重道爲心。太祖高皇帝、太宗文皇帝，皆嘗親幸太學，釋奠先師，命師儒講説經理。由是教化、人才亦極其盛，非漢唐所能及也。伏惟聖明，體祖宗之心，崇聖賢之道，建皇極以端其本⑰，延師儒以廣其規⑱，則人心淑而士習正⑲，道德一而風俗同矣。豈不有光於祖宗，而媲美於帝王也哉！

【注釋】

①元子：嫡長子。衆子：指嫡長子以外的諸子。

②適：通『嫡』。

③俊秀：才智傑出的人。

④養老：指養老禮。古代對年高德劭的老者按時餉以酒食而敬禮之的禮節。習射：指習射禮。

⑤貞觀十四年：六四〇年。

⑥孔穎達：字沖遠，冀州衡水（今屬河北）人。唐朝經學家。生於北齊後主武平五年（574），八歲就學，日誦千言，熟讀經傳，善於詞章。隋大業初，選爲『明經』，授河内郡博士，補太學助教。入唐，任國子監祭酒。奉唐太宗命編纂《五經正義》，融合南北經學家的見解，是集魏晉南北朝以來經學大成的著作。

⑦有差：不一，有區别。

⑧數（shuò）：屢次。

⑨屯營：軍營。飛騎：唐禁軍名。貞觀十二年（638）唐太宗置左右屯營於玄武門，其兵稱『飛騎』。《舊唐書·職官志三》：『初，太宗選飛騎之尤驍健者，别署百騎，以爲翊衛之備。天后初，加置千騎，中宗加置萬騎，分爲左右營，置使以領之。』《新唐書·兵志》：『（貞觀）十二年，始置左右屯營於玄武門，領以諸衛將軍，號「飛騎」。』《新唐書·百官志四上》：『（左右羽林軍）掌統北衙禁兵，督攝左右廂飛騎儀仗。大朝會，則周衛階陛；巡幸，則夾馳道爲内仗。』

⑩貢舉：指科舉考試。

⑪高麗：古國名，在今朝鮮半島。百濟：古國名。在今朝鮮境内。新羅：朝鮮半島古國。五〇三年開始定國號爲『新羅』。六六〇年和六六八年，新羅聯合唐朝先後滅亡百濟和高句麗。六七〇年至六七六年唐朝新羅戰爭後，新羅統一了朝鮮半島大同江以南地區，稱爲統一新羅。九世紀末期，統一新羅分裂成『後三國』。九三五年，『後三國』被高麗統一。高昌：西域古國。高昌故城位於吐魯番市東四十五公里處，始建於西元前一世紀漢代。吐

蕃：西元七至九世紀，我國古代藏族所建政權。據有今西藏地區全部，盛時轄有青藏高原諸部，勢力達到西域、河隴地區。

⑫正義：一種經、注兼釋的注釋。是古籍注釋體例之一。

⑬切惟：猶竊惟。

⑭風化：風教，風氣。

⑮生員：國學及州、縣學在學學生。

⑯躬行：親身實行。

⑰皇極：帝王統治天下的準則。即所謂大中至正之道。

⑱延：聘請。師儒：指教官或學官。

⑲淑：善。士習：士大夫的風氣，讀書人的風氣。

頌

瑞星頌① 有序

宣德五年十二月丁亥夜，含譽星現②，以彰國家萬萬年太平之盛，誠古今所罕見者。實由皇上至孝深仁，格于上天之所致也③。凡在臣間民，罔不歡賀。臣某備員翰苑④，恭覩上瑞，不勝欣忭⑤，謹拜手稽首而獻頌曰⑥：

惟皇膺運⑦，撫臨九五⑧。文教恢弘⑨，度越前古⑩。祗奉宗廟⑪，禮備精誠。孝養聖母⑫，敬竭至情。深仁厚澤，洽于萬國⑬。華夏蠻夷⑭，罔不戴德⑮。太和之氣⑯，格于上蒼。三辰順軌⑰，五緯宣光⑱。惟茲良夜，玉宇廓清⑲。瑞星乃現，垂彩晶熒。光連九游⑳，其色黄白。炳焕臺垣㉑，近拱紫極㉒。燦爛碧霄㉓，焜燿丹闕㉔。列宿藏輝㉕，六合澄澈㉖。其象伊何？聖德之著。天啓厥祥，是曰含譽。皇圖鞏固㉗，海宇彌寧㉘。四方歡慶，咸播歌聲。微臣作頌，嵩呼稽首㉙。仰祝聖皇，億萬年壽。

【注釋】

① 瑞星，古代指吉祥之星。據《明史》記載，宣德五年「十二月丁亥，有星如彈丸，見九斿旁，黄白光潤，旬有五日而隱」（《明史・天文志三》）。頌，文體的一種，以頌揚爲宗旨。陸機《文賦》：「頌優遊以彬蔚，論精微而朗暢。」劉勰《文心雕龍・頌贊》：「原夫頌惟典雅，辭必清鑠，敷寫似賦，而不入華侈之區；敬慎如銘，而異乎規戒之域。」

② 含譽星：星名，瑞星之一。《晉書・天文志中》：「瑞星……三曰含譽，光耀似彗，喜則含譽射。」

③ 格：感通，感動。

④ 翰苑：翰林院的别稱。

⑤ 欣忭（biàn）：喜悦。忭，高興。

⑥ 拜手：亦稱「拜首」。古代男子跪拜禮的一種。跪後兩手相拱，俯頭至手。稽（qǐ）首：古時一種跪拜禮，叩頭至地，是九拜中最恭敬者。

⑦膺運：猶膺期。承受期運。指受天命爲帝王。

⑧撫臨：據有，統治。九五：指帝位。

⑨文教：指禮樂法度，文章教化。恢弘：博大，寬宏。

⑩度越：超過。

⑪祇(zhī)奉：敬奉。

⑫聖母：對皇太后的尊稱。

⑬洽：周遍，廣博。

⑭華夏：原指我國中原地區，後復包舉我國全部領土而言，遂又爲我國的古稱。《尚書·武成》：『華夏蠻貊，罔不率俾。』蠻夷：古代對四方邊遠地區少數民族的泛稱。

⑮戴德：感戴恩德。『戴』字底本漫漶，據『朐抄本』補。

⑯太和：天地間冲和之氣。

⑰三辰：指日、月、星。順軌：遵循運行的軌道。

⑱五緯：金、木、水、火、土五星。《周禮·春官·大宗伯》『以實柴祀日月星辰』漢鄭玄注：『星謂五緯，辰謂日月。』賈公彦疏：『五緯，即五星：東方歲星，南方熒惑，西方太白，北方辰星，中央鎮星。言緯者，二十八宿隨天左轉爲經，五星右旋爲緯。』宣：發散。

⑲玉宇：指太空。廓清：明淨，清澈。

⑳九遊：星名。《史記·天官書》：『三曰九遊。』張守節正義：『九遊九星，在玉井西南，天子之兵旗，所以導軍進退，亦領州列邦。』

㉑炳焕：照耀。臺垣：都察院、六科的並稱。柏臺之名起於漢朝。御史府中多植柏樹，而朝廷禁省，統稱臺閣，所以御史府别稱柏臺。至明朝設都察院，與六部平行，合稱『七卿』。都察院設左右都御史各一人，稱爲『臺長』；正途出身授職監察御史，稱爲『入臺』。特設而無專署的，有六科給事中，習慣上通稱爲『垣』，與『臺』相對。

㉒拱：环绕。紫極：星名。借指帝王的宮殿。

㉓碧霄：青天。

㉔焜燿：明照，照耀。丹闕：赤色的宮闕。借指皇帝所居的宮廷。

㉕列宿：衆星宿。

㉖六合：天地四方。指整個宇宙空間。

㉗皇圖：王朝的版圖。亦指王朝。

㉘海宇：猶海内、宇内。指國境以内之地。

㉙嵩呼：漢元封元年（前110）春，漢武帝登嵩山，從祀吏卒皆聞三次高呼萬歲之聲。後臣下祝頌帝王，高呼萬歲，亦謂之『嵩呼』。

騶虞頌　並序①

臣聞：聖人在位，治化流行，及于昆虫草木②，是以和氣充溢，格于上下，天降嘉瑞③，以昭德美，非偶然之所致也。欽惟皇帝陛下④，纘承列聖⑤，統紹百王⑥，體天地好生之心，子育黎庶⑦，故六氣宣和⑧，百靈效順⑨。是故禎祥屢臻⑩，不可紀極⑪。乃宣德己酉春⑫，有騶虞二，產於滁之石固山⑬，南京守臣致之來獻⑭，賜群臣觀之于廷，咸踊躍歡忭⑮，以爲真盛世之大瑞，非皇上大德深仁，安能感召之至若是哉！臣某叨居翰苑⑯，目覩奇祥，不容以默，謹撰頌辭一篇，拜手稽首，以獻頌曰：

聖皇受命，統馭萬方⑰。功承列聖，德冠百王。仁恩汪洋⑱，覃及四裔⑲。昆虫草木，罔不生遂⑳。二氣宣和㉑，嘉瑞用彰㉒。惟彼仁獸，產於滁陽㉓。匪虎匪彪㉔，匪熊匪羆㉕。匪形之異，乃獸之奇。質凝霜雪㉖，被以玄文㉗。炳然修尾㉘，長倍於身。不食生物㉙，弗履生草㉚。緊惟至性㉛，自然馴擾㉜。守臣得之，獻於金門㉝。臣民快覩，莫不歡欣。載歌載頌，維此上瑞。斯瑞既臻，諸福畢至。天監昭昭㉞，眷維聖德。歡聲雷動，洽于萬國。微臣淺陋，躬覩嘉祥。願祝聖壽，與天永長。

【注釋】

① 騶虞，傳説中的義獸。『不食生物，至信之德則應之』(《毛詩傳》)據史載，宣德四年正月，滁州來安縣有騶虞二，見於石固石，南京守臣襄城伯李隆獻給朝廷，宣德皇帝詔賜群臣觀之。廷臣楊溥、楊榮、楊士奇、夏原吉等都獻頌鳴瑞。

② 治化：治理國家、教化人民。

③ 嘉瑞：祥瑞。

④ 欽惟：發語詞。猶言敬思。

⑤ 纘(zuǎn)承：繼承。

⑥統紹：繼承統緒。百王：歷代帝王。

⑦子育：撫愛、養育如己子。黎庶：黎民。

⑧六氣：自然氣候變化的六種現象。指陰、陽、風、雨、晦、明。宣和：疏通調和。

⑨百靈：各種神靈。效順：表示忠順，投誠。

⑩禎祥：吉祥的徵兆。《禮記·中庸》：『國家將興，必有禎祥；國家將亡，必有妖孽。』孔穎達疏：『禎祥，吉之萌兆。祥，善也。言國家之將興，必有嘉慶善祥也。』

⑪紀極：終極；限度。引申爲窮盡。

⑫宣德己酉：即宣德四年（1429）。

⑬石固山：在今安徽來安縣。道光《來安縣志》云：『在縣東北二十八里。勢甚高險，望之上圓如鼓而面平……明宣德四年，山下民舍産騶虞二，黑質白章，馴擾不驚，州守以聞尚書。黄福作頌，夏原吉作賦，以進請受賀，不許。』（卷一《輿地志·山川》）滁：底本作『漈』，『朐抄本』不誤，徑改。

⑭守臣：鎮守一方的地方長官。

⑮歡忭：喜悦。

⑯叨（tāo）：猶忝。表示承受之意。常用作謙詞。

⑰統馭：統轄，駕馭。萬方：萬邦。引申指天下各地。

⑱汪洋：形容恩情深厚。

⑲覃（tán）：蔓延，延及。四裔：指四方邊遠地帶的人。

⑳生遂：生育，生長。

㉑二氣：指陰、陽。古人认为，二氣合而萬物生。宣和：疏通調和。

㉒用：因此。

㉓滁(chú)：水名。源出安徽省肥東縣中北部，折而東流，經全椒縣、滁州市、來安縣等地，至南京六合区注入長江。古稱涂水。陽：山南水北爲陽。石固山在滁水之北。

㉔匪(fěi)：同『非』。不，不是。

㉕羆(pí)：熊的一種。俗稱人熊或馬熊。

㉖質凝霜雪：意爲此獸像凝結的霜雪一樣白。質，形體，外貌。

㉗玄文：黑色的花紋。

㉘炳然：光明的樣子。修：長。

㉙生物：指活的動物。

㉚生草：青草，新生之草。

㉛繄(yī)：語氣助詞。

㉜馴擾：順服。

㉝金門：以黃金爲裝飾的門。代指宫廷。

㉞天監：上天的監視。昭昭：明亮。

平胡頌① 有序

欽惟皇上，以聖神文武之資，秉奉天子民之誠②，統紹祖宗鴻業；宵旰惓惓③，究惟治理，文恬武嬉，萬方寧謐④。兹惟宣德三年秋，歲功落成⑤。爰因農隙之時，修講武備⑥，習練戎卒，畢率六師⑦，巡于北鄙。忽以邊警，諜聞殘胡餘孽，竊牧塞外。皇上遂乃奮厲聖武⑧，肆用殄絶⑨，醜孽聞駭，欲爲深遁。皇上復命飛騎，扼其歸徑，搗及巢穴，悉俘其衆，靡有孑遺，駝馬牛羊，不可以數計。於是沙漠肅清，邊陲永靖。即日班師還京，獻馘郊廟⑩，天地協和⑪，神人胥慶⑫。伏覩天兵自九月乙卯入塞，迄甲子，未彌旬而干戈遂戢⑬。非皇上神武不殺之德，有以格于天地，通于神明，其成功之速，何其如是哉？臣某，一介儒生，踈庸無似⑭，叨蒙聖恩，賜登甲第⑮，授職詞垣⑯。臣惟日競切報稱未能，幸覩聖德神功，高出前古，光昭祖宗⑰，誠足以超三皇而躋五帝矣⑱。是宜形之詠歌，勒之金石⑲，以垂億萬年無疆之休⑳。臣不勝欣忭之至㉑，乃拜手稽首，謹獻頌曰：

天祐聖明，乾坤清寧。華夷一統㉒，海宇昇平。六十餘年，列聖相繼。皞皞熙熙㉓，群生咸遂。於惟聖皇，敬宗尊祖。撫夏懷夷，崇文右武㉔。東南之蠻，西北之戎，奔走梯航㉕，捧琛獻寳㉖。時維仲秋，巡于朔方。白旄黄鉞㉗，威武奮揚㉘。蠢爾殘胡，敢恣滋竊。皇赫斯怒㉙，肆用殄絶。猛士桓桓㉚，如貔如熊㉛。鐵騎駿奔㉜，如飆如風。旌旗斯麾，燿日晃星。金鼓斯震㉝，擊雷薄霆。指示發蹤㉞，悉由聖筭。金戈未加㉟，醜虜遁竄。皇命虎將，電馳以追[36]。搗其巢穴，擒厥渠魁。種落收俘[37]，靡有遺類。駝馬牛羊，不可數計。武功以捷[38]，邊塵以清[39]。天戈載戢，還凱神京[40]。告成十廟，訊馘于廷[41]。神人交賀，載播歌聲。四方萬國，咸仰帝德。鼓舞歡忻，贊揚莫極。惟皇弘烈，焕後光前。宗社鞏固，寶曆彌延[42]。惟天祐聖，萬壽無窮。臣拜稽首，謹頌神功。

【注釋】

①胡，是古代對北方和西方的民族如匈奴等的稱呼。據《明史·宣宗本紀》載：宣宗三年八月『丁未，帝自將巡邊。九月辛亥，次石門驛。兀良哈寇會州，帝帥精卒三千人往擊之。乙卯，出喜峰口，擊寇於寬河。帝親射其前鋒，殪三人，兩翼軍併發，大破之。寇望見黃龍旂，下馬羅拜請降，皆生縛之，斬渠酋。甲子，班師。癸酉，至自喜峰口。』（卷九）文中所詠即爲此事。

②子民：愛護人民。

③宵旰（gàn）：『宵衣旰食』的省稱。天不亮就穿衣起身，天黑了才吃飯。形容非常勤勞，多用以稱頌帝王勤於政事。惓（quán）惓：忠謹的樣子。

④寧謐：安定平靜。

⑤歲功：一年農事的收穫。

⑥武備：軍備。指武裝力量、軍事裝備等。

⑦六師：周天子所統六軍之師。周制一萬二千五百人爲師。後以爲天子軍隊之稱。北鄙：北方邊境地區。

⑧奮厲：激勵，振奮。

⑨肆：突襲。殄（tiǎn）絶：滅絶。

⑩獻馘（guó）：古時出戰殺敵，割取左耳，以獻上論功。馘，指所割下的耳朵。亦泛指奏凱報捷。郊廟：古帝王祭天地的郊宫和祭祖先的宗廟。

⑪協和：和睦，融洽。

⑫胥（xū）：皆，都。

⑬戢（jí）：收藏兵器。引申指停止戰爭。

⑭踈庸：也作『疏慵』。粗疏平庸。無似：無比。

⑮甲第：科舉考試中的第一等。

⑯詞垣：詞臣的官署，如翰林院之類。

⑰光昭：彰明顯揚，發揚光大。

⑱三皇：傳説中上古三帝王。所指説法不一。一般指伏羲、神農、黄帝。躋（jī）：逾越，超越。五帝：上古傳説中的五位帝王。説法不一，一般指黄帝（軒轅）、顓頊（高陽）、帝嚳（高辛）、唐堯、虞舜。

⑲金石：指古代鐫刻文字、頌功紀事的鐘鼎碑碣之屬。

⑳休：稱贊，贊美。

㉑欣忭：喜悦。

㉒華夷：指漢族與少數民族。後亦指中國和外國。

㉓皞皞：廣大自得的樣子。熙熙：和樂的樣子。

㉔右武：崇尚武功。
㉕梯航：亦作『梯杭』。『梯山航海』的省語。指長途跋涉。
㉖琛（chēn）：珍寶。常作貢物。
㉗白旄：古代的一種軍旗。竿頭以牦牛尾爲飾，用以指揮全軍。黄鉞：飾以黄金的長柄斧子。天子儀仗，亦用以征伐。《尚書·牧誓》：『王左杖黄鉞，右秉白旄以麾。』
㉘奮揚：奮發激揚。
㉙赫怒：盛怒。語本《詩經·大雅·皇矣》：『王赫斯怒。』
㉚桓桓：勇武、威武的樣子。《尚書·牧誓》：『勗哉夫子！尚桓桓。』
㉛貔（pí）：一種猛獸，似虎。《尚書·牧誓》：『如虎如貔，如熊如羆。』孔穎達傳：『貔，執夷，虎屬也，四獸皆猛健。』
㉜駿奔：急速奔走。
㉝金鼓：指鉦。其形似鼓，故名金鼓。
㉞發蹤：指揮調度。
㉟金戈：戈的美稱。借指雄師勁旅，威武的軍士。
㊱電馳：迅疾的樣子。
㊲種落：種族部落。
㊳揵（qián）：舉，揚。『朐抄本』作『建』。
㊴邊塵：指邊境戰事。
㊵神京：帝都，首都。

㊶ 訊馘：指古代戰争中的俘虜和已斃之敵。訊，鞫訊所獲生俘；馘，割取死敵左耳以計功。

㊷ 寶曆：指國祚，皇位。

應制

黄鸚鵡詩①

有鳥鸚鵡來炎方②，黄金毛羽真非常。獻身萬里達明光③，九重歡賞稱奇祥④。仙姿不用玄翠粧，況數雪衣與緑裳。金精孕質天然章⑤，褆被一色合中央⑥。肯與烏鵲同頡頏⑦？要觀阿閣巢鳳凰⑧。雕鏇金索日正長⑨，珊瑚碧樹依宫牆。多機巧語慧且良，丹味半啓何琅琅⑩。無勞左右調宫商⑪，音韻自協笙與簧⑫。春風瑶圃瓊枝芳⑬，碧桃和露啄天香⑭。曈曈初日呈扶桑⑮，時隨鳳輦鳴朝陽⑯。彤墀賜觀環珮鏘⑰，微臣稽首爲揄揚：名垂萬古歌虞唐⑱。

【注釋】

① 應（yìng）制，特指應皇帝之命寫作詩文。劉球《黄鸚鵡頌·序》云：『宣德七年春，西土有以黄鸚鵡進者，欽蒙皇上賜與群臣觀之。……臣躬承恩遇，目睹殊祥，用竭蕪陋之才，為黄鸚鵡頌一首以獻。』（《兩谿文集》卷三）金幼孜、夏原

吉、習嘉言等均有同一主題的詩。此詩亦當為同一時期之作。

② 炎方：泛指南方炎熱地區。

③ 明光：漢代宮殿名。後亦泛指朝廷宮殿。

④ 九重：指帝王。

⑤ 金精：指月亮。章：花紋。

⑥ 禔（zhī）：通「祇」，但。

⑦ 頡頏（xiéháng）：鳥上下翻飛的樣子。「朐抄本」作「翺翔」。

⑧ 阿：高大。

⑨ 鏇（xuàn）：銅錫盤。戴侗《六書故》：「今之銅錫盤爲鏇，取旋轉爲用也。」索：繩索。

⑩ 咮（zhòu）：禽鳥嘴。琅琅：象聲詞。形容清朗、響亮的聲音。

⑪ 宮商：五音中的宮音與商音。泛指音律。

⑫ 笙、簧：兩種管樂器。

⑬ 瑶圃：産玉的園圃，指仙境。語本《楚辭·九章·涉江》：「駕青虬兮驂白螭，吾與重華遊兮瑶之圃。」瓊枝：傳説中的玉樹。

⑭ 碧桃：古詩文中多特指傳説中西王母給漢武帝的仙桃。天香：指宮廷中用的薰香。

⑮ 曈曈：明亮的樣子。扶桑：神話中的樹名，傳説日出於扶桑之下，拂其樹杪而升，因謂爲日出處。亦代指太陽。

⑯ 鳳輦：皇帝的車駕。鳴朝陽：鳴於朝陽。

⑰ 彤墀（chí）：宮殿的赤色臺階或赤色地面。借指朝廷。鏘（qiāng）：形容金、玉等撞擊聲。

⑱虞唐：唐堯與虞舜的並稱。亦指堯與舜的時代，古人以爲太平盛世。

玄兔賦① 有序

宣德四年夏四月，寧夏守臣以玄兔來進。皇帝賜群臣觀之，莫不懽忻稱異，以爲希世太平之嘉瑞也。臣叨居翰苑，目覩奇祥，不勝忻躍之至②，謹拜手稽首而獻賦曰：

惟皇嗣極，統坤握乾。體元亨而育物③，施文德以協天④；溥仁化於諸夏⑤，霈流澤於八埏。奉宗社而誠至，禮百神而敬宣。是以召兩間之應⑥，集諸福之全。爰兹西土，有瑞乃生，水德之孕⑦，望舒之精⑧，雖托形於卯宿⑨，實具質於玄冥⑩。黝然其色⑪，猶緇涅而墨潤⑫；蒼然其毳⑬，宛霧滃而雲凝⑭。匪三穴之狡類⑮，真八竅之最靈⑯。當其深春早夏，瑶草芬芳，或脱踪於月窟，或露質於高岡。值守臣之敬慎，時巡警於疆埸。瞻瑞氣之氤氲⑰，獲盛世之禎祥。不驚駭以奔走，如豢擾之馴良。詎網羅之可致⑱，豈虞獲之並將⑲。於是貯以雕籠，獻于九重，育于靈囿⑳。麟鳳相從，飲醴泉之清潔㉑，卧上苑之英茸㉒。何群兔之敢並，視百獸而獨崇。偉斯瑞之來現，實聖德之昭融㉓。祝聖壽於萬億，惟天地而攸同。

【注釋】

①玄兔，黑色的兔子。底本《目録》中『玄兔』前有『獻』字。

②忻躍：歡欣鼓舞。

③元亨：大吉。元，大。亨，通。

④文德：指禮樂教化。與『武功』相對。

⑤溥（fū）：通『敷』，布。諸夏：周代分封的中原各個諸侯國，泛指中原地區，也指中國。

⑥兩間：天地之間。指人間。

⑦水德：古代陰陽家稱帝王受命的五德之一，指以水而德王。《史記・秦始皇本紀》：『始皇推終始五德之傳，以爲周得火德，秦代周德，從所不勝。方今水德之始，改年始，朝賀皆自十月朔。』文中所言玄兔來自寧夏，爲秦故地，所以說水德。

⑧望舒：神話中爲月駕車的神。借指月亮。

⑨卯宿：秦漢後以十二生肖配十二地支，以兔爲卯。

⑩玄冥：神名。北方之神。

⑪黝然：深黑色。

⑫緇（zī）：黑色。涅（niè）：黑泥。

⑬蒼：青色。毳（cuì）：鳥獸的細毛。

⑭霧滃（wěng）：雲霧四起。

⑮三穴：三個洞穴。《戰國策・齊策四》：『馮諼曰：狡兔有三窟，僅得免其死耳。今君有一窟，未得高枕而臥也。請爲君復鑿二窟。』

⑯八竅：眼、耳、鼻、口爲七竅，生殖孔、排泄孔合爲一竅，共爲八竅。這裏泛指動物。

⑰氤氳（yīnyūn）：彌漫的樣子。

⑱詎（jù）：副詞。表示反詰。相當於『豈』、『難道』。

⑲虞：古代掌管山林川澤之官。

⑳靈囿：周文王苑囿名。《詩經·大雅·靈臺》：『王在靈囿，麀鹿攸伏。』毛傳：『囿，所以域養禽獸也，天子百里，諸侯四十里。靈囿，言靈道行於囿也。』泛指帝王畜養動物的園林。

㉑醴泉：甜美的泉水。

㉒上苑：皇家的園林。茸（róng）：指細草。

㉓昭融：光大發揚。

澹軒文集校注

【卷之二】

詩

代户部某人賀瑞星①

聖皇仁孝格蒼天②，乾象呈輝含譽懸③。瑞彩迥臨黄道畔④，祥光正拱紫宸邊。晶熒可覩明孤月，澄徹無垠照八埏⑤。青瑣小臣欣上瑞⑥，嵩呼忭舞玉階前⑦。

【注釋】

①户部，六部之一，掌全國疆土、田地、户籍、賦税、俸餉及一切財政事宜。本詩所作時間，當與卷一《瑞星頌》同時。

②格：感通，感動。含譽：含譽星。

③乾象：天象。舊時以爲天象變化與人事有關。

④黄道：地球一年繞太陽轉一周，我們從地球上看成太陽一年在天空中移動一圈，太陽這樣移動的路線叫做黄道。它是天球上假設的一個大圓圈，即地球軌道在天球上的投影。黄道和天球赤道相交于北半球的春分點和秋分點。

⑤八埏(yán)：八方邊遠的地方。《漢書·司馬相如傳下》：『上暢九垓，下泝八埏。』顔師古《注》引孟康曰：『埏，地

之八際也。言德上達於九重之天，下流於地之八際。』

⑥ 青瑣：裝飾皇宮門窗的青色連環花紋。借指宮廷。

⑦ 嵩呼：臣下祝頌帝王，高呼萬歲。忭(biàn)舞：高興得手舞足蹈。忭，高興。

賜元夕觀燈①

元宵燈火慶年豐②，鰲駕三山接太空③。萬象迥臨雙闕下④，群仙遥降五雲中⑤。花開琪樹珠璣燦⑥，酒泛金(樽)[杯]瑪瑙紅⑦。(環珮珊瑚稱萬壽)[樂奏九成天上曲]⑧，(聖)[吾]皇正宴紫霄宮⑨。

【注釋】

① 元夕：舊稱正月十五日為上元節，是夜稱元夕，與『元夜』、『元宵』同。《靜志居詩話》卷一《明宣宗》：『景陵當海內承平之日，肆意篇章。嘗於九年元夕群臣觀燈，各獻詩賦，匯成六册。惜今無存。』據此推斷，此詩當作於九年元夕。此詩手跡存，據以校訂。

② 年豐：指年成豐收。

③ 鰲(áo)：傳說中海中能負山的大鱉或大龜。三山：傳說中的海上三神山。

④ 萬象：宇宙間一切事物或景象。雙闕：古代宮殿、祠廟、陵墓前兩邊高臺上的樓觀。借指京都。

⑤五雲：青、白、赤、黑、黄五種雲色。古人視雲色占卜吉凶豐歉。

⑥琪樹：仙境中的玉樹。珠璣：珠寶，珠玉。

⑦金杯：泛指精美的酒杯。瑪瑙：玉髓的一種。品類甚多，顏色光美，可制器皿及裝飾品。三國魏曹丕《〈瑪瑙勒賦〉序》：『瑪瑙，玉屬也。出自西域，文理交錯，有似馬腦，故其方人因以名之。』

⑧『樂奏』句：底本作『環珮珊瑚稱萬壽』，據手跡改。九成：猶九闋。樂曲終止叫成。

⑨吾：底本作『聖』。據手跡改。紫霄：指帝王所居。

甲子四月朔，將赴太廟陪祀，齋房沐髮偶成①

公署初成結構工②，儒臣深荷聖恩隆。北門新制依雙闕③，上界清光接九重④。齋沐不緣將對越⑤，論思那得暫從容⑥。砌花簷鵲相歡笑，似與吾心樂趣同。

【注釋】

①甲子年，明英宗正統十年(1445)。朔，舊曆每月初一。據《明英宗實録》載，是年四月，英宗『享太廟』。太廟，帝王祭奠祖先的家廟。明太廟在天安門東側。一九二四年辟爲和平公園，一九五〇年改爲現名『勞動人民文化宮』。陪祀，陪從祭祀。齋房，齋戒的居室。陪祀太廟是一件十分榮顯的事情，陪祀者不僅品級要高，而且一定是品行端正，深受

皇帝信賴的人。沈德符《萬曆野獲編》云：『太廟陪祀，止用五品以上尊官。』(《禮部一·舊制一廢難復》)偶成，就是偶然寫成。

②公署：古代官員辦公的處所。結構：指建築物構造的式樣。工：工巧，精致。

③雙闕：古代宮殿、祠廟、陵墓前兩邊高臺上的樓觀。

④清光：清亮的光輝。多指月光、燈光之類。

⑤對越：猶對揚。答謝頌揚。

⑥論思：議論、思考。特指皇帝與學士、臣子討論學問。從容：悠閒舒緩，不慌不忙。

文淵閣和楊少師韻①

燮調和氣絶祲氛②，元老看看近八旬③。黼黻補裳心貫日④，珠璣落筆語驚人⑤。每於旱歲爲霖雨⑥，共説當朝重席珎⑦。館閣清閑無暑氣⑧，製來新曲勝陽春。

【注釋】

①文淵閣：明代宮内貯藏典籍及皇帝講讀之所。明太祖始建於南京奉天門東。成祖遷都北京，又於宮内東廡南建文淵閣。後置文淵閣大學士。楊少師：指楊士奇，見卷前《澹軒歷受誥詞》注。少師，官名，『三孤』之一。周代始置，爲

君國輔弼之官，地位次於太師。北周以後歷代多沿置，與少傅、少保合稱『三少』。『三孤』爲『三公』（太師、太傅、太保）之副。

②爕調（xiètiáo）：協和，調理。爕，同『燮』。和氣：古人認爲天地間陰氣與陽氣交合而成之氣。萬物由此『和氣』而生。《老子》：『萬物負陰而抱陽，沖氣以爲和。』祲（jìn）氛：邪惡之氣。

③元老：天子的老臣。後稱年輩、資望皆高的大臣或政界人物。

④黼黻（fǔfú）：禮服上所繡的華美花紋。

⑤珠璣：比喻美好的詩文、繪畫等。

⑥霖雨：甘雨，時雨。

⑦席珎：坐席上的珍寶。比喻儒者美善的才學。《禮記·儒行》：『儒有席上之珍以待聘。』珎：同『珍』。

⑧館閣：北宋有昭文館、史館、集賢院三館和秘閣、龍圖閣等閣，分掌圖書經籍和編修國史等事務，通稱『館閣』。明代將其職掌移歸翰林院，故翰林院亦稱『館閣』。暑氣：盛夏時的熱氣。

拂拂東風挹曉氛①，蘇焦一雨過中旬②。雲移綺户初迎口③，涼透紗衣總快人④。揮筆旋裁頒下詔，席氈坐食賜來珎⑤。叨陪自愧無才思⑥，懇誨應同發育春。

【注釋】

①拂拂：風吹動的樣子。挹（yì）：吸取。

②中旬：一個月的中間十天，即從十一日到二十日。

③綺户：彩繪雕花的門户。

④快人：使人暢快。

⑤氈（zhān）：羊毛或其他動物毛製成的塊片狀材料。

⑥叨陪：謙稱陪侍或追隨。才思：才氣和思致。

奉和少傅東里楊先生送楊允寬覲省後還閩中十絶韻①

遠從閩嶠趨京國②，爲别親庭已數年③。白髮元臣輔明主④，玄成行復繼韋賢⑤。

【注釋】

①奉和，指作詩詞與别人相唱和。少傅東里楊先生，指楊士奇。見卷前《澹軒歷受誥詞》注。楊士奇有《送楊允寬賢良省覲後南還》十首（見《東里續集》卷六十一），徐有貞亦有《和少傅東里楊先生送楊允寬還建安十絶句次其韻》（見《武功集》卷五）。楊允寬，是楊榮长子杨恭。史載：『恭，榮子。自幼慷慨博學，以榮當國，引嫌不仕。榮没，補尚寶司丞，陞少卿卒。處家，積而能施。鄰盜嘗逼境，相戒勿犯。楊氏且為扃鑰而去。子士偉，第進士。』（《明一統志》卷七十六）覲省，指探望雙親。第九、第十兩首手跡存。江銕撰《少師工部尚書兼謹身殿大學士贈特進光禄大夫左柱國太師謚文敏楊公行實》云：『諸子每歲更迭來京省侍。於其歸也，公皆有詩訓飭之，詞意激切，并纂集古人訓子之言為

書，名之曰《訓子編》，各授一帙。』

② 閩嶠（qiáo）：福建境内的山地。京國：京城，國都。

③ 親庭：指父母。

④ 元臣：重臣，老臣。

⑤ 玄成：韋賢少子。韋賢於漢宣帝時爲丞相，元帝時，玄成復以明經歷位至丞相。後借指能繼承先輩相位的人。韋賢：字長孺，魯國鄒（今鄒城東南）人。性質樸，善求學，精通《詩》、《禮》、《書》，號稱鄒魯大儒。前七十一年，代蔡義爲丞相，封扶陽侯。卒，謚『節侯』。

紫荆花底共徘徊①，舞罷萊衣更舉杯②。此日暫隨征雁去③，春風還逐雁同來。

【注釋】

① 紫荊：落葉喬木或灌木。葉圓心形，春開紅紫色花。

② 萊衣：相傳春秋時楚國老萊子侍奉雙親至孝，行年七十，猶着五彩衣，爲嬰兒戲。後因以『萊衣』指小兒穿的五彩衣或小兒的衣服。着萊衣表示對雙親的孝養。

③ 征雁：遷徙的雁，多指秋天南飛的雁。

文彩翩翩一俊英①，日勤墳典效先氓②。客邊幾度來寧省③，足慰嚴親愛國情④。

【注釋】

① 翩翩：形容文采優美。俊英：才能出衆的人。

② 墳典：三墳、五典的並稱。後用爲古代典籍的通稱。先氓(méng)：即先民。

③ 客邊：客人或外地人。寧省：探望年長的親屬。

④ 嚴親：指父母。

晚俟金蓮出禁圍①，復承嚴命下京畿②。相逢未盡相親意，忍對清樽話別違③。

【注釋】

① 俟：等待。金蓮：指花燈。禁圍：猶禁闈。指内宮。

② 嚴命：對君父、長上之命的敬稱。京畿：國都及其行政官署所轄地區。

③ 清樽：酒器。亦借指清酒。別違：別離。

潞渚秋深雁影高①，西風蕭瑟送輕舠②。一心自是親情切，夜夜關山入夢勞。

【注釋】

① 潞（lù）渚：潞河之渚，水名，即今北京通州區以下的北運河。明清時期，水路出京的必經地。渚，小洲。王立道：『薊門日慘，潞渚風淒。靈其逝歸，首丘是依。嗚乎哀哉！』（《具茨集·文集》卷七）

② 輕舠（dāo）：輕快的小舟。

家居孝友遵嚴訓①，穩稱關西賢子孫②。今日識荆慚獨晚③，未能論契倒芳樽④。

【注釋】

① 孝友：事父母孝順，对兄弟友愛。嚴訓：父訓，父命。

② 關西：指楊震。後漢華陰人楊震，通曉諸經，時稱『關西孔子』。官至太尉。爲楊榮遠祖。

③ 識荆：初次識面的敬辭。李白《與韩荆州書》：『白聞天下談士相聚而言曰：「生不用封萬户侯，但願一識韓荆州。」何令人之景慕一至於此耶！』韓荆州，指韓朝宗，當時爲荆州長史。

④ 芳樽：精致的酒器。亦借指美酒。

閥閲門牆在閩粤①，森森萬木緑陰周②。賢翁事業今伊傳③，建水無窮一派流④。

【注釋】

①閥閱：祖先有功業的世家、巨室。門牆：指門庭。

②森森：樹木繁密的樣子。

③伊：你。

④建水：即建溪，閩江上游三大溪流中最大的一支，流經楊恭家鄉建安縣。

驛路迢迢天向明①，聆窗驚覺曉寒清②。客中無限思親意，盡逐離愁付墨卿③。

【注釋】

①驛路：驛道，大道。迢迢：道路遥遠的樣子。

②驚覺：受驚而覺醒，驚醒。

③離愁：離別的愁思。墨卿：墨的戲稱。

不用旗亭問酒沽①，舟中香醞足時須②。醒來吟得詩千首，併入無聲作畫圖。

【注釋】

①旗亭：酒樓。懸旗爲酒招，故稱。酒沽：酒的買賣。

② 香醞：指美酒。

芳菲過眼未爲遥①，又見霜林葉盡凋。計到江南逢臘近②，梅花香暖襲歸橈③。

【注釋】

① 芳菲：香花芳草。

② 臘（là）：歲末。因臘祭而得名，通指十二月或泛指冬月，常與『伏』相對。

③ 歸橈（ráo）：猶歸舟。橈，船槳。

奉和雨中口號録呈苗學士先生①

三度波推水際房②，連宵猶聽雨聲長③。萬家忍見棲行潦④，尺素焉能達未央⑤。自笑沙鷗無定所，謾嗟倉鼠有餘糧⑥。虚齋坐對惟同道，幸賜新詩洗結腸⑦。

【注釋】

① 口號，古詩標題用語。表示隨口吟成，和『口占』相似。始見於南朝梁簡文帝《仰和衛尉新渝侯巡城口號》詩。後爲詩

人襲用。苗學士，指苗衷。見卷前《澹軒歷受誥詞》注。

②際：靠近，接近。

③連霄：猶通宵。

④行潦（lǎo）：溝中的流水。潦，積水。

⑤尺素：小幅的絹帛。古人多用以寫信或文章。故用以代指書信。未央：本爲漢宮名，借指宮殿。

⑥謾（màn）嗟：空歎。謾，通「漫」。

⑦結腸：指愁思。

奉和育齋雨中見寄之韻①

迂拙常慚醉不醒②，每於危處覓安寧。知風未可同乾鵲③，禦疾何曾貯茯苓④。小筏爲舟纔得渡⑤，洪流衝户已難扃⑥。堪嗟此日謀爰處⑦，那似先生識最靈。

【注釋】

①自此至《壽黄主事母》前四首，底本缺頁，據『朐抄本』補。育齋，指高穀。見卷前《澹軒歷受誥詞》注。

②迂拙：迂闊笨拙。

③乾鵲：即喜鵲。其性好晴，其聲清亮，故名。

④茯苓：寄生在松樹根上的菌類植物。中醫用以入藥，有利尿、鎮靜等作用。《淮南子·説山訓》：『千年之松，下有茯苓。』

⑤筏：水上交通工具。用竹或木編排而成，或用牛羊皮等制囊而成。

⑥扃：關閉。

⑦爰：代詞。這里，那里。

冬至日奉親壽①

長年日日盼親庭②，今侍尊顔喜倍生③。内醞賜來堪薦壽④，綵衣著處始怡情⑤。須知寸草心難盡⑥，但願靈椿老更榮⑦。尚想萱堂居故里⑧，兹晨應亦念神京⑨。

【注釋】

①此詩系正統八年(1443)冬至日，作者爲因受封進京謝恩的父親士賢公祝壽而作。

②親庭：指父母。

③尊顔：對長者儀容的敬稱。

④內醞：皇家作坊釀造的酒，即御酒。薦：進獻，送上。

⑤綵衣：指孝養父母。《藝文類聚》卷二十引《列女傳》：『昔楚老萊子孝養二親，行年七十，嬰兒自娛，常著五色斑斕衣，爲親取飲。』

⑥寸草心：喻子女對父母的微小心意。

⑦靈椿：古代傳説中的長壽之樹。典出《莊子·逍遥遊》：『上古有大椿者，以八千歲爲春，八千歲爲秋。』也用來比喻父親。

⑧萱堂：《詩經·衛風·伯兮》：『焉得諼草，言樹之背。』毛傳：『諼草令人忘憂；背，北堂也。』謂北堂樹萱，可以令人忘憂。古制，北堂爲主婦之居室。後因以『萱堂』指母親的居室，並藉以指母親。

⑨神京：帝都，首都。

壽劉編修父①

西江科第早聞名，家學相傳在一經。鄉里白眉推舊德②，雲霄丹桂播芳馨③。壺中樂事逢初度④，天上恩封屬暮齡。更喜儤郎攜綵去⑤，稱觴應在德星亭⑥。

【注釋】

①劉編修，指劉定之。字主靜，號呆齋，江西永新縣（今屬吉安市）人。自幼聰穎，由其父授其讀書。正統元年（1436）會試第一，殿試一甲三名。授翰林院編修。京城大水，應詔陳十事。秩滿，進侍講。天順改元，調通政司左參議，仍兼侍講。尋進學士。成化二年（1466），入直文淵閣，進工部右侍郎，兼翰林學士。成化四年（1468），進禮部左侍郎。次年卒於官，追贈禮部尚書，謚『文安』。史稱：『定之謙恭質直，以文學名一時。嘗有中旨，命製元宵詩。內使卻立以俟，據案伸紙，立成七言絶句百首。又嘗一日草九制，筆不停書。人服其敏博。』（《江西通志》卷七十八）著有《周易圖釋》、《呆齋集》、《宋論》、《否泰集》等。劉定之父名髦，字孟恂，以子定之貴封翰林院編修、文林郎。正統十年十月九日，以疾終於家，年七十三。

②白眉：《三國志·蜀志·馬良傳》：『馬良，字季常，襄陽宜城人也。兄弟五人，並有才名，鄉里爲之諺曰：「馬氏五常，白眉最良。」良眉中有白毛，故以稱之。』後因以喻兄弟或儕輩中的傑出者。

③丹桂：桂樹的一種。舊時稱科舉中第爲折桂，因以丹桂比喻科第。芳馨：猶芳香，喻美好的名聲。

④壺中：壺中物，指酒。初度：《楚辭·離騷》：『皇覽揆余初度兮，肇錫余以嘉名。』後因稱生日爲『初度』。

⑤僊郎：俊美的青年男子。

⑥稱觴：舉杯祝酒。德星：古以景星、歲星等爲德星，認爲國有道有福或有賢人出現，則德星現。藉以指賢士。

壽齊主事父①

塵外蕭閒六十春②，人間初度慶茲晨。客來函谷關中老③，饌出蟠桃宴上珎④。壽擬期頤由厚德⑤，福從皇極錫斯人⑥。清朝令子承恩渥⑦，行看烏紗換葛巾⑧。

【注釋】

①齊主事，當指齊整，山東濟寧州（今濟寧市）人。宣德二年（1427）進士。仕至户部郎中。宣德五年亦有進士名齊整，為河南開封府祥符縣人。任主事的齊整，當是濟寧人，此人與馬愉同年，關係應該十分密切。主事，是明代各部司官中最低的一級，官階正六品。此詩手跡存，題作《齊主事父壽六十詩》。

②蕭閒：蕭灑悠閒，寂靜。

③『客來』句：用老子騎牛過函谷關之典。函谷關，關名。古關爲戰國秦置，在今河南靈寶縣境。因其路在谷中，深險如函，故名。

④蟠桃：神話中的仙桃。

⑤期頤：一百歲。語本《禮記·曲禮上》：『百年曰期、頤。』孫希旦《禮記集解》：『百年者飲食、居處、動作，無所不待於養。方氏慤曰：「人生以百年爲期，故百年以期名之。」』

⑥皇極：指皇帝。錫：賜予。

⑦清朝：清明的朝廷。恩渥：帝王給予的恩澤。

⑧烏紗：古代官員所戴的烏紗帽。泛指官帽。葛巾：用葛布製成的頭巾。指隱士的服飾。

壽黃主事母①

耿耿寶婺星[2]，光芒燭瑤池[3]。華筵壽阿母[4]，正值深秋時。蟠桃羅嘉實[5]，霞觴捧瓊酏[6]。鶴髮明清霜[7]，酡顔康且怡[8]。況承錦誥封[9]，珠翟華葳蕤[10]。茲辰乃初度，祝慶歡諸兒。綵衣暎瑜珥[11]，拜舞紛襳褷[12]。一祝母之壽，再祝母之禧。人心有至願[13]，天道豈遐而[14]。所貴在好德，騈錫應無涯[15]。

【注釋】

①黃主事，當指黃平。字衡夫，四川富順縣（今屬自貢市）人。正統元年（1436）進士。正統三年擢為吏部主事。其父為黃璿（字公瑾），見本卷《送黃知府之開封》注。

②寶婺：星名，即婺女星，借指女神。多用以稱揚貴婦。

③燭：照耀。

④華筵：豐盛的筵席。壽：祝壽。

⑤嘉實：佳美的果實。

⑥霞觴：猶霞杯。瓊酏（yí）：美酒。酏，米酒。

⑦鶴髮：白髮。清霜：寒霜，白霜。

⑧酡（tuó）顔：指老年人面色紅潤。

⑨錦誥：對皇帝的制敕的尊稱。封：指誥封。明清對五品以上官員及其先代和妻室以皇帝的誥命授予封典，謂『誥封』。

⑩葳蕤（wēiruí）：華美的樣子。

⑪暎：同『映』。瑜珥：女子耳上的裝飾品。

⑫拜舞：跪拜與舞蹈。古代朝拜的禮節。襹褫（líchí）：同『褵褷』。離披散亂的樣子。

⑬至願：最大的願望。

⑭遐而：遥遠。

⑮駢錫：指不斷的賞賜。錫，賜予。涯：極限。

壽許處士① 七月七日

烏鵲橋成渡漢津②，人間此日慶生申③。西王母降瑶池近④，南極星輝玉宇新⑤。蘭桂重歡天上客⑥，衣冠盛集洛中人⑦。醉來笑閱長生籙⑧，海屋籌添不厭頻⑨。

【注釋】

①許處士，所指不詳。處士，本指有才德而隱居不仕的人，後亦泛指未做過官的士人。

②烏鵲橋：即鵲橋。神話傳説，舊曆七月初七之夜，烏鵲填天河成橋，以渡牛郎、織女相會。漢津：銀漢。

③生申：申伯誕生之日。後爲生日之祝辭。

④西王母：中國古代神話中的女仙人。舊時以爲長生不老的象徵。

⑤南極星：星名，即南極老人星。《史記·天官書》「狼比地有大星，曰南極老人」，唐張守節正義：「老人一星，在弧南，一曰南極，爲人主占壽命延長之應。」玉宇：用玉建成的殿宇，傳説中天帝或神仙的住所。

⑥蘭桂：蘭和桂。二者皆有異香，常用以比喻美才盛德或君子賢人。

⑦衣冠：衣和冠。古代士以上戴冠，因用以指士以上的服裝。洛中人：指帝都中人。洛，本爲東周都邑名，借指都城。

⑧長生籙(lù)：長生簿。籙，簿籍。

⑨海屋籌添：亦省作「海屋」、「海籌」。祝壽之詞。蘇軾《東坡志林·三老語》：「嘗有三老人相遇，或問之年……一人曰：『海水變桑田時，吾輒下一籌，爾來吾籌已滿十間屋。』」

贈淮守楊君①

［淮守楊君］今來朝京師，既還，謁予。嘗聞友人姚君稱其爲政有聲②。爲賦近體一首，以贈其行云。

栢臺遴選寄專城③，千里江淮任不輕。馭吏惟憑三尺法④，傳家猶有四知名⑤。雙旌帶月今朝闕⑥，五馬行春每勸耕⑦。佇見政成膺峻擢⑧，甘棠遺愛起歌聲⑨。

【注釋】

①淮守楊君，指淮安知府楊理。陝西耀州（今銅川市耀州區）人。永樂九年（1411）舉人。宣德元年（1426）九月，由御史出任淮安同知。五年，知府缺，以所屬縣州官民奏請，補其缺。太守，是明清時對知府的專稱。淮安府，屬南直隸，『太祖丙午（1366）四月為府。領州二，縣九』（《明史·地理一》）。府治在山陽縣（今淮安市區）。

②姚君：指姚鵬。參本卷《贈余友姚君子大》。姚鵬曾任淮安府學訓導。有聲：有聲譽。

③栢臺：御史臺的別稱。漢御史府中列植柏樹，常有野鳥數千棲其上，後因以柏臺稱御史臺。遴選：挑選，選拔。專城：指任主宰一城的州牧、太守等地方長官。

④三尺法：指法律。古代以三尺竹簡書法律，故稱。

⑤四知：指廉潔自持，不受非義饋贈。《後漢書·楊震傳》：『當之郡，道經昌邑，故所舉荆州茂才王密爲昌邑令，謁見，至夜懷金十斤以遺震。震曰：「故人知君，君不知故人，何也？」密曰：「暮夜無知者。」震曰：「天知，神知，我知，子知。何謂無知！」密愧而出。』又《傳贊》：『震畏四知。』震爲楊君祖先，故曰傳家。

⑥雙旌：指高官之儀仗。朝：朝見。闕：指朝廷。

⑦五馬：漢時太守乘坐的車用五匹馬駕轅，因用爲太守的代稱。行（xíng）春：指官吏春日出巡。勸耕：猶勸農，鼓勵農民努力耕作。

⑧佇（zhù）：企盼，期待。峻擢：高陞，越級提拔。

⑨甘棠：即棠梨。《詩經·召南·甘棠》：『蔽芾甘棠，勿翦勿伐，召伯所茇。』《史記·燕召公世家》：『周武王之滅紂，封召公於北燕……召公巡行鄉邑，有棠樹，決獄政事其下，自侯伯至庶人各得其所，無失職者。召公卒，而民人思召公之政，懷棠樹不敢伐，哥詠之，作《甘棠》之詩。』後遂以『甘棠』稱頌循吏的美政和遺愛。

贈臨邑許君①

［臨邑許君］初爲黄門給事②。宣德初，用知者薦③，擢守廣西之太平④。再守河間幾十年⑤，郡以治稱。民心愛戴，若子弟之於慈父母焉。雖戎伍之卒⑥，亦知敬仰。及滿赴京，軍民陳奏乞留不可得，垂涕送者填道。徙守彰德⑦，治如河間。兹以老辭，詔許致仕⑧。縉紳榮之，各賦詩爲别。時屬暮秋，因題曰『黄花致政』。余雅重公素履有過人者⑨，爲賦近體一章，續諸群生之編云。

粲粲金錢發舊籬⑩，清標應共歲寒期⑪。寧論黄霸登庸日⑫，卻喜淵明歸去時⑬。三郡有聲黎庶詠，一心無愧老天知。人生富貴還鄉少，况有兒孫奉壽卮⑭。

【注釋】

① 許君，指許侃(1375—1456)。字彦剛，山東臨邑縣(今屬德州市)人。永樂六年(1408)舉人。十一年授禮科給事中，二十二年改兵科。宣德三年(1428)，陞户科左給事中。宣德五年(1430)十一月，出为廣西太平知府。丁母憂服除，復授河間知府。任職九年，秩滿考核最優，晉正三品俸禄。徙河南彰德知府，一年後，致仕歸鄉。

② 黄門給事：給事黄門侍郎的省稱。官名。秦置，西漢沿置，與黄門侍郎同在黄門(宫門色黄)之内供職，故名。東漢將兩官合併，名爲給事黄門侍郎，簡稱『給事黄門』。

③用：因爲。

④太平：指太平府。明太祖洪武九年（1376），設廣西承宣布政使司，内劃分爲十一個府和三個直隸州統轄各縣。太平府爲其中之一，治所崇善（今崇左）。

⑤河間：指河間府。河間古稱瀛州，宋大觀二年（1108）改瀛州爲河間府，元至元二年（1265）改府爲路，屬中書省。明洪武元年（1368）改河間路爲河間府，屬新設之河南分省。二年（1369）三月，河間府屬北平行省。永樂十九年（1421）正月，屬京師。

⑥戎伍：行伍，軍隊。

⑦彰德：彰德府，治所在安陽（今河南安陽）。

⑧致仕：辭去官職。

⑨雅：一向。素履：比喻質樸無華、清白自守的處世態度。《周易·履》：『初九：素履往，無咎。象曰：素履之往，獨行願也。』高亨注：『素，白色無文彩。履，鞋也。「素履往」比喻人以樸素坦白之態度行事，此自無咎。』

⑩粲粲：鮮明的樣子。金錢：比喻黄菊。

⑪清標：俊逸。歲寒：一年的嚴寒時節。

⑫黄霸：字次公，淮陽郡陽夏（今河南太康）人。漢宣帝時，歷任揚州刺史、潁川太守，爲政外寬内明，被譽漢代最好的地方官。登庸：指得到選拔任用。庸，用。《尚書·堯典》：『帝曰：疇咨若時登庸。』孔安國傳：『疇，誰。庸，用也。誰能咸熙庶績，順是事者，將登用之。』

⑬淵明：陶淵明，字元亮，號五柳先生，世稱靖節先生，入劉宋後改名潛。東晉潯陽柴桑（今江西省九江市）人。曾做過幾年小官，後棄官歸去，賦《歸去來辭》。

⑭卮(zhī)：古代一種酒器。

贈余友姚君子大①

［姚君子大］奉命按節川蜀②，余惜其有閲歲之别③，爲賦二律以贈，且致相期之意云④。

朝乘驄馬下臺端⑤，豸繡爲衣鐵作冠⑥。秦塞雲山春見雪⑦，錦江秋水晝生寒⑧。私無自息風濤惡⑨，法立須平蜀道難⑩。歸覲有期稱入奏⑪，杜陵詩句在江干⑫。

【注釋】

①姚子大，即姚鵬。字子大，山東青州府莒州（今日照莒縣）人。永樂十八年（1420）舉人。初授淮安府學訓導。史稱『博洽多能，文學古雅，操行不貳，勤於教導，士皆服從』（《淮安府志》卷十九）。正統八年（1443）七月，擢為監察御史。景泰元年（1450）閏正月，陞江西按察司僉事。

②按節：停揮馬鞭。表示徐行或停留。川蜀：指四川省。古爲蜀國之地，故稱。

③閲歲：經過一年。

④相期：期待，相約。

⑤驄馬：青白色相雜的馬。下臺端：指離開御史臺。

⑥豸繡：古時監察、執法官所穿的繡有獬豸圖案的官服。
⑦秦塞：秦代所建的要塞。
⑧錦江：岷江分支之一，在今四川成都平原。傳説蜀人織錦濯其中則錦色鮮豔，濯於他水，則錦色暗淡，故稱。
⑨風濤：風浪。
⑩蜀道難：指入蜀道路艱難。
⑪歸覲：歸謁君王父母。
⑫杜陵：指唐代詩人杜甫。杜陵，本是地名，在今陝西省西安市東南。古爲杜伯國。秦置杜縣，漢宣帝築陵於東原上，因名杜陵。杜甫祖籍杜陵，他也曾在杜陵附近居住，故常自稱杜陵野老、杜陵野客、杜陵布衣。七九五年冬天，杜甫爲避『安史之亂』，攜家入蜀輾轉來到成都。次年春，在成都西郊浣花溪畔修建茅屋居住，稱『成都草堂』。杜甫先後在此居住近四年，創作詩歌流傳至今的有二百四十餘首。江干：江邊。

獨持憲節省民風①，蜀道都歸歷覽中②。劍閣戰功聞漢相③，成都儒化説文翁④。連城枯槁均霑澤，遠道狐狸盡避驄。好展丹衷圖報國⑤，封章頻遣達天聰⑥。

【注釋】

①憲節：廉訪使、巡按等風憲官所持的符節。
②蜀道：蜀中的道路。亦泛指蜀地。歷覽：遍覽，逐一地看。
③『劍閣』句：指諸葛亮事蹟。劍閣，指劍閣道，連接川陝間的棧道。相傳爲諸葛亮所造，並由此率兵北伐，屢建戰功。

漢相，即指諸葛亮，曾爲蜀漢的丞相。

④文翁：西漢景帝時蜀郡太守。他興辦教育，在成都設置學官，創建官學，培養人才，蜀中學風大興，漸與齊魯之學齊名。文翁興學，成爲漢朝郡縣辦學的開端。

⑤丹衷：赤誠之心。

⑥封章：言機密事之章奏皆用皂囊重封以進，故名封章。亦稱封事。天聰：對天子聽聞的美稱。

贈醫士寧得中①

一室尋常近市廛②，芳名曾爲兩京傳③。僊方得自浮丘伯④，善藥儲從葛稚川⑤。門外客來車似水，爐中丹就日如年。仁人信識多陰理⑥，早晚承恩雨露邊⑦。

【注釋】

①醫士，就是醫生。寧得中，生平履歷不詳。此詩手跡存。

②市廛：指店鋪集中的市區。

③兩京：指明之北京、南京。

④浮丘伯：古代傳説中的仙人。

⑤稚川：指東晉葛洪。字稚川，自號抱朴子，東晉丹陽郡句容（今江蘇句容縣）人。道教學者、著名煉丹家、醫藥學家。著有《抱朴子》等。

⑥信識：准確的識見。

⑦雨露：比喻恩澤。

送少保楊先生展墓①

郢水湘川許暫遊②，聖恩特爲相臣優。春深驛路鶯花滿③，雨濕江皐草木柔④。五鼎遠陳丘壠薦⑤，一心常切廟堂憂⑥。來時莫向薰風後⑦，當寧虛心倚召周⑧。

【注釋】

①少保楊先生，指楊溥。見《澹軒歷受誥詞》注。展墓，省視墳墓。楊溥於正統六年（1441）二月歸省，此詩當作於此時。

②郢（yǐng）：春秋戰國時楚國都城。今湖北省江陵縣紀南城。楚文王定都於此。前二七八年秦拔郢，地入秦。這裏代指楚地。湘川：即湘江。發源於廣西臨桂縣，上游稱瀟水，零陵以北始稱湘江。至湘陰縣入洞庭湖後歸長江。為湖南境內最大河流，長江主要支流之一。

③鶯花：鶯啼花開。泛指春日景色。

④江皋：江岸，江邊地。

⑤五鼎：古代行祭禮時，大夫用五個鼎，分別盛羊、豕、膚（切肉）、魚、臘五種供品。丘壠：墳墓。薦：進獻，送上。

⑥廟堂：朝廷。借指以君主爲首的中央政府。

⑦薰風：和暖的風。指初夏時的東南風。相傳舜唱《南風歌》云『南風之薰兮，可以解吾民之愠兮。南風之時兮，可以阜吾民之財兮』。後因以『薰風』指《南風歌》。

⑧當寧：處在門屏之間。寧，古代宫室門内屏外之地。君主在此接受諸侯的朝見。故藉以指皇帝。召周：周成王時共同輔政的周公旦和召公奭的並稱。兩人分陝而治，皆有美政。

送黄尚書①

乞歸未許遂閑身②，聖主分明眷舊臣。邦治重惟根本地③，銓衡猶賴老成人④。初辭玉闕天顔近⑤，曉望江亭柳色新。遥計皂輪臨畫省⑥，鶯花如錦鳳城春⑦。

【注釋】

①黄尚書，指黄宗載（1366—1444）。一名垕，字厚夫。江西豐城人。洪武三十年（1397）春榜進士。任行人，歷左右司副，遷司正。永樂元年（1403），陞湖廣按察使司僉事。坐事，謫楊青驛丞，後起官任御史。巡按交趾，時稱得體。還，

擢詹事府丞。洪熙元年(1425),擢行在吏部右侍郎。宣德元年(1426),奉命清軍浙江。宣德十年七月,以年踰七十乞致仕,未許,轉任左侍郎,九月,陞南京吏部尚書。正統八年(1443)五月致仕,九年七月卒。居官廉正,學問文章,俱孚時望,為公卿大夫所推重。《明英宗實録》載,正統三年十一月,黄宗載『自陳年過七十衰病日侵乞致仕,上以老成,方隆倚仕,不允所請,仍令視事』(卷四十八)。楊榮《送黄尚書復任詩序》云:『吏部尚書劍江黄公宗載來自南京,以年老懇乞致政,皇上圖任舊人,弗俞其請,仍命還涖部事。行在禮部侍郎兼翰林侍讀學士臨川王君時彦暨詞垣諸君,相與賦詩贈之。』(《文敏集》卷十一)據此推知,此詩及後《送黄尚書還南京》均當作於正統三年十一月。

② 乞歸:請求辭職回鄉。

③ 根本地:指京城。

④ 銓衡:衡量輕重的器具。引申指考核、選拔人才。

⑤ 玉闕:指皇宫、朝廷。

⑥ 皂輪:指皂輪車。黑色車輪的牛車,有勳德的諸王三公乘用。

⑦ 鳳城:京都的美稱。

送黄尚書還南京[1]

冢宰聲華重兩京[2],冑中藻鑑十分明[3]。纔看曳履朝天闕[4],又見旋車入鳳城[5]。江閣梅開詩思好,薇垣吏散漏聲清⑥。兹行未必常居此，當寧虚心待老成⑦。

【注釋】

① 黄尚書，指黄宗載。見前詩注。此詩手跡存。

② 冢宰：吏部尚書别稱。《明史》：『（吏部）尚書掌天下官吏選授、封勳、考課之政令，以甄别人才，贊天子治。蓋古冢宰之職，視五部爲特重。』（《職官志一》）聲華：猶言聲譽榮耀。兩京：指北京和南京。明朝開國定都南京，後遷都北京。

③ 藻鑑：品藻和鑒别人才。

④ 曳履：拖着鞋子。形容閒暇、從容。天闕：天子的宫闕，亦指朝廷或京都。

⑤ 旋車：回師之車。

⑥ 薇垣：唐開元元年（713）改稱中書省爲紫微省。簡稱微垣。元代稱行中書省爲薇垣。明洪武九年（1376）改元代行中書省爲承宣布政司，亦沿稱爲薇省或薇垣。清初也稱布政司曰薇垣或薇署。故明清時常以薇垣稱相當於中書省的中樞機構或布政司。漏聲：銅壺滴漏之聲。

⑦ 當寧：指皇帝。老成：舊臣，老臣。

送魏尚書致仕歸南康①

八座名卿貴②，先朝寵擢初③。邦刑承重託④，廟議賴嘉謨⑤。仁恤春陽似⑥，操持鐵石如⑦。乞身何早計，知止是先圖。秖爲求參術，非緣憶鱠鱸⑧。那堪士論惜，卻喜聖恩殊。龍敕褒榮重，黃金禮賜餘。耆英懷洛社⑨，祖席羨東都⑩。回首天猶近，還鄉夢已俱。江湖何浩蕩，松菊未荒蕪。得酒邀陶謝⑪，延生問葛盧⑫。匡時應有疏，還擬報唐虞⑬。

【注釋】

① 魏尚書，指魏源（1382—1444）。字文淵，江西建昌縣（今南城縣）人。永樂四年（1406）進士。授監察御史，宣德十年（1435）七月，陞刑部尚書。正統二年（1437），出理大同宣府邊務，調整將卒，增設亭障，邊備大飭，稱一時『能臣』。正統八年三月，以疾辭歸，次年卒。《明史》有傳。致仕，辭去官職。南康，指南康府，屬江西布政司，領星子、都昌、建昌、安義四縣。

② 八座：古代中央政府的八種高級官員。歷朝制度不一，所指不同。後世多以指稱尚書之類高官。名卿：有聲望的公卿。

③ 寵擢：寵愛提拔。

④ 刑：刑法，法度。

⑤ 廟議：朝廷的謀議。嘉謨：猶嘉謀。

⑥ 仁恤：仁愛體恤。春陽：春天的陽光。

⑦ 操持：指出處行藏。

⑧ 憶鱠鱸：即憶以鱸魚做的膾，語出《世説新語·識鑒》：吴人張季鷹在洛陽做官，秋風起，因憶吴中鱸魚膾，便棄官歸。鱠鱸：即鱸膾。這句連同上句講的是：致仕回家是求藥治病，並不是因爲思念家鄉好吃的東西。

⑨ 耆英：高年碩德者之稱。洛社：即洛陽耆英會。宋代文彦博與富弼、司馬光等聚集洛陽高年者共十三人（一説十

一人）置酒相樂，稱『洛陽耆英會』。

⑩祖席：餞行的宴席。東都：此處指洛陽。

⑪陶謝：晉末南朝宋初詩人陶潛、謝靈運的並稱。陶善寫田園詩，謝長於山水詩，兩人都擅長描寫自然景物。

⑫葛盧：指晉代精通醫術的葛洪和古代名醫扁鵲（別稱盧醫），代指當時醫術高明的人。

⑬唐虞：唐堯與虞舜的並稱。亦指堯與舜的時代，古人以爲太平盛世。此處指明朝朝廷。

送蘭學士致仕① 二首

早從京邸接芳鄰②，況復同官又幾春。學館久推耆舊德③，詞林共羨老成人。兩朝趨講承恩數④，此日懸車荷寵新⑤。祖道旗亭秋欲暮⑥，緑尊重酌莫辭頻⑦。

【注釋】

①蘭學士，指蘭從善（1374—1446）。字有恒，河南彰德府磁州（今河北磁縣）人。洪武二十六年（1393）舉人。初授山東陵縣教諭，稍遷揚州府學教授。歷翰林院編修、侍讀。宣德五年（1443）五月，與修兩朝實録，陞司經局洗馬。正統三年（1438），與修《宣宗實録》成，陞翰林院學士。正統八年四月，以年老致仕。正統十一年二月卒。為人方正沉靜，忠誠樸實，有威望。《明英宗實録》稱其：『經筵講讀，語音洪亮，確實無華。處己待人，內外如一。於學術造詣則疏淺

云。』（卷一百三十八）

②京邸：京都的邸舍。芳鄰：對鄰居的美稱。

③學館：學舍，學校。耆舊：年高望重者。

④恩數：指朝廷賜予的封號等級。

⑤懸車：致仕。古人一般至七十岁辭官家居，廢車不用，故云。班固《白虎通·致仕》：『臣年七十懸車致仕者，臣以執事趨走爲職，七十陽道極，耳目不聰明，跂踦之屬，是以退老去避賢者……懸車，示不用也。』

⑥祖道：古代爲出行者祭祀路神，並飲宴送行。旗亭：酒樓。懸旗爲酒招，故稱。

⑦緑尊：酒杯。尊：同『樽』。

君去青山作近鄰，從知華髮倍生春①。兒童共迓瀛洲客②，冠蓋相傾洛社人③。白酒釀成香正美，黄花開遍色尤新。三臺遊樂多懷古④，吟對西風興轉頻⑤。

【注釋】

①華髮：花白頭髮。指年老，老年人。

②迓（yà）：迎接。瀛洲：傳説中的仙山。

③冠蓋相傾：指一見如故。古語云『有傾盖如故，有白首如新』，此化用其意。冠，禮帽。盖，車盖。洛社：見《送魏尚書致仕歸南康》注。

④三臺：指三國時曹操所建銅雀臺、金虎臺、冰井臺，故址在今河北臨漳縣三臺村。藺從善是磁州人，正屬此地。

⑤興：指詩興。

送李學士省墓①

視草頻年在禁圍②，松楸長望思依依③。西清暫輟青綾直④，南國榮看晝錦歸⑤。宮柳雨晴蟬正急，江籬風澹雁初飛。豆籩已遂蒸嘗願⑥，好促征帆上帝畿⑦。

【注釋】

①李學士，指李時勉。見卷前《澹軒歷受誥詞》注。《明英宗實録》載：正統三年六月『甲子，行在翰林院學士李時勉奏：「臣備官侍從三十餘年，未獲歸展桑梓。比來妻子相繼淪亡，一門之内，孤苦煢煢，情迫於衷。屬以史事方嚴，未敢言私。今史已完，乞賜一歸。」上憫其情，從之。』（卷四十三）《翰林記·給假》亦載：正統『三年六月，學士李時勉以歷三年賜展墓。』（卷五）

②視草：古代詞臣奉旨修正詔諭一類公文，稱『視草』。禁圍：猶禁闈。指内宮。

③松楸：松樹與楸樹。墓地多植，因以代稱墳墓。特指父母墳塋。依依：形容思慕懷念的心情。

④西清：西廂清淨之處。後指帝王宮内遊宴之處。青綾：青色的有花紋的絲織物。古時貴族常用以制被服帷帳。

⑤錦歸：衣錦榮歸。

⑥ 豆籩：祭器。木制的叫豆，竹制的叫籩。蒸嘗：本指秋冬二祭。後泛指祭祀。

⑦ 征帆：指遠行的船。帝畿：猶京畿。指京都或京都及其附近地區。

送魏侍郎之南京吏部①

少宰重遷荷寵榮②，銓衡獨掌向南京③。斯文共惜交情舊④，公論多歸藻鑑明⑤。潞渚別時霜正白，江城到日雪初晴。寒梅次第開東閣⑥，彩筆題詩思倍清⑦。

【注釋】

① 魏侍郎，指魏驥（1373—1471）。字仲房，號南齋，浙江蕭山（今杭州蕭山區）人。永樂三年（1405）舉人。次年，以進士副榜授松江府儒學訓導。召修《永樂大典》。書成，還任。薦任太常博士。宣德元年（1426），爲吏部考功員外郎，轉任南京太常寺少卿。正統三年（1438），詔試行在吏部授左侍郎，次年實授。八年，改任禮部左侍郎，以年老力衰請求致仕，未獲准，改任南京吏部侍郎。十四年，又任南京吏部尚書。景泰元年（1450）致仕。致仕二十餘年，四方仰德。九十八歲卒，賜祭葬，謚『文靖』。著有《南齋前後集》、《松江志》、《理學正義》、《南齋摘稿》等。《明史》有傳。

② 少宰：明清爲吏部侍郎的俗稱，也叫少塚宰。寵榮：猶尊榮。

③ 銓衡：指主管選拔官吏的職位。亦指主管選拔官吏的部門之長。

④ 斯文：指儒士，文人。

⑤ 藻鑑：品藻和鑒别人才。

⑥ 東閣：東廂的居室或樓房。明清兩代大學士殿閣之一。

⑦ 彩筆：五彩之筆。江淹少時，曾夢人授以五色筆，從此文思大進，晚年又夢一個自稱郭璞的人索還其筆，自後作詩，再無佳句。後人因以『彩筆』指詞藻富麗的文筆。

送程都御史養疾①

幾年執法佐烏臺②，雕鶚群中識俊才③。曾向酒泉嚴虎旅④，又從銅柱淨氛埃⑤。微痾偶屬思休暇⑥，聖主深恩許暫回。勿藥有期須赴闕⑦，鄉心莫爲更遲回⑧。

【注釋】

① 程都御史，指程富（1389—1458）。字好禮，南直隸歙縣（今安徽歙縣）人。永樂十二年（1414）舉人。授陝西道監察御史。宣德九年（1434），巡按江西，值大盤山賊暴發，富直擣其巢，俘獲甚衆，陞大理寺少卿。正統六年（1441），任都察院右僉都御史，八年，轉左。督運雲南軍儲，征討麓川（治今雲南瑞麗縣）。正統十年六月，陞右副都御史。以疾乞致仕，天順二年（1458）七月卒。據《明英宗實録》卷一百四十五載，程富回鄉治疾，事在正統十一年九月。

②烏臺：指御史臺。

③雕鶚(è)：雕與鶚，均爲猛禽。比喻才望超群者。

④酒泉：今甘肅酒泉。程富曾參贊陝西、甘肅軍務。

⑤銅柱：銅制的作爲邊界標誌的界樁。氛埃：污濁之氣；塵埃。比喻戰亂。

⑥微痾(ē)：小病。

⑦勿藥：不服藥。指病癒。赴闕：入朝。指陛見皇帝。

⑧鄉心：思念家鄉的心情。

送顧都御史致仕①

帝命親承不易堯②，中臺獨立見清操③。平反久羡明三尺④，謝事今知及二毛⑤。篋裏龍章新賜詔⑥，坐中豸繡舊宫袍⑦。歸來松菊應無恙⑧，緑野堂開興趣高⑨。

【注釋】

①顧都御史，指顧佐(1376—1446)。字禮卿，河南太康縣(今河南太康)人。建文二年(1400)進士。除莊浪知縣。永樂初，入為御史。從成祖北征，巡視關隘，遷江西按察副使，召為應天尹。剛直不撓，吏民畏服，人比之『包孝肅』。北京

建，轉任順天府尹。宣德間，擢右都御史。糾黜貪縱，朝綱肅然。正統元年（1436）六月，因病致仕。十一年九月卒。《明史》本傳稱其『佐孝友，操履清白，性嚴毅』（卷一百五十八）。

② 堯：指賢明、能幹的君主或聖人。

③ 中臺：即尚書省。秦漢時尚書稱中臺，謁者稱外臺，御史稱憲臺，合稱三臺。魏晉宋齊並稱尚書臺，梁陳後魏北齊隋則稱尚書省。唐時曾更名中臺，後又改爲尚書省。獨立：超凡拔俗，與衆不同。清操：高尚的節操。

④ 平反：把冤屈誤判的案件糾正過來。三尺：指法律。

⑤ 二毛：指老年人黑白二色的頭髮。

⑥ 篋（qiè）：小箱子。大曰箱，小曰篋。龍章：指皇帝的文章。

⑦ 豸繡：古時監察、執法官所穿的繡有獬豸圖案的官服。

⑧ 松菊：松與菊不畏霜寒，因以喻堅貞節操或具有堅貞節操的人。

⑨ 緑野堂：唐代裴度的別墅名，故址在今河南省洛陽市南。裴度爲唐憲宗時宰相，晚年辭官退居洛陽，於午橋建別墅，種花木萬株，名曰『緑野堂』。裴度野服蕭散，與白居易、劉禹錫等作詩酒之會，不問人間事。

送陳祭酒①

丰姿蕭洒重詞垣②，璧水師儒位獨尊③。京國盍簪論契闊④，故園行樂荷新恩⑤。焚黄况有函中誥⑥，薦俎還將澗底蘩⑦。豐鎬舊都王化在⑧，願言須早赴橋門⑨。

【注釋】

① 陳祭酒，指陳敬宗（1377—1459）。字光世，號澹然居士，又號休樂老人，浙江明州府慈溪縣（今屬寧波市）人。永樂二年（1404）進士，選庶吉士。與修《永樂大典》，書成，授刑部主事。又與修《五經四書大全》，再修《明太祖實録》，授翰林侍講。宣德二年（1427），轉南京國子監司業。宣德九年，進祭酒。《明史》本傳稱：『敬宗美須髯，容儀端整，步履有定則，力以師道自任。立教條，革陋習。六館士千餘人，每陞堂聽講，設饌會食，整肅如朝廷。』（《列傳》第五十一）德望文章，名聞天下，爲士林所重，與北京國子監祭酒李時勉並以『賢祭酒』知名，稱『南陳北李』。景泰元年（1450）九月，與尚書魏驥同引年致仕。英宗天順三年（1459）卒，謚『文定』。著有《澹然集》五卷。

② 丰姿：風度儀態。詞垣：詞臣的官署，如翰林院之類。

③ 璧水：指太學。師儒：古代指教官或學官。

④ 京國：京城，國都。盍簪：指士人聚會。語出《周易·豫卦》：『勿疑，朋盍簪。』契（qiè）闊：久別。

⑤ 行樂：消遣娛樂。

⑥ 焚黄：品官新受恩典，祭告家廟祖墓，告文用黄紙書寫，祭畢即焚去，謂之焚黄。後亦稱祭告祝文爲焚黄。《詞林典故》載：『焚黄之式，起於宋時，蓋為居官晉秩，以封贈誥詞別謄於黄紙而焚之，榮其親也。』（卷四）

⑦ 薦：進獻。俎（zǔ）：古代祭祀、燕饗時陳置牲體或其他食物的禮器。蘩（fán）：即白蒿。

⑧ 豐鎬：周的舊都。文王邑豐，在今陝西西安西南豐水以西。武王遷鎬，在豐水以東。其後周公雖營洛邑，豐鎬仍爲當時政治文化中心。明人用以借指留都南京。王化：帝王的教化。

⑨願言：思念殷切的樣子。橋門：古代太學周圍環水，有四門，以橋通，故名。

送平江伯南京董馬政①

騋牝孳蕃徧四郊②，分巡時見遺星軺③。貂蟬奉使而今重④，雲錦成群此日饒⑤。淮甸秋風禾盡熟⑥，江天涼雨木初凋。公餘采得詩千首，總是康衢頌帝堯⑦。

【注釋】

①平江伯，當指陳佐。陳瑄之子。瑄（1365—1433），字彦純，直隸廬州合肥縣（今安徽合肥市）人。早年跟隨徐達征戰，靖難之役時，率領水師投降燕王朱棣。朱棣即位後，封瑄爲平江伯，食禄一千石，賜誥券，世襲指揮使。宣德八年（1433）十月，陳瑄卒，十年二月，佐襲封平江伯。董，是督察，監督。馬政，是歷代政府對官用馬匹的牧養、訓練、使用和採購等的管理制度。《明宣宗實録》卷七載：宣德十年秋七月，『命駙馬都尉趙輝、平江伯陳佐，往南北二太僕寺印記馬七萬八千餘疋。』本詩當即作於此時。

②騋牝（láipìn）：泛指馬。語出《詩經·鄘風·定之方中》：『騋牝三千。』騋，身高七尺的馬。牝，雌性的馬。孳蕃：滋生蕃衍。

③分巡：指出巡的官員。星軺（yáo）：使者所乘的車。

④ 貂蟬：貂尾和附蟬，古代爲侍中、常侍等貴近之臣的冠飾。泛指顯貴的大臣。此處代指平江伯。奉使：奉命出使。

⑤ 雲錦：織有雲紋圖案的絲織品。明清時爲宫廷織品，用於宫廷服飾、賞賜等。借指達官顯貴。

⑥ 淮甸：淮河流域。

⑦ 康衢：四通八達的大路。頌帝堯：指歌頌當時的朝廷。

送湯參將①

使君銜命下蓬萊②，千里江淮虎帳開③。總羡祭遵非恃武④，也知劉晏更多才⑤。萬艘帶月隨潮上⑥，雙節淩秋覲闕回⑦。佐國有功同禦武，芳名應不愧雲臺⑧。

【注釋】

① 湯參將，指湯節。南直隸廬州府廬江縣（今屬合肥市）人（《漕運通志》作『高郵人』，疑誤）。正統四年（1439），以江西都指揮充漕運右參將。《明一統志》載：湯節『宣德初，調高郵衛指揮使。訓練士卒，整飭城垣，樓櫓器械，無不堅好。尤能恤軍愛民，好賢禮士，殲湖寇，賑貧窮，建露筋女祠，以勵風俗。勉軍餘，就學以知禮義，綽有儒將風。陞參將，益著能聲。』（卷十二）參（cān）將，武官名。明置，位次於總兵、副總兵。明代陸容《菽園雜記》云，正統四年『湯節

充參將，此設參將之始也』（卷九）。此詩當作於湯節赴任時。

② 使君：尊稱奉命出使的人。銜命：遵奉命令。蓬萊：蓬蒿草萊。借指草野。

③ 虎帳：指將軍的營帳。

④ 祭（zhài）遵：字弟孫，潁川潁陽（今河南許昌）人。從光武帝征天下，拜征虜將軍，封潁陽侯，爲東漢名將，『雲臺二十八將』之一。篤好儒學，選拔人才，全用儒術。又建議爲孔子立後，奏請設置五經大夫。《後漢書》有傳。

⑤ 劉晏：字士安，曹州南華（今山東東明縣）人。唐代著名的經濟改革家和理財家。多才多藝，歷任吏部尚書、同平章事，領度支、鑄錢、鹽鐵等使。掌管財政二十多年，實施了一系列的財政改革措施，爲安史之亂後唐朝的經濟發展做出了重要的貢獻。

⑥ 艘（sōu）：船的總稱。

⑦ 雙節：指高官之儀仗。淩秋：越秋，指秋後。

⑧ 雲臺：漢宮中高臺名。東漢明帝永平三年（60），漢明帝劉莊在南宮雲臺閣，命人爲在東漢建立過程中戰功最著的二十八位將領畫像，稱爲『雲臺二十八將』。范曄《後漢書》爲二十八將立傳，稱讚他們『咸能感會風雲，奮其智勇，稱爲佐命，亦各志能之士也』。

送陳侍讀省父①

臨岐何事倍踟蹰②，十載論交思有餘③。南省校文曾共席④，東華待漏每連裾⑤。獨辭楓陛恩榮重⑥，遥念椿庭定省踈⑦。此去一門多樂事，不緣晝錦耀鄉閭⑧。

【注釋】

①陳侍讀，指陳詢。字汝同，南直隸華亭縣(今屬上海市)人。永樂十六年(1418)進士。選庶吉士，授翰林院編修，累陞至侍講學士。正統年間，因拒絶與王振合作，被貶爲安陸縣知縣。『土木之變』後，被景帝召回，任大理寺少卿。景泰五年(1454)，陞國子監祭酒。天顺二年(1458)致仕，卒於家。

②臨岐：本爲面臨岐路，後亦用爲贈别之辭。踟蹰：徘徊不前的樣子。

③論交：結交，交朋友。

④南省：指禮部。

⑤東華：明時中樞官署設在宫城東華門内，因以借稱中央官署。待漏：百官清晨入朝，等待朝拜天子，謂之『待漏』。漏，古代計時器。連裾：猶連袂。

⑥楓陛：指朝廷。陛爲皇宫的臺階，代指皇宫。恩榮：指受皇帝恩寵的榮耀。

⑦椿庭：父親的代稱。定省：子女早晚向親長問安。《禮記·曲禮上》：『凡爲人子之禮，冬温而夏清，昏定而晨省。』鄭玄注：『定，安其牀衽也；省，問其安否何如。』踈：同『疏』。

⑧晝錦：《漢書·項籍傳》載，秦末項羽入關，屠咸陽。或勸其留居關中，羽見秦宫已毁，思歸江東，曰：『富貴不歸故鄉，如衣錦夜行。』後遂稱富貴還鄉爲『衣錦晝行』，省作『晝錦』。鄉閭：家鄉，故里。

送尹侍讀①

别君對酒不勝情，十載交知託老成②。裁史玉堂同載筆③，題詩上苑共聽鶯④。官河白雁隨帆去⑤，文水黄花照繡行⑥。卻計離愁相慰日，重看鳴珮入承明⑦。

【注釋】

① 尹侍讀，指尹鳳岐（？—1459），字邦祥。江西吉水縣（今屬吉安市）人。永樂十五年（1417）解元，次年登進士第。選庶吉士。歷編修、修撰。與修《宣廟實録》，書成，陞侍讀。爲文敏捷詳贍，性剛直，得罪當道，以剩員退歸，不復召用而卒，士論惜之。

② 老成：指年高有德的人。

③ 裁史：修史。裁，創作，寫作。玉堂：指翰林院。載筆：携帶文具以記録王事。此句指馬愉曾與尹鳳岐一起修史。

④ 上苑：皇家的園林。

⑤ 官河：運河。

⑥ 黄花：指菊花。

⑦ 鳴佩：古人在腰間佩帶玉飾，行走時使之相擊發聲。比喻出仕在朝。承明：古代天子左右路寢稱承明，因承接明堂之後，故稱。

送陳侍講還南京①

多君遷秩荷恩頻②，兩度相逢意轉親。朝著共推人似玉③，詞林何憚鬢如銀。孤舟遠載金臺月④，匹馬重遊白下春⑤。聞説堂陰多種竹，題來詩句更清新。

【注釋】

①陳侍講，指南京翰林院侍講陳用。用，字時顯，福建莆田縣人。永樂元年（1403）癸未科鄉試第 ，永樂九年辛卯科進士。選庶吉士。時行在開東館，徵天下名儒纂修《五經》、《四書》及《性理大全》諸書，用預焉，書成授南京翰林院檢討。宣德三年閏四月，陞本院修撰。正統三年八月，陞侍講。掌院事。『為人質實醇厚，言動不苟，身歿無嗣，士類傷之』（《興化府莆田縣志·人物志·儒林傳》卷二十一）

②多：稱讚。遷秩：官員晉級。

③朝著：猶朝班，泛稱朝廷百官之列。語本《左傳·昭公十一年》：『朝有著定。』

④金臺：指古燕都北京。明沈榜《宛署雜記·鋪行》：『當成祖建都金臺時，即因居民疏密，編爲保甲。』

⑤白下：古地名。在今江蘇南京市西北。唐移金陵縣於此，改名白下縣。後因用爲南京的別稱。

送孫修撰省親還豫章①

詞苑動遐思②，鄉關念久違③。暫辭儤直去④，獨荷寵恩歸。客路經殘暑，行舟對落暉⑤。匡廬潮水急⑥，牛斗劍光微⑦。城古江長遶，地靈山四圍。落帆依岸渚⑧，俯首拜庭闈。陸橘秋初熟⑨，翰鱸晚更肥⑩。雙親顏若駐，諸李玉相輝。秖爲娱心志⑪，非徒侈錦衣⑫。膝前稱慶罷⑬，還早上京畿。

【注釋】

①孫修撰，指孫曰恭。字恭齋，江西豐城縣（今屬宜春市）人。永樂二十一年（1423）中鄉試，次年中一甲第三名進士，授翰林院編修。宣德五年（（1430）五月，陞翰林院修撰。正統三年（1438）四月，與修《明宣宗實録》成，陞翰林院侍讀。爲人端志雅操，學行醇篤，爲文簡古有法度，深受内閣「三楊」器重。修撰，官名。唐代史館有修撰，掌修國史，宋有集英殿、右文殿等修撰。至元時，翰林院始設修撰。明清因襲之，一般於殿試揭曉後，一甲第一名進士（狀元）即授翰林院修撰。豫章，古郡名，治所在今江西南昌。

②遐思：深長的思念。

③鄉關：故鄉。

④儤（bào）直：官吏在官府連日值宿。儤，古代官吏值班人。

⑤落暉：夕陽，夕照。

⑥匡廬：指江西廬山。相傳殷周之際有匡俗兄弟七人結廬於此，故稱。

⑦牛斗：指牛宿和斗宿。傳説吴滅晉興之際，牛斗間常有紫氣。雷焕告訴尚書張華，説是寶劍之氣上沖於天，在豫東豐城。張華派雷爲豐城令，得兩劍，一名龍泉，一名太阿，兩人各持其一。張華被誅後，失所持劍。後雷焕子持劍過延平津，劍入水，但見兩龍各長數丈，光采照人。見《晉書·張華傳》。後常用以爲典。

⑧渚：水邊。

⑨陸橘：用陸績懷橘遺母的典故。三國時吴人陸績，六歲時，見袁術於九江，懷橘遺母，時稱其孝。

⑩鱸(lú)：鱸魚。『翰鱸』，用張季鷹『憶鱸膾』的典故。張季鷹，名翰。參閲本卷《送魏尚書致仕歸南康》注。

⑪秖：同『衹』。只，但。心志：心意。

⑫錦衣：精美華麗的衣服。指顯貴者的服裝。

⑬稱慶：道賀。

送鍾修撰省母①

知君長日念慈闈②，卻喜天恩許暫歸③。行處風光多逸興④，故園山色有餘輝⑤。紫荆花發霑春酒⑥，慈竹陰濃覆舞衣⑦。尚憶玉堂秋夜月⑧，重來相賞莫相違。

【注釋】

①鍾修撰，指鍾復（1399—1443）。字弘彰，江西永豐縣人。宣德八年（1433）一甲三名進士，授翰林院編修。宣德九年八月，進學文淵閣。正統三年（1438），與修《明宣宗實録》成，陞修撰。累官翰林院侍講。著有《玉川文集》六卷。

②慈闈：母親的代稱。

③天恩：指帝王的恩惠。

④逸興：超逸豪放的意興。

⑤餘輝：殘留的輝光。

⑥春酒：冬釀春熟之酒。亦稱春釀秋冬始熟之酒。

⑦慈竹：竹名。又稱義竹、慈孝竹、子母竹。叢生，一叢或多至數十百竿，根窠盤結，四時出筍。竹高至二丈許。新竹舊竹密結，高低相倚，若老少相依，故名。

⑧玉堂：宫殿的美稱。

送楊仲舉修撰省墓①

徵書昔見起滄洲②，十載編摩侍冕旒③。紫誥褒封先壟賁④，錦衣歸祀聖恩優⑤。松楸久映吴門月⑥，鴻雁遥看楚塞秋。此去衷情君已遂，舊游重賦思悠悠。

【注釋】

① 楊仲舉：即楊翥(1369—1453)。字仲舉，南直隸吴縣(今江蘇蘇州市)人。少孤貧，隨兄戍武昌，授徒自給。楊士奇微時，流寄窘乏，翥輒解館舍讓之，而自己教授他所。楊士奇心賢之，及貴，薦舉楊翥經明行修。宣德時，授翰林檢討，歷編修、修撰，與修三朝實録。正統中，詔爲郕王朱祁鈺府僚，爲長史。正統十年，告老歸吴。景泰元年(1450)，拜禮部左侍郎。景泰三年，進禮部尚書，給禄致仕。年八十五卒。著有《希顏齋集》。《明史》有傳。

② 徵書：指徵召或徵調的文書。滄洲：濱水的地方。古時常用以稱隱士的居處。

③ 編摩：猶編集。冕旒：指皇帝。

④ 紫誥：指詔書。古時詔書盛以錦囊，以紫泥封口，上面蓋印，故稱。賁(bì)：華美光彩的樣子。

⑤ 錦衣：精美華麗的衣服。指顯貴者的服裝。

⑥ 松楸：松樹與楸樹。墓地多植，因以代稱墳墓。吴門：指蘇州或蘇州一帶。爲春秋吴國故地，故稱。

送蕭江　編修孟勤子也①

青春儒業説箕裘②，侍膳常年客帝州③。獨對蘭膏經歲月④，肯同紈袴屬交游⑤。東風又喜隨歸旆⑥，故里還應奉彩舟。看取雲霄騰踏日⑦，楚天香滿桂花秋。

【注釋】

① 蕭編修孟勤，指蕭鎡（zī）（1393—1464）。字孟勤，江西泰和縣（今屬吉安市）人。宣德二年（1427）進士。宣德八年，選庶吉士。英宗繼位後，授翰林院編修。正統三年（1438），進侍讀。正統十二年三月，任國子監祭酒。累官太子少師、户部尚書，兼翰林學士。學問精博，文章爾雅。有《尚約居士集》。其子蕭江，生平不詳。徐有貞亦有詩十解送之，並序云：『孟勤子江，初自西昌來省。今侍其還，别余乞詩。因賦小詩十解送之。』（見《武功集》卷五）據徐詩，蕭江是三月離開京城的。編修，官名。屬翰林院，位次修撰，與修撰、檢討同為史官。底本詩題作『送蕭江編修孟勤子也』，其中『編修孟勤子也』六字，當為作者自注，刊刻時誤入正題中。

② 青春：指青年時期，年紀輕。説（yuè）：喜好，喜愛。後多作『悦』。箕裘：《禮記·學記》：『良冶之子，必學爲裘，良弓之子，必學爲箕。』良冶、良弓，指善於冶金、造弓的人。意謂子弟由於耳濡目染，往往繼承父兄之業。後因以『箕裘』比喻祖上的事業。

③ 侍膳：陪從尊長用膳。帝州：指京都。

④ 蘭膏：古代用澤蘭子煉製的油脂。可以點燈。

⑤ 紈袴：細絹制的褲。古代貴族子弟所服。後因稱富貴人家的子弟，爲紈絝子弟，含鄙薄意。

⑥ 旆（pèi）：古代旐末狀如燕尾的垂旒。泛指旌旗。

⑦ 騰踏：提起脚踏或踢。比喻宦途得意。

送龔編修榮歸侍親①

榮君歸侍別君難②，共喜皇恩似海寬。錦誥幾年承賜渥③，綵衣今日又承歡④。黄柑緑橘盤中薦⑤，碧水丹山行處看⑥。秖恐九重思俊彦⑦，徵書不久下金鑾⑧。

【注釋】

① 龔編修，指龔錡。字台鼎，一字良器，福建建安縣（今南平建甌市）人。宣德五年（1430）一甲二名進士，授翰林院編修。因事連坐，被貶爲民。正統十三年（1448），爲民賊所害。有《蒙齋集》。《福建通志》稱：『錡性孝友博學，好吟詠，善書。』（卷四十七）其子沅，字孔殷，成化進士，累官督税兩浙。據《翰林記》卷五載，龔錡得請歸省，當正統四年。侍親，就是侍奉父母。

② 榮：以爲榮。

③ 錦誥：對皇帝的制敕的尊稱。渥（wò）：優厚。

④ 綵衣：指孝養父母。承歡：指侍奉父母。

⑤ 薦：祭品。

⑥ 行處：走過的地方。

⑦ 九重：指帝王。俊彦：傑出之士，賢才。

⑧徵書：指徵召或徵調的文書。

送吴編修節還鄉省母①

送君向江右②，千里覲慈親③。鸞誥承恩重④，宫袍賜錦新⑤。暫知辭玉署⑥，明發别京塵⑦。祖席臨長陌⑧，歸途屬暮春⑨。花香輕拂面，鶯語巧留人⑩。爲客情偏適，還家喜更頻。北堂開壽宴⑪，先壟薦清蘋⑫。行樂真奇遇⑬，思君乃大倫⑭。石渠方纂輯⑮，蘭棹莫逡巡⑯。黄菊經霜後，相期拜紫宸⑰。

【注釋】

①吴編修節，指吴節（1397—1481）。字與儉，號竹坡，江西安福縣（今屬吉安市）人。宣德五年（1430）進士。八年十一月，選庶吉士。十年，擢翰林院編修。正統十年（1445），陞侍講。己巳之變，條陳十餘事，皆國家大政，多見採納。景泰元年（1450）十月，任南京國子監祭酒。終太常寺卿，致仕。年八十五卒。有《吴竹坡文集》五卷，《詩集》二十八卷。

②江右：江西。指長江下游以西的地區。

③覲：拜見。慈親：慈愛的父母。

④鸞誥：天子封贈之辭。

⑤宫袍：古代官員的禮服。

⑥玉署：指玉堂。翰林院别稱。

⑦京塵：『京洛塵』的省稱。比喻功名利禄等塵俗之事。晉陸機《爲顧彦先贈婦》詩之一：『京洛多風塵，素衣化爲緇。』

⑧祖席：餞行的宴席。長陌：長路。

⑨暮春：春末，農曆三月。

⑩鶯語：鶯的啼鳴聲。

⑪北堂：指母親的居室。

⑫先壟：亦作『先隴』。祖先的墳墓。蘋(pín)：植物名。也稱四葉菜、田字草。多年生草本。生淺水中，葉有長柄，柄端四片小葉成田字形。

⑬奇遇：意外奇特的相逢或遇合。

⑭大倫：基本倫理道德。

⑮石渠：『石渠閣』的省稱。西漢皇室藏書之處，在長安未央宫殿北。《三輔黄圖·閣》：『石渠閣，蕭何造。其下礱石爲渠以導水，若今御溝，因爲閣名。所藏入關所得秦之圖籍。至於成帝，又於此藏祕書焉。』纂輯：編集。

⑯蘭棹：蘭舟。逡巡：有所顧慮而徘徊不前的樣子。

⑰紫宸：泛指宫廷。

送謝編修省母①

臨岐那忍對青尊②，一曲離歌一斷魂。念我久陪趨瑣闥③，喜君暫得樂鄉園。青山客路初聞雁，白髮慈親正倚門。衣錦稱觴情未已④，徵車還促覲天閽⑤。

【注釋】

① 謝璉（1398—1453）。字重器，福建龍溪縣（今屬三明市）人。宣德二年（1427）一甲三名進士，授翰林院編修。正統初年，與修《明會典》等。正統十年（1445），陞翰林院侍講。正統十四年，上言時政十五事。遷南京户部右侍郎。次年兼掌南京兵部事務。景泰四年，卒於任上。著有《奏箋》百卷及《玉堂藏集》。據《翰林記》卷五載：「宣德六年二月，編修謝璉以初考得貤封二親，遂給假歸省。」楊榮《送翰林謝編修歸省序》亦云：「宣德六年春，翰林編修清漳謝璉重器以初考秩滿，得援例推恩，封父如其職，母爲太孺人，兹將奉其勑命歸省，詣予告别。」（《楊文敏集》卷十一）。

② 臨岐：指分别。青尊：盛酒的酒杯。酒别名緑蟻，故稱。

③ 瑣闥：鐫刻連瑣圖案的宫中小門，亦指代朝廷。

④ 稱觴：舉杯祝酒。已：止。

⑤ 徵車：古代徵召賢達使用的車子。天閽：帝王宫殿的門。

送蕭同年孟勤編修省墓①

當年射策舊同文②，詞苑多才獨羨君③。辭闕秖知情暫别④，臨岐那忍袂初分⑤。官河楊柳供春色⑥，故里松楸繞白雲⑦。薦罷蘋蘩來更早⑧，扁舟莫遣滯江濆⑨。

【注釋】

①蕭同年孟勤編修：指蕭鎡。前見本卷《送蕭江編修孟勤子也》注。同年，是古代科舉考試同科中式者之互稱。唐代同榜進士稱『同年』，明清鄉試、會試同榜登科者皆稱『同年』。馬愉與蕭鎡皆爲宣德二年進士，所以稱『同年』。

②射策：漢代考試取士方法之一。泛指應試。

③詞苑：詞壇。

④辭闕：京官外放，赴任前朝見皇帝。

⑤臨岐：分别。

⑥官河：指運河。

⑦松楸：指墳墓。

⑧蘋蘩：蘋和蘩。兩種可供食用的水草，古代常用於祭祀。泛指祭品。

⑨江濆（fén）：江岸。亦指沿江一帶。

送李檢討①

朝來鳴珮出瀛洲②，詔許南還寵渥優③。東觀暫辭紬史筆④，北堂深慰倚門憂⑤。綵衣時著供春酒⑥，錦鯉頻擕入膳羞⑦。行樂未容淹歲月⑧，鵷行早約拜宸旒⑨。

【注釋】

① 李檢討，當指李紹（1407—1471）。字克述，江西安福縣（今屬吉安市）人。宣德八年（1433）三甲進士。選庶吉士。宣德十年八月，授翰林院檢討。楊士奇臥病，英宗遣使詢問人才，楊士奇以李紹等五人薦。土木之變時，反對京師南遷。累陞翰林侍講學士。天順二年（1458），陞禮部右侍郎，致仕。成化中，召為國子祭酒，未赴而卒。史稱：『紹好學，藏書甚富。居官剛正，有器局，好獎後進。其卒也，帝深惜之。子瑢，成化中進士，官御史，終廣東布政使。』（《大清一統志》卷二百五十）檢討，官名，宋有史館檢討。明時始屬翰林院，位次於編修，與修撰、編修同謂之史官。

② 鳴珮：比喻出仕。瀛洲：唐太宗爲網羅人才，設置文學館，任命杜如晦、房玄齡等十八名文官爲學士，輪流宿於館中，暇日，訪以政事，討論典籍。又命閻立本畫像，褚亮作贊，題名字爵里，號『十八學士』。時人慕之，謂『登瀛洲』。事見《新唐書·褚亮傳》。後來常用『登瀛洲』、『瀛洲』比喻士人獲得殊榮，如入仙境。

③ 寵渥：皇帝的寵愛與恩澤。

④東觀：東漢洛陽南宫内觀名。明帝詔班固等修撰《漢記》於此，書成名爲《東觀漢記》。章和二帝時爲皇宫藏書之府。後因以稱國史修撰之所。紬史：編纂史書。

⑤北堂：指母親的居室。語本《詩經・衛風・伯兮》：『焉得諼草，言樹之背。』用以代稱母親。倚門：《戰國策・齊策六》：『王孫賈年十五，事閔王。王出走，失王之處。其母曰：「女朝出而晚來，則吾倚門而望；女暮出而不還，則吾倚閭而望。」』後因以『倚門』或『倚閭』謂父母望子歸來之心殷切。

⑥綵衣：指孝養父母。春酒：冬釀春熟之酒。亦稱春釀秋冬始熟之酒。

⑦膳羞：美味的食品。

⑧淹：遲，遲緩。

⑨鵷(yuān)行：指朝官的行列。宸旒：帝王之冠。借指帝王。

送陳檢討致仕還姑蘇①

昔被天書召②，趨朝拜冕旒③。經筵資考訂④，石室事編紬⑤。共羨詞華爛⑥，偏承寵數優⑦。新霜驚點鬢⑧，恩詔賜歸休⑨。闕下辭儔侶⑩，吴中覓舊游⑪。夢回江月曉，家近渚雲秋。逸興多佳句⑫，閑盟伴野鷗。酒船隨去住，賀監擬風流⑬。

【注釋】

①陳檢討，指陳繼（1370—1434）。字嗣初，號怡庵，南直隸吴縣（今江蘇蘇州市）人。幼孤，母吴氏，躬織以資誦讀。比長，貫穿經學，人呼爲『陳五經』。奉母至孝，府縣交薦，以母老不就。仁宗即位，開弘文閣，召爲國子博士，尋改翰林《五經》博士，直弘文閣。宣宗初，遷檢討。宣德七年（1432），解官歸。次年五月卒，年六十五。繼以文章擅名翰林，尤善寫竹。正德《姑蘇志》云：『繼爲人端恪，其學自經史百氏皆博考深究。文章根義理，辨體制，嚴矩鑊，不肯苟率。一時稱爲作者。所著有《怡庵集》。』（卷五十二）姑蘇，蘇州吴縣的别稱。因其地有姑蘇山而得名。

②天書：帝王的詔書。

③冕旒：古代大夫以上的禮冠。頂有延，前有旒，故曰『冕旒』。天子之冕十二旒，諸侯九，上大夫七，下大夫五。借指帝王。

④經筵：漢唐以來帝王爲講論經史而特設的御前講席。宋代始稱經筵，置講官以翰林學士或其他官員充任或兼任。元、明、清三代沿襲此制，而明代尤爲重視。考訂：考核訂正。

⑤石室：古代藏圖書檔案處。

⑥紬（chōu）：綴緝。

⑦詞華：文采。

⑧寵數：帝王給予的禮數。

⑨新霜：指新添的白髮。

⑩歸休：辭官退休，歸隱。

⑪儔侶：指人品高尚、心神契合的朋友。語出《後漢書·郭太傳》：『林宗（郭太字）唯與李膺同舟而濟，衆賓望之，以

爲神僊焉。』

⑫ 逸興：超逸豪放的意興。

⑬ 賀監：唐代詩人賀知章曾官秘書監，晚年自號秘書外監，故稱。唐劉禹錫《洛中寺北樓見賀監草書題詩》：『高樓賀監昔曾登，壁上筆蹤龍虎騰。』擬：比擬，類似。風流：猶遺風，流風餘韻。

送侯給事①

衣錦還鄉古所稀，況君今去拜慈闈②。香羅製服承顔悦③，金鯉供筵入饌肥④。天闕恩光榮近侍⑤，霞城山色借餘暉⑥。由來臣子兼忠孝，此日應知願不違。

【注釋】

① 侯給事，指侯臣。字仲勳，浙江臨海縣（今台州臨海市）人。宣德八年（1433）進士。其從兄侯潤（字仲璣）為其同科進士。正統元年（1436）四月，擢為刑科給事中，以忠直聞。歷廣西參議，終河南布政使。築黄河堤，關人立石紀功。所著有《青瑣薇垣》等集。徐有貞《送侯給事中歸省詩叙》称：『刑科給事中臨海侯君仲勳，以其母氏高年在堂請告歸省，詔許之。於是朝之君子有與仲勳交親者，相與賦詩以贈其行。』（《武功集》卷四）給事，官名，給事中的省稱。秦始置。明朝置給事中，掌侍從、諫諍、補闕、拾遺、審核、封駁詔旨，駁正百司所上奏章，監察六部諸司，彈劾百官，與御史

互為補充。另負責記録編纂詔旨題奏，監督諸司執行情況；鄉試充考試官，會試充同考官，殿試充受卷官；册封宗室、諸藩或告諭外國時，充正、副使；受理冤訟等。品卑而權重。初定為正五品，後數改更其品秩。本詩手跡存。

②慈闈：母親的代稱。

③香羅：綾羅的美稱。承顔：順承尊長的顔色。指侍奉尊長。

④饌(zhuàn)：食物，菜肴。

⑤天闕：天子的宫闕，指朝廷或京都。恩光：猶恩澤。近侍：指親近帝王的侍從之人。

⑥餘暉：比喻天子恩澤。

送張承翰御史之任南京①

(十年皐席翫池芹)[芹池分教振斯文]②，薦綉欣承寵命新③。餞别滿傾燕市酒④，乘驄遍踏鳳城春⑤。

中臺風紀須才俊⑥，公論聲華屬(縉)[搢]紳⑦。況是箕裘出儒素⑧，芳名應許繼前人。

【注釋】

①張承翰，即張金陵，以字行。江西吉水縣(今屬吉安市)人。翰林院檢討張伯穎之子。宣德七年(1432)舉人。宣德八年會試，中乙榜，選送國子監進學。正統十一年(1446)正月，由應天府學訓導擢南京河南道監察御史。後出任廣西

象州知州。《廣西通志》載其：『風裁嚴峻，劾都御史周銓不法，左遷柳州雷塘驛丞。時象州屢為猺獞侵擾，民無寧居。乃議起金陵署州事。既至，為立信設法，揭榜撫諭，猺獞解散，民安生業。景泰甲戌，交章薦知太平府事，而金陵已因母喪去官矣。』（卷六十六）監察御史，官名，始設於隋開皇二年（582年）。唐御史臺分爲三院，監察御史屬察院，宋元明清因之。明清廢御史臺設都察院，通常彈劾與建言，設都御史、副都御史、監察御史。監察御史分道負責，因而分別冠以某某道地名。此詩當即作於其赴任之時。之任，是赴任、上任之意。此詩手跡存，據以校訂。

② 『芹池』句：底本作『十年臯席氈池芹』，據手跡改。芹池：指學校。斯文：指禮樂教化。

③ 寵命：加恩特賜的任命。古代對上司任命的敬辭。

④ 燕（yān）市：指燕京。即今北京。燕市酒，即北京酒。

⑤ 鳳城：京都的美稱。

⑦ 風紀：風教綱紀。

⑦ 聲華：聲譽榮耀。搢紳：插笏於紳帶間，舊時官宦的裝束。借指士大夫。

⑧ 箕裘：比喻祖上的事業。詳本卷《送蕭江》。儒素：宿儒，名儒。

送彭御史提學①

明時敷教崇儒術②，菽粟斯民在六經③。薦繡三秋勞使節④，江淮千里候文星⑤。重看棫樸彬彬出⑥，更喜絃歌處處聽⑦。歲晚驅馳應不倦⑧，芳聲行見薄青冥⑨。

【注釋】

① 彭御史，指彭勖（1390—1453）。字祖期，號春菴。江西永豐縣（今屬吉安市）人。永樂十三年（1415）進士。授南雄府學教授，後改建寧教授。正統元年（1436），授監察御史，督南畿（指南京）學政。後出任山東按察司副使。『土木之變』後，以直言不容，致仕歸鄉。《明史》有傳。《明英宗實録》卷十七載，正統元年五月，從少保兼户部尚書黄福建議，添設提調學校官員。提學，官名，大致上負責教育行政，與掌管各級學校，與學生授業科舉之事。自此詩至《永嘉縣丞思母》，底本目録置於卷二之中，然正文中此詩前有『馬學士文集卷之三』字樣。第三卷爲題贈詩，與卷二不類。今從目録，歸第二卷。

② 明時：指政治清明的時代。古時常用以稱頌本朝。敷教：佈施教化。

③ 菽粟：豆和小米。泛指糧食。此處指教育。六經：六部儒家經典，即《易》、《詩》、《書》、《春秋》、《禮》、《樂》。

④ 三秋：指秋季的第三月，即農曆九月。

⑤ 文星：即文昌星，又名文曲星。相傳文曲星主文才，後亦指有文才的人。

⑥ 棫樸：白桵和枹木。《詩經·大雅》中有《棫樸》篇，詩序稱是咏『文王能官人也』，故多以喻賢材衆多。彬彬：美盛的樣子。

⑦ 絃歌：依琴瑟而咏歌。指禮樂教化。

⑧ 驅馳：策馬快跑。比喻奔走效力。

⑨ 青冥：形容青蒼幽遠。指青天。

送方御史出巡浙江①

路入東南眼界寬，青驄到處列城歡②。狐狸避道藏蹤跡，雕鶚沖霄振羽翰③。兩浙冰消春水碧，一冠豸壓曉霜寒④。此行定見敷恩澤，多少瘡痍待撫安⑤。

【注釋】

①方御史，指方勉(1393—1470)。字懋德，南直隸歙縣(今屬安徽黄山市)人。永樂十三年(1415)進士。选庶吉士。正統二年(1437)正月，由太常博士轉任監察御史，出巡江浙。彈劾不避權貴。正統五年正月，擢湖廣按察司僉事。累官湖廣布政司右參議，天順初致仕。有《怡庵集》。

②青驄：毛色青白相雜的駿馬。

③鶚(è)：鳥名。雕屬。性兇猛，背褐色，頭頂頸後及腹部白色，嘴短腳長，趾具鋭爪，棲水邊，捕魚為食，俗稱魚鷹。羽翰：翅膀。

④冠(guān)：古代官吏所戴的禮帽。豸(zhì)：指獬豸，古代傳説中的神獸，一角，能辨曲直。古代御史所戴的帽子，即以獬豸作裝飾，稱為豸冠。

⑤瘡痍：創傷。指困苦的民衆。

送成御史分巡福建①

閩南萬里問民情，烏府推君譽獨清②。驄馬始從京國去③，繡衣還過故鄉行④。三山見月雲初靜⑤，八閩聞風膽已驚⑥。願把素心留庶物⑦，從來公道自生明。

【注釋】

①成御史，指成規。字孟周，南直隸長洲（今蘇州市）人。永樂十八年（1420）舉人。正統二年（1437）正月，由順天府學訓導擢為監察御史，巡按福建。正統七年六月，被罷為民。其父允，字公恩，永樂元年舉人，辰州教授。

②烏府：指御史府。

③驄馬：青白色相雜的馬。指御史所乘之馬或借指御史。京國：京城，國都。

④繡衣：彩繡的絲綢衣服。古代貴者所服。

⑤三山：福州城中西有閩山，東有九仙山，北有越王山，故福州又稱三山。

⑥八閩：福建省的別稱。福建古爲閩地。宋時始分爲八個府、州、軍，元代分爲福州、興化、建寧、延平、汀州、邵武、泉州、漳州八路，明代改八路爲八府，因有八閩之稱。

⑦素心：純潔的心地。庶物：衆物，萬物。

送查郎中致事①

宦途漸覺雪盈巔②，詔許南歸思浩然。雙佩初辭丹闕下③，此心先到白雲邊。柴桑舊約能同醉④，擊壤新詩取次聯⑤。況有園田生意在，不須重費買山錢。

【注釋】

① 查郎中，指查孚（一作桴）。字濟海，江西星子縣人。永樂二年(1404)進士。永樂十一年，授禮部儀制司主事，後為郎中。六十八歲時致仕，時約當正統四年(1439)。王直撰有《贈查郎中致仕詩序》(《抑菴文集·後集》卷十九)。郎中，官名。始於戰國。秦漢沿置。掌管門户、車騎等事；内充侍衛，外從作戰。隋唐迄清，各部皆設郎中，分掌各司事務，爲尚書、侍郎之下的高級官員。致事，同『致仕』，辭去官職。

② 雪盈巔：指白髮滿頭，如雪滿山巔。

③ 丹闕：赤色的宫闕。借指皇帝所居的宫廷。

④ 柴桑：古縣名。西漢置，因縣西南有柴桑山得名，治所在今江西省九江市西南。東晉詩人陶淵明晚年隱居故里柴桑，後因以『柴桑』代指故里。

⑤ 擊壤：指《擊壤歌》。古歌名。相傳唐堯時有老人擊壤而唱此歌。王充《論衡·藝增》：『傳曰：有年五十擊壤於路者，觀者曰：「大哉，堯德乎！」擊壤者曰：「吾日出而作，日入而息，鑿井而飲，耕田而食；堯何等力！」』

送南京禮部沈員外考績還任①

兩遷清秩春卿屬②，夙見才華衆所推。儤珮昨來朝魏闕③，除書重捧下彤墀④。舟經淮浦潮聲靜，霜落江城曙色遲⑤。想到粉闈公事少⑥，鳳凰臺上好題詩⑦。

【注釋】

①沈員外，不詳所指。

②清秩：清貴的官職。春卿：指禮部官員。

③魏闕：古代宮門外兩邊高聳的樓觀。借指朝廷。

④彤墀：即丹墀。借指朝廷。

⑤江城：臨江之城市、城郭。此處指南京。

⑥粉闈：尚書省之別稱。

⑦鳳凰臺：古臺名。在今江蘇省南京市南面。

送衛主事以嘉省墓①

東吴風景久關情②，此日歸來喜倍生。千里松楸饒雨露③，九原泉壤被恩榮④。錦衣明映江花爛，畫鷁遥隨柳絮輕⑤。適意故園誰不羨⑥，還須及早上神京⑦。

【注釋】

① 衛以嘉，即衛靖。字以嘉，南直隸崑山縣（今江蘇昆山市）人。洪熙初，以能書薦授中書舍人，直文淵閣，陞禮部主事。與修《明宣宗實録》，進食五品俸。謹厚能詩，善畫枯木竹石。著有《公餘清興集》。

② 東吴：泛指古吴地。約當今江蘇、浙江兩省東部地區。

③ 松楸：松樹與楸樹。墓地多植，因以代稱墳墓。

④ 九原：泛指墓地。泉壤：猶泉下，地下。指墓穴。

⑤ 畫鷁：船的别稱。語本《淮南子·本經訓》：『龍舟鷁首，浮吹以娱。』高誘注：『鷁，大鳥也。畫其像著船頭，故曰鷁首。』

⑥ 適意：稱心，合意。

⑦ 神京：帝都，首都。

送尚寶丞宋士皋之南京①

鳳池清譽著②，遷秩向南京③。聖主優才俊，交游悵別情。樹紅經潞渚，梅發到江城。相送看征雁④，春來好寄聲。

【注釋】

① 宋士皋，即宋懷。字士臯，江西吉水縣人。父子環，任長史。宣德八年（1433）進士。正統元年（1436）十月，擢中書舍人。九年秩滿，遷南京尚寶司丞。景泰六年（1455），以九年任滿陞本卿。尚寶丞，官名。西吳（明朝前身）元年（1376），設尚寶司。掌寶璽、符牌、印章。設卿一人，正五品，少卿一人、從五品，司丞三人、正六品。初以侍從儒臣、勳衛領卿，勳衛大臣子弟奉旨始得補丞。後常以恩蔭寄禄，無常員。遷都北京後，尚寶司稱外尚寶司，南京亦仍設尚寶司卿一人，而實已無寶可掌。凡需用寶璽時，外尚寶司用揭貼赴宦官尚寶監請旨，至宮内女官尚寶司領取，外尚寶司用寶時，宦官監視，用畢，由宦官繳進。

② 鳳池：即鳳凰池，禁苑中池沼。魏晉南北朝時設中書省於禁苑，掌管機要，接近皇帝，故稱中書省爲『鳳凰池』。

③ 遷秩：指官員晉級。

④ 征雁：遷徙的雁，多指秋天南飛的雁。

送劉布政致仕①

高步瀛洲三十年②，嶺南方伯重才賢③。生平宦況清如水，此日歸心快若川。紫蟹謾傾燕市酒④，白鷗偏狎楚江船。好山入目應無數，雅稱吟懷興浩然⑤。

【注釋】

① 劉布政，指劉永清。字汝弼，號定菴。湖廣石首縣（今湖北石首市）人。永樂九年（1411）進士。選庶吉士。歷官翰林檢討、修撰、侍講。正統元年（1436），出任廣東右布政使。公平廉恕，訟問民安，深得民望。正統五年七月，自陳老疾，乞致仕，獲准。布政，布政使的省稱。明初，沿元制，於各地置行中書省。明洪武九年（1376）撤銷行中書省，以後陸續分爲十三個承宣布政使司，全國府、州、縣分屬之，每司設左、右『布政使』各一人，與按察使同爲一省的行政長官。

② 高步瀛洲：比喻士人得到榮寵，如登仙界。唐太宗爲網羅人才，設置文學館，任命杜如晦、房玄齡等十八名文官爲學士，輪流宿於館中，暇日，訪以政事，討論典籍。又命閻立本畫像，褚亮作贊，題名字爵里，號『十八學士』。時人慕之，謂『登瀛洲』。

③ 嶺南：指五嶺以南的地區，即廣東、廣西一帶。方伯：指布政使。

④ 燕市酒：指北京的酒。

⑤雅稱：美稱。吟懷：作詩的情懷。

送鮑員外除山西參政①

十年清譽重南宫②，參佐名藩秩更崇。自古旬宣稱召伯③，由來勤儉説唐風④。雲開太岳千峰出⑤，河瀉龍門萬派通⑥。此去黔黎待諮問⑦，棠陰春暖好乘驄⑧。

【注釋】

①鮑員外，指鮑時。江西安福縣人。永樂二十二年（1424）進士。宣德五年（1430），任禮部主事。正統元年（1436），擢禮部員外郎。《明英宗實録》卷三十四亦載，正統二年九月「行在禮部員外郎鮑時為山西右參議」。《山西通志》卷十二《職官譜三》亦載，鮑時正統間任山西右參議。詩題中「參政」當為「參議」之訛。除，是授官。明於布政使下設左、右參議，無定員，分守各道，並分管糧儲、屯田、清軍、驛傳、水利等事。

②清譽：美好的名聲。南宫：尚書省的別稱。謂尚書省象列宿之南宫，故稱。

③旬宣：周遍宣示。語本《詩經・大雅・江漢》：「王命召虎，來旬來宣。」

④唐風：指《詩經・唐風》。

⑤太岳：指太岳山。

⑥龍門：即禹門口。在山西省河津縣西北和陝西省韓城市東北。黄河至此，兩岸峭壁對峙，形如門闕，故名。

⑦黔黎：黔首黎民。指百姓。

⑧棠陰：棠樹樹蔭。比喻惠政或良吏的惠行。驄（cōng）：青白色相雜的馬。

送江副使省母①

外臺奏績覲神京②，遂省慈闈荷聖情③。建水共看榮晝錦④，杭城還見送歸旌⑤。函中紫誥龍光粲⑥，堂上珠冠鶴髪明。況復故園秋色好，金盤行壽薦香橙⑦。

【注釋】

①江副使，指浙江按察副使江銕（tiě）。福建建安縣（今建甌市）人。永樂二年（1404）進士。選翰林院庶吉士。宣德二年（1427）七月，由交阯道監察御史陞浙江按察司副使。正統五年（1440）十二月，陞廣東布政司右參政。明代按察使，是管理一省監察、司法的長官。

②外臺：唐代至德以後，三司監院帶御史銜的，號外臺，得察風俗，檢舉不法。監察院屬三司，故後來監司也號外臺。

③慈闈：稱母親。

④建水：指建溪，建安境内的一條河流。代指江銕家鄉。

⑤ 杭城：指杭州城。江鋳曾爲浙江按察副使，有政聲。

⑥ 紫誥：指詔書。古時詔書盛以錦囊，以紫泥封口，上面盖印，故稱。

⑦ 行壽：祝壽。

送劉憲副致仕①

征雁倦飛翼②，眷眷懷林丘③。人生必宦達④，貴在知歸休。雖云古所制，幾能遂斯謀？晝繡故鄉行⑤，良荷君恩優。望望大江右⑥，西風送輕舟⑦。山川不改觀，先業餘田疇。朋舊話初別，少壯今白頭。尊酒日相樂⑧，赤松從遨遊⑨。思昔抱奇才，扶摇八極周⑩。豸冠試栢府⑪，持斧鳴華騶⑫。繼登外臺佐，勁節揚風猷⑬。每使狐鼠避，常懷黔黎憂⑭。兹焉謝羈絆⑮，素心于以酬⑯。俛仰穹壤間⑰，快哉何悔尤⑱。

【注釋】

① 劉憲副，指劉禄。字子敏，江西泰和縣人。舉弟子員，入太學。選山東道監察御史。建文二年（1400），以言事忤權貴，黜為福州侯官令。永樂初，徵拜河南道監察御史，尋陞山東按察副使。考滿，以疾告歸。

② 征雁：遷徙的雁，多指秋天南飛的雁。飛翼：指展翅飛翔。

③ 林丘：樹木與土丘。泛指山林。

④宦達：官位顯達，仕途亨通。

⑤晝繡：猶『晝錦』。指富貴還鄉。

⑥望望：瞻望的樣子，依戀的樣子。

⑦輕舟：輕快的小船。

⑧尊酒：杯酒。

⑨赤松：即赤松子。相傳爲上古時神仙。

⑩八極：八方極遠之地。

⑪豸冠：即獬豸冠。借指糾察、執法的官員。栢府：御史府的别稱。

⑫持斧：《漢書·王訢傳》：『武帝末，軍旅數發，郡國盜賊羣起，繡衣御史暴勝之使持斧逐捕盜賊，以軍興從事，誅二千石以下。』後以『持斧』指執法或皇帝派出的御史等執法之官。華騶（zōu）：指華麗的車子。騶，掌管養馬並管駕車的人。

⑬風猷：指人的風采品格。

⑭黔黎：黔首黎民。指百姓。

⑮羈絆：猶言束縛牽制。

⑯素心：心地純朴。

⑰俛仰：低頭抬頭。形容時間短暫。穹壤：指天地。

⑱悔尤：猶怨恨。語本《論語·爲政》：『言寡尤，行寡悔，禄在其中矣。』

送邢中書省墓①

卓犖文華衆所推②，金臺邂逅托相期③。題名已共登春榜④，染翰還看到鳳池⑤。馬鬣幾年勞夢想⑥，龍章此日被恩私⑦。鄉園南去多行樂，樽酒相過總故知⑧。

【注釋】

①邢中書，指邢恭。字克敬，河南鄭州（今河南鄭州市）人。宣德二年（1427）進士，選庶吉士。宣德八年三月，授中書舍人。正統三年（1438）十二月，擢監察御史。累官翰林院編修。王直《贈邢克敬序》：「滎陽邢恭克敬之為中書舍人三年矣，以稱職聞上，賜之勑命，贈其父為中書舍人，母為孺人。克敬念二親之不待也，援例告歸焚黃於墓下。上又賜之鈔而遣之。」（《抑菴文集·後集》卷十八）據此推知，邢恭是次歸省在正統元年。中書，官名。中書舍人的省稱。隋唐時為中書省的屬官。明清廢中書省，於内閣設中書舍人，掌撰擬、繕寫之事。

②卓犖：超絶出衆。

③金臺：指古燕都北京。

④春榜：春試中式的名榜。指進士榜。

⑤染翰：指作詩文、繪畫等。鳳池：即鳳凰池。指中書省。

⑥馬鬣：墳墓封土的一種形狀。指墳墓。

⑦龍章：對皇帝文章的諛稱。

⑧樽酒：杯酒。

送雲南徐僉事①

黄甲同登已拜官②，外臺又見試征鞍③。北天爽氣三秋濶，南極清霜六月寒。萬里文身推髻俗④，千年金馬碧雞壇⑤。乘驄幾度諮詢遍，應有新題入畫看。

【注釋】

①徐僉事，指徐仲麟。江西廣信府上饒縣（今屬上饒市）人。景泰三年（1452）五月，陞湖廣提刑按察司副使。宣德二年（1427）進士。正統三年（1438）七月，由刑部湖廣司主事陞任雲南按察司僉事。僉事，官名。明代提刑按察使司屬官有僉事，無定員，分道巡察。

②黄甲同登：指作者馬愉與徐氏爲同榜進士。黄甲，科舉甲科進士及第者的名單，因用黄紙書寫，故名。

③征鞍：指旅行者所乘的馬。

④文身：在身體上刺畫有色的花紋或圖案。

⑤金馬、碧雞：傳説中的神物。

送黄知府之開封①

畫省中郎守汴州②，三年獻績總稱優。家聲遠繼黄丞相③，德政重聞郭細侯④。一派河流清遶甸，四郊禾黍緑盈疇。遥知五馬行春日⑤，黎庶歡歌滿道周⑥。

【注釋】

①黄知府，指黄璇（一作『璿』）。字公瑾，四川叙州府富順縣（今屬自貢市）人。永樂十三年（1415）進士。由户部主事陞郎中。宣德十年（1435）五月，擢為河南開封府知府。知府，府的行政長官，管轄所屬州縣。知府又尊稱太守、府尊，亦稱黄堂。

②畫省：指尚書省。汴州：今河南開封市。古稱梁、汴，又稱汴梁。

③黄丞相：指黄霸（前130—前51），字次公，西漢淮陽陽夏人。少學律令，武帝末，補侍郎謁者，歷河南太守丞，時吏尚嚴酷，而霸爲政寬和。官至丞相，封建成侯。

④郭細侯：即郭伋（前39—47年），字細侯，東漢扶風茂陵（今陝西興平）人。官至太中大夫，有德政。

⑤五馬：指太守。

⑥黎庶：黎民。道周：路旁。

送何太守之太平①

新捧除書下九關②，聖情深慰遠人安。邊城喜迓雙旌到③，驛路休言萬里難。夷獠從今聞禮樂④，鵰題由此變衣冠⑤。知君更有冰霜操，可使蠻烟六月寒⑥。

【注釋】

① 何太守：指何□（《太平府志》《廣西通志》均失其名）。正統八年（1443）任廣西太平府知府。明太平府，元太平路，至元二十九（1292）年置。明洪武二年（1369）七月為府。領州十七，縣三。

② 除書：拜官授職的文書。

③ 雙旌：泛指高官的儀仗。

④ 夷獠：古代對西南少數民族之稱。

⑤ 鵰題：在額上刺花紋。古代南方少數民族的一種習俗。衣冠：指文明禮教。

⑥ 蠻烟：指南方少數民族地區山林中的瘴氣。

送濟南傅太守致仕①

老成劍江士②，作守古齊州③。久羨聲華重④，兼聞善最優。青冥期顯擢，白髮遂歸休。五馬深山道⑤，雙旌衛水舟⑥。閑情鷗鳥狎，遺愛庶民謳⑦。尚想二堂記⑧，芳馨更與儔。

【注釋】

①傅太守，指傅佐。江西豐城縣甘塘人。宣德五年（1430）十月，任山東濟南府知府。

②劍江：源出章貢，由清江遶豐城縣折而西北為劍江，亦名劍水。又東流入鄱湖（《江西通志》卷七）。用以代稱豐城。

③齊州：北魏皇興三年（469）改冀州置，治歷城縣（今山東濟南市）。隋大業初改為齊郡。唐武德元年（618）又改為齊州。轄境約當今山東省濟南、章丘、濟陽、禹城、齊河、臨邑等市縣地。北宋政和中升為濟南府。

④聲華：猶言聲譽榮耀。

⑤五馬：指太守的車駕。

⑥雙旌：泛指高官的儀仗。

⑦遺愛：指留於後世而被人追懷的德行、恩惠、貢獻等。

⑧二堂記：北宋著名文學家曾鞏於熙寧年間知齊州時，在濼水處（今濟南趵突泉）建歷山之堂和濼源之堂二堂，並撰《齊州二堂記》記之。

送兩淮謝運同考績還任①

清霜激冽栢臺中②，仗節江淮作運同。不改埋輪當日志③，寧論煮海此時功④。會儲有籍國輸足，鹵地無禾民食豐。奏績南還正春暮，楊花隨旆舞東風⑤。

【注釋】

① 謝運同，指謝衡。浙江仁和縣（今杭州市）人。永樂二十二年（1424）進士。宣德三年（1428）十一月，授監察御史。正統二年（1437），任兩淮鹽運同知。正統七年，葉思銘接任兩淮鹽運同知，據此推知，此詩當作於正統五年謝衡三年考績時。

② 栢臺：御史臺的別稱。

③ 埋輪：東漢順帝時，大將軍梁冀專權，朝政腐敗。漢安元年（142）選派張綱等八人巡視全國，糾察吏治，餘人皆受命之部，而綱獨埋其車輪於洛陽都亭，曰：『豺狼當路，安問狐狸！』遂上書彈劾梁冀，揭露其罪惡，京都爲之震動。後以『埋輪』爲不畏權貴、直言正諫之典。

④ 煮海：煮海水爲鹽。

⑤ 旆（pèi）：古代旐末狀如燕尾的垂旒。泛指旌旗。

送贛州同知①

十年佐郡住東甌②，今喜榮遷向贛州。麾仗初迎新別駕③，車屏不是舊緹由④。勸農春足山田雨，行部時聞稚子謳⑤。它日政成重考最，佇看鳴珮侍宸旒⑥。

【注釋】

① 贛州同知，指方以正。字秉中，浙江永嘉縣人。永樂十三年（1415）進士。授吏部考功主事。宣德年，出为福建建寧府通判。九年秩滿，擢為贛州府同知。有《藏山名世集》。楊榮《送同知方以正之贛郡序》云：『溫之永嘉方以正，初以進士授吏部考功主事，出判閩之建寧。九年秩滿考最，今擢為贛州府同知。濱行，禮部郎中黄養正，率素所交遊者賦詩贈之，請予文以冠篇端。』（《文敏集》卷十一）據此知，此詩即作於方以正赴贛州之際。同知，官名，稱副職。

② 東甌：溫州及浙江省南部沿海地區的別稱。此處指溫州。

③ 麾仗：旌旗儀仗。

④ 緹（tí）由：即『緹油』。古代車軾前屏泥的紅色油布。《漢書·循吏傳·黄霸》：『居官賜車盖，特高一丈，別駕主簿車，緹油屏泥於軾前，以章有德。』後以『緹油』爲殊遇之標誌。

⑤ 行（xíng）部：巡行所屬部域，考核政績。

⑥ 鳴佩：比喻出仕。宸旒：帝王之冠。借指帝王。

送泰和余知縣復任①

昔聞分郡符，製錦坐名邑②。公庭卻紛擾，不威姦自戢③。皎然冰玉姿，豈容塵累入。述職覲明光④，恩渥渙霈浥⑤。竣事乃言還，東風送歸檝⑥。爰有葑菲詞⑦，敢薦瓊瑰集。天子慎民牧，求之恒汲汲⑧。循良在撫字，誰云徵科急？願言軫煢嫠⑨，勿使懷憂悒⑩。

【注釋】

① 余知縣，指余耀。字叔炫，福建興化府莆田縣（今莆田市）人。永樂十三年（1415）進士。初授進賢知縣。正統二年（1437），任泰和知縣。『廉潔持已，勤慎慈祥，不茹剛吐柔，民愛之如父母』（萬曆《吉安府志・賢侯傳》）。尋以楊士奇薦，授吉安府通判，仍掌太和縣事。調饒州府通判、同知。

② 製錦：《左傳・襄公三十一年》：『子皮欲使尹向爲邑。子産曰：「少，未知可否。」子皮曰：「願，吾愛之，不吾叛也。使夫往而學焉，夫亦愈知治矣。」子産曰：「不可……子有美錦，不使人學製焉。大官、大邑，身之所庇也，而使學者製焉，其爲美錦不亦多乎？」』後因以『製錦』爲賢者出任縣令之典。

③ 戢（jí）：收斂，止息。

④明光：指朝廷宮殿。

⑤恩渥：帝王給予的恩澤。

⑥檝：同「楫」。

⑦葑菲：《詩經·邶風·谷風》：「采葑采菲，無以下體。」鄭玄《箋》：「此二菜者，蔓菁與葍之類也，皆上下可食，然而其根有美時有惡時，採之者不可以其根惡時並棄其葉。」後因以「葑菲」用爲鄙陋之人或有一德可取之謙辭。

⑧汲汲：心情急切的樣子。

⑨軫：顧念，憫惜。煢嫠(lí)：寡婦。

⑩憂悒：愁悶抑鬱。

送劉玭知縣之莆田①

詩書早已取科名，事業初聞在此行。單父書琴多逸暇②，萍鄉更鼓獨分明。循良自古資儒術，撫字先須問野氓③。想到勸農春雨後，棠陰歌詠有新聲④。

【注釋】

①劉玭(pín)，字求素。江西安福縣（今屬吉安市）人。永樂十九年（1421）進士、翰林院侍講劉球之弟。正統四年

(1439)進士。正統六年,任莆田縣知縣。在邑九年,績滿當去,民乞留者以萬計,不果。入為刑部主事,陞員外郎。後被誣入罪,謫戍遼陽。在遼五年,卒於戍所。

② 單(shàn)父:春秋時魯國邑名。故址在今山東省單縣南。孔子弟子宓子賤爲單父宰,甚得民心,孔子美之。後因以喻有治績的郡縣或官員。逸暇:安逸空閒。

③ 撫字:指對百姓的安撫體恤。野氓:農民,平民。

④ 棠陰:棠樹樹蔭。比喻惠政或良吏的惠行。

送南京吴助教①

幾年遊宦重斯文,華秩重遷荷寵恩。桂館清才人共羨,成均宿學士多尊②。官河雪霽迷長渚,驛路梅開映遠村。懸想金陵明到日③,好懷高詠對芳樽④。

【注釋】

① 吴助教,指吴顒,字伯昂。南直隸長洲縣(今江蘇蘇州市)人。永樂元年(1403)舉人。始為縣教諭,陞教授。滿,進右春坊右司諫。洪熙元年(1425)九月,擢南京國子監助教。宣德九年(1434),遷翰林院檢討,仍領助教事。此詩手跡存。

② 成均：古之大學。泛稱官設的最高學府。

③ 金陵：古邑名。戰國楚威王七年（前333）滅越後在南京清涼山（石城山）設金陵邑。故以之為南京的别稱。

④ 芳樽：精緻的酒器。亦借指美酒。

送廣東都司周經歷還任①

帥閫南臨嶺海濱②，謀謨玠重得斯人③。清才可比芙蓉客，雅度真同入幕賓④。考績新沾天闕命，還官重拜故園親。刺藤花發桄榔暗⑤，候騎應多駐水津⑥。

【注釋】

① 周經歷，生平不詳。都司，明代都指揮使司爲一省掌兵的最高機構，簡稱都司。經歷，是官名，明清都察院、通政使司、布政使司、按察使司等亦置經歷，職掌出納文書。

② 帥閫：鎮撫一方的軍事首長。

③ 謀謨：謀劃，制定謀略。

④ 雅度：高雅的風度。

⑤ 桄榔：木名。俗稱砂糖椰子、糖樹。

⑥候騎：擔任偵察巡邏任務的騎兵。

送王知事省親還太平①

□箸哦松自昔年②，今知幕府羨才賢③。□車錫寵頒雙闕④，綵服寧親下九天⑤。郭外黄花添醉興，江邊紅樹暎歸船。蒓羹鱸鱠秋方美⑥，正好承歡向膝前。

【注釋】

①王知事。生平履歷不詳。

②哦松：唐博陵崔斯立爲藍田縣丞，官署内庭中有松、竹、老槐，斯立常在二松間吟哦詩文，事見韓愈《藍田縣丞廳壁記》。後因以『哦松』謂擔任縣丞或代指縣丞。

③幕府：本指將帥在外的營帳。後亦泛指軍政大吏的府署。

④雙闕：古代宫殿、祠廟、陵墓前兩邊高臺上的樓觀。借指宫門。

⑤彩服：猶彩衣。指孝養父母。

⑥蒓羹：蓴菜做的羹。鱸鱠：鱸魚膾。《世説新語·識鑒》：『張季鷹辟齊王東曹掾，在洛，見秋風起，因思吴中菰菜羹、鱸魚膾，曰：「人生貴得適意爾，何能羈宦數千里以要名爵？」遂命駕便歸。俄而齊王敗，時人皆謂爲見機。』後

因以『鱸魚膾』爲思鄉賦歸之典。

送沈教授校文山西①

獨持藻鑑太行西②，三晉人才屬品題。魚目混真知欲辨，驪珠呈彩定高躋③。燈前得意朱衣合④，天外飄香桂影低。文運況逢嘉泰日⑤，五星光耀正聯奎⑥。

【注釋】

① 沈教授，不詳何人。

② 藻鑑：品藻和鑑別人才。引申爲擔任品評鑑別人才的職務。

③ 驪珠：寶珠。傳説出自驪龍頷下，故名。比喻珍貴的人或物。

④ 朱衣：大紅色的公服。指穿着朱衣的職官。

⑤ 文運：指科舉應試的運氣。

⑥ 五星：指水、木、金、火、土五大行星，即東方歲星（木星）、南方熒惑（火星）、中央鎮星（土星）、西方太白（金星）、北方辰星（水星）。古代星命術士以人的生辰所值五星之位來推算禄命，因以指命運。

送胡教授致仕①

鳳池染翰蚤蜚聲②，泮水陶鎔擅六經。得意休官頭半白，知交餞别眼同青③。從前宦況風中葉，此後閑身水上萍。歸去正逢秋色好，故園松菊未凋零。

【注釋】

①胡教授，不詳所指。

②鳳池：即鳳凰池。指中書省。染翰：以筆蘸墨。翰，筆。指作詩文、繪畫等。

③青：青眼，指對人喜愛或器重。與『白眼』相對。

送寧國周縣丞①

適用資良器②，致身自儒冠③。夙懷濟人具，佐政百里間。萬家善風俗，八品無瘝官④。淹驥衆所憾，亦復歎棲鸞。兹焉誠小試，遠大猶探丸。諒君尚德義，志在軫民艱⑤。撫字乃所願⑥，斯言奚足歎。方今公道明，清議崇丘山。求才視利鈍，臧否每殊觀⑦。牛刀在雞廚⑧，庖丁施亦難。終當薦清廟⑨，游刃析髀髖⑩。

【注釋】

①周縣丞，指周倫。字五典，江西吉水人。正統六年（1441），由辟舉任安徽寧國縣（今屬宣城）縣丞。《民國寧國縣志》贊『律身嚴謹，進退悉有程度，于學校尤惓惓焉，遷鎮南州同知』（《政治志下·名宦》）。周敘《送周縣丞復任寧國序》云：『族子倫，字五典。今歲之夏，以寧國邑丞秩滿六載，入覲闕下，考課優最，循例復任，縉紳士大夫咸賦詩送之。』（《石溪周先生文集》卷六）據此推測，此詩當作於正統十二年。

②良器：猶大器。比喻傑出的人才。

③儒冠：古代儒生戴的帽子。借指儒生。

④瘝（guān）官：指不稱職的官吏。瘝，曠廢。《尚書·冏命》：『非人其吉，惟貨其吉，若時瘝厥官。』蔡沈《集傳》：『言不於其人之善，而惟以貨賄為善，則是曠厥官。』

⑤軫：痛惜。

⑥撫字：指對百姓的安撫體恤。

⑦殊觀：不同的觀點。

⑧牛刀：宰牛的刀。語出《論語·陽貨》：『子之武城，聞弦歌之聲。夫子莞爾而笑曰：「割雞焉用牛刀？」』後常以喻大材器。

⑨清廟：即太廟。古代帝王的宗廟。

⑩游刃：指觀察事物透徹，技藝精熟，運用自如。髀髖：大腿和臀部。

送黄生赴南京國學①

一經膺貴帝京來，校藝文場識俊才。已見南宫稱薦賞②，還從璧水荷培栽③。橋門燈火三更雨④，章貢親庭萬里懷⑤。他日魚龍成變化⑥，待看簪紱拜蓬萊⑦。

【注釋】

①黄生，不詳何人。國學，指國子監。

②南宫：指禮部會試，即進士考試。

③璧水：指太學。

④橋門：古代太學周圍環水，有四門，以橋通，故名。

⑤章貢：章水和貢水的並稱。亦泛指贛江及其流域。親庭：指父母。

⑥魚龍：中國古代傳説，鯉魚跳過龍門便能化身爲龍。魚龍變，意指身份發生徹底的變化。

⑦簪紱：冠簪和纓帶。古代官員服飾。亦用以喻顯貴，仕宦。蓬萊：指秘閣。《後漢書·竇章傳》：『是時學者稱東觀爲老氏臧室，道家蓬萊山。』

送王昌訓省兄①

青春衣綵侍金闈②，又省難兄促馬蹄③。千里庭闈依北斗④，三秋鴻雁集西齊⑤。華峰木落山容瘦⑥，鵲渚煙生水面低⑦。幾伴軒車遊歷下⑧，斷碑猶識少陵題⑨。

【注釋】

① 王昌訓，即王祐，禮部侍郎王英次子。其兄王裕，字昌問，宣德二年進士，正統四年，出為山東按察副使。參卷三《題王訓導芝軒》。

② 衣綵：指孝養父母。

③ 難兄：猶賢兄。

④ 庭闈：指父母居住處。

⑤ 西齊：齊國西部，此處指濟南。

⑥ 華峰：指濟南東北郊的華山（又名華不注）。

⑦ 鵲渚：指濟南西北郊鵲山附近的水面。

⑧ 軒車：有屏障的車。古代大夫以上所乘。亦泛指車。歷下：指濟南大明湖中之歷下亭。

⑨ 少陵題：唐天寶四載（745）夏，杜甫游濟南歷下亭，即席賦《陪李北海宴歷下亭》，内有『海右此亭古，濟南名士多』之句。

送劉仲方①

憶昔相逢日，交情十載餘。飲醇資益友②，麗澤愧多踈③。班史曾煩筆④，文園忽上書⑤。暫從求異藥，不是慕閑居。燕塞征鴻遠⑥，漳河落木初。臨岐重酌罷⑦，握手欲何如？

【注釋】

①劉仲方，生平履歷不詳。

②飲醇：《三國志·吴志·周瑜傳》『惟與程普不睦』，裴松之注引晉虞溥《江表傳》：『普頗以年長，數陵侮瑜。瑜折節容下，終不與校。普後自敬服而親重之，乃告人曰：「與周公瑾交，若飲醇醪，不覺自醉。」』後遂以『飲醇』指受到寬厚對待而心悦誠服。

③麗澤：兩個沼澤相連。《周易·兑》：『麗澤兑，君子以朋友講習。』朱熹《周易本義》：『兩澤相麗，互相滋益，朋友講習，其象如此。』後比喻朋友互相切磋。

④班史：指《漢書》。因《漢書》爲班固所作，故稱。

⑤文園：指漢代文學家司馬相如。因其曾任文園令。

⑥征鴻：即征雁。遷徙的雁，多指秋天南飛的雁。

⑦臨岐：本爲面臨岐路，後亦用爲贈别之辭。

贈城陽孫明授上海縣縣丞①

城陽孫明(受)[授]上海丞,理邑[之]賦[入]。將之官,來別,求予言。予以其筮仕初即得鉅邑,臨于有衆,宜慎歷履,為鄉邑榮。(聊直)[為且]述五言體一章,以致私期之意云。

之子陽城彦,致身一何蚤②。綵服耀鄉園,上官吴淞道。吴淞佳麗地,邑佐亦非小。期云宣德澤,存心安稚耄③。古人重撫字④,催科書下考。子今發軔初⑤,萬里跬步杪⑥。忠信士之持,舉世賤浮躁。淑慎以衛躬,迪吉理所召⑦。明喆覩未形⑧,非義始弗蹈。仕而優則學,遠大日可造。勉旃當自矢⑨,永言端厥抱。久矣聞終譽,庶足慰朋好。

【注釋】

① 城陽,郡名,後改為莒州(今日照莒縣),明屬青州府。孫明,莒州人,正統九年(1444),任上海縣丞。題目底本未刻,據目録補。『胸抄本』作《贈城陽孫明》。此詩手跡存,手跡《序》置詩後,今一併據改。原《序》後署有:『正統甲子中秋,翰林侍講學士、奉直大夫兼修國史、經筵官齊郡馬ㄙ識。』

② 致身:《論語·學而》:『事父母能竭其力,事君能致其身,與朋友交言而有信。』原謂獻身。後用作出仕之典。一何:多麼。蚤:通『早』。

③ 稚耄:老幼。

④撫字：指對百姓的安撫體恤。

⑤發軔：拿掉支住車輪的木頭，使車前進。借指出發，起程。

⑥跬步：半步，跨一脚。杪（miǎo）：樹木末端，樹梢。形容微小、細微。

⑦迪吉：表示吉祥，安好。

⑧明喆：同『明哲』。指明智睿哲的人。未形：指事情尚未顯出跡象、徵兆。

⑨自矢：猶自誓。立志不移。

謝河東孔運副惠琴兼寄葡萄酒①

焦桐斲就自平陽②，爲憶知音遠寄將。只恐夜涼清不寐，葡萄佳釀試新嘗。

【注釋】

①河東孔運副，指孔哲。字文明，山東青州府莒州（今日照市莒縣）人。永樂十二年（1414）舉人。官河東鹽運副使。正統十年（1445）三月，擢為慶陽府知府。鹽運使，全稱為『都轉鹽運使司鹽運使』，簡稱『運司』。專設於兩淮、兩浙、福建等產鹽各省。其下設有運同、運副、運判、提舉等官。元朝始置，明清兩朝沿用。據《明史·食貨志四·鹽法》載：『煮海之利，歷代皆官領之。太祖初起，即立鹽法，置局設官，令商人販鬻，二十取一，以資軍餉。既而倍征之，用胡深言，復初制。丙午歲，始置兩淮鹽官。吳元年置兩浙。洪武初，諸產鹽地次第設官。都轉運鹽使司六：曰兩淮，曰

兩浙，曰長蘆，曰山東，曰福建，曰河東。』『河東所轄解鹽，初設東場分司於安邑，成祖時，增設西場於解州，尋復並於東。正統六年復置西場分司。弘治二年增置中場分司。』（卷八十）

② 焦桐：琴名。東漢蔡邕曾用燒焦的桐木造琴，後因稱琴爲焦桐。平陽：指平陽府，治所在今山西臨汾市。

寄泰州張司訓①

每懷張郡博，道義重鄉情。心跡雖爲客，音書屢至京。海門天日闊，秋月桂香清。髦士多成就②，論功在聖明。

【注釋】

① 張司訓，生平不詳。司訓，對縣學教諭的別稱。泰州，今江蘇省泰州市。

② 髦：似當為『髦』。髦士：英俊之士。

聞姚子大門人獲登科者四人因寄以賀①

丹桂飄香八月開②，一時高折四枝來。群仙固有淩雲具，也是梯階幾日培。

【注釋】

① 姚子大，見本卷《贈余友姚君子大》注。據《淮安府志》，正統年間該府舉鄉薦超過四人的年份，惟有正統三年，是年六人上榜，時姚鵬恰爲淮安府學訓導。此詩當作於是年秋鄉試放榜以後。

② 丹桂：桂樹的一種。

談道多聞繹繭絲，六經端在得明師。莫言泮水波瀾淺①，幾度魚龍變化時。

【注釋】

① 泮水：古代學宮前的水池，形狀如半月。

次韻寄答張宗道先生①

每懷桑梓相逢日，南北今違二十年。焦尾無從彈古調②，青綾慚自理陳編③。幾隨明月過三峽，屢見征鴻越百川。深喜師垣能刮目④，白頭何用嘆寒氊。

【注釋】

① 張宗道，生平履歷不詳。次韻，是依次用所和詩中的韻作詩。也稱步韻。世傳次韻始於白居易、元稹，稱『元和體』。

②焦尾：琴名。《後漢書·蔡邕傳》：「吴人有燒桐以爨者，邕聞火烈之聲，知其良木，因請而裁爲琴，果有美音，而其尾猶焦，故時人名曰『焦尾琴』焉。」

③青綾：青色的有花紋的絲織物。古時貴族常用以制被服帷帳。借指系有青綾綬帶的官印。

④師垣：《詩經·大雅·板》：「价人維藩，大師維垣。」鄭玄箋：「大師，三公也……王當用公卿諸侯及宗室之貴者，爲藩屏垣干，爲輔弼。」後以「師垣」指宰相的職位。

寄雲菴程公琰①

城陽一别幾年華，每憶先生樂事多。藥徑春風留杖屨②，雲菴晴日護烟霞。從酣鄰酒情偏適，自寫仙方眼未花。應想壯遊山萬里，詩懷猶似在天涯。

【注釋】

①程琰，生平履歷不詳。

②杖屨：老者所用的手杖和鞋子。

八袠年過鬢已絲，猶聞强健似常時。養身秖藉君臣藥，遣興多憑勝負棋①。問字有人頻載酒②，看雲無日不題詩。兒孫共喜爲供具③，好約松喬話壽期④。

【注釋】

①遣興：抒發情懷，解悶散心。

②問字：《漢書·揚雄傳》載，揚雄多識古文奇字，劉棻曾向其學奇字。後稱從人受學或向人請教為『問字』。

③供具：陳設食具，備供酒食。

④松喬：神話傳説中仙人赤松子與王子喬的並稱。壽期：壽命，壽限。

寄謝縣官①

寧親昨向故鄉回②，治邑欣逢得衆才。百里閭閻無犬吠③，三春桃李盡花開。仁慈政出寧容異，道義心同自不猜。慰我遠來珎重意，欲將何以報瓊瑰④。

【注釋】

①作者回鄉寧親，受到縣中官員慰問，回京後寫詩寄謝。縣官，指縣中官吏。此詩手跡存，無題，前有《序》，云：『昨承恩命，歸覲二親，獲見邑賢大夫。三公一心，義氣和同，是用政理民康，邑中宴然。以予遠歸，屢致慰意。及來京□，

縈憶載懷，不能已已，遂述一律，聊將謝忱，敬祈電矚是幸。邑人馬愉端奉，大尹、貳尹、判薄三公侍右。』

②寧親：省親。

③閭閻：里巷內外的門。泛指民間。

④瓊瑰：比喻美好的詩文。

寄謝駢庠掌教陳先生①

每念斯文義氣同，芹池今喜又相逢②。雄辭荷贈瓊瑶麗，高意何殊斗嶽崇。久見諸生霑〔雨化〕〔化雨〕③，從知歸客沐光風。交情不比東流水，只在臨岐悵別中④。

【注釋】

①駢庠，指作者家鄉臨朐縣的縣學。臨朐縣，古稱駢邑。陳先生生平不詳。掌教，明時稱府、縣教官及書院主講。此詩手跡存，前有《序》云：『昨承贈言，辭每過溢，佩服弗勝。玆成中人近體一首，聊致謝意，希笑覽幸之。邑人馬愉端奉駢庠掌教陳先生講席。』

②芹池：指學宫、學校。

③化雨：長養萬物的時雨。比喻循循善誘，潛移默化的教育。語本《孟子·盡心上》：『君子之所以教者五：有如時雨化之者，有成德者，有達財者，有答問者，有私淑艾者。』底本作『雨化』，據手跡改。

④臨岐：本爲面臨歧路，後亦用爲贈别之辭。

秋夜懷姚子大①

明月輝輝照榻前，思君幾度不成眠。空憐歲序馳如箭②，每憶風神直似弦③。芹水多情留蠹簡④，梅窗得意在銀牋⑤。春來淮浦逢歸雁，好寄新題到日邊⑥。

【注釋】

①姚子大：見本卷《贈余友姚君子大》注。此詩當作於姚鵬在淮安任府學訓導期間。

②歲序：歲時的順序，歲月。

③風神：風采，神態。

④蠹簡：被蟲蛀壞的書。泛指破舊書籍。

⑤銀牋：指書信。牋，同「箋」。

⑥日邊：比喻京師附近或帝王左右。

客路關河幾度分，晚歸常對月紛紛。知兄富學成多士①，愧我疎才奉聖君。海國蒹葭秋落雁②，薊門煙火暮連雲③。不知何日西窗裏，風雨瀟瀟夜共聞。

【注釋】

①多士：衆多的賢士。《詩經·大雅·文王》：『濟濟多士，文王以寧。』

②蒹葭：蘆葦。也用以泛指思念異地友人。《詩經·秦風·蒹葭》：『蒹葭蒼蒼，白露爲霜。所謂伊人，在水一方。』

③薊門：即薊丘。古地名。在北京城西德勝門外西北隅。

懷友①

城南雨霽覺新涼，燈火相親興味長。辟蠹芸生香靄靄②，吾伊聲動玉琅琅③。鳶魚理趣資探索④，賢哲淵微賴討詳。看取前程鵬萬里，家聲端許繼流芳⑤。

【注釋】

①本詩『懷友』，所懷不詳何人。

②蠹（dù）：蛀蟲。芸：指芸香。香草名。花葉香氣濃郁，可入藥，有驅蟲、驅風、通經的作用。

③琅琅：象聲詞。形容清朗、響亮的聲音。

④鳶魚：即『鳶飛魚躍』。指萬物各得其所。《詩經·大雅·旱麓》：『鳶飛戾天，魚躍於淵。』

⑤家聲：家族世傳的聲名美譽。

永嘉縣丞思母①

遊子以何遠，雙親別幾年。望雲常在睇②，戲綵更無緣③。夢繞合肥北④，心馳雁巖前。何時遂歸省，錦鯉薦芳筵⑤。

【注釋】

①永嘉縣丞，不詳所指。據（光緒）《永嘉縣志》載，宣德至正統年間，永嘉縣丞有于建、吴豫、方珍、劉正、黎存信。永嘉，今屬浙江省温州。

②睇（tī）：視，望。

③戲綵：指孝養長輩。

④『夢繞』二句，從文意上看，詩中主人公是北方人，長期在南方做官，思母心切，做夢到了安徽合肥以北，心裏着急卻仍然還在南方。『雁巖』，可能是指北雁蕩山。永嘉縣在此山之南。

⑤錦鯉：鱗光閃爍的鯉魚。薦：進獻，送上。

澹軒文集校注

【卷之三】

題恩榮堂①

詩禮傳家有祖風，若人承業日滋隆。積而能散從來少，仁者存心自不同。發粟已周多多食，褒書遥降九重宫。高堂千古金川上，耿耿龍光夜燭虹②。

【注釋】

①恩榮堂，是鄭宗魯爲珍藏朝廷所賜璽書而建。鄭宗魯，江西臨江府新淦縣（今新干縣）人，因出穀二千石賑饑，獲賜璽書，旌爲義民。楊士奇有《恩榮堂記》（見《東里續集》卷一）。明代對仗義疏財富民，常用旌表為『義民』的形式來酬答，是一種道德表揚，着重於『名義』。《明會典·預備倉》載：『凡民願納穀者，或賜獎敕為義民，或充吏，或給冠帶散官。』『凡民人納穀一千五百石，請敕獎為義民，仍免本户雜泛差役；三百石以上，立石題名，免本户雜泛差役二年。』（卷二十二）義民對旌表的敕書要加善藏，有的特建一閣寶藏之，有的則把所居之房屋改名為『旌義堂』、『樂義堂』、『榮恩堂』等。

②龍光：皇帝給予的恩寵，榮光。龍，通『寵』。語本《詩經·小雅·蓼蕭》：『既見君子，爲龍爲光。』

題承恩堂①

早侍清朝鬢已皤②，此生何幸沐恩波③。身依日月光華近④，澤及松楸雨露多⑤。薦俎每因懷澧浦⑥，首丘仍許築巖阿⑦。畫堂晝永多閒暇⑧，高詠南山天保歌⑨。

【注釋】

①承恩堂，宣宗皇帝爲吏部尚書蹇義敕建宅第。蹇義（1364—1435），初名瑢，字宜之，四川保寧府巴縣（今屬重慶）人。洪武十八年（1385）進士，授中書舍人。爲人質直孝友，僚友間未嘗一語傷物。諳熟朝廷典章制度，通達禮儀。建文時，陞吏部右侍郎。永樂初，任吏部尚書。成祖北巡，輔太子監國，軍國事皆依辦。歷事五朝，政績卓著。英宗即位未逾月，以疾卒。追贈太師，謚『忠定』。宣德七年（1432）十月，蹇義御賜宅第落成，皇帝賜宴祝賀，『六卿長貳、都御史咸在』（楊士奇《承恩堂記》）。本詩當即作於此時。

②清朝：清明的朝廷。皤（pó）：白色。

③恩波：指帝王的恩澤。

④光華：光芒，光彩。

⑤松楸：松樹與楸樹。墓地多植，因以代稱墳墓。

⑥薦俎（zǔ）：指進獻供品。薦，進獻，送上。俎，古代祭祀、燕饗時陳置牲體或其他食物的禮器。

⑦ 首丘：比喻歸葬故鄉。《禮記·檀弓上》：『古之人有言曰：「狐死正丘首」，仁也。』巖阿：山的曲折處。

⑧ 晝永：白晝漫長。

⑨ 天保：上天保佑，使之安定。《詩經·小雅·天保》：『天保定爾，亦孔之固。』後引申指皇統、國祚。

題茂恩堂①

玉瓚承黄流②，靈蓍溢膏澤③。厚賦不易受，嘉慶匪浪得④。猗彼西江湄，喬然挺松梓。婆娑散繁陰，蓊鬱蔽庭戺⑤。乃有磊魄才⑥，作幕烏臺端。清標重時輩⑦，績最聞金鑾。寶敕五色文，煌煌焕宸章⑧。華服被雙親，怡然樂高堂。一門萃和氣，駢蕃錫多祉⑨。令聞繼無窮⑩，更喜諸孫子。

【注釋】

① 茂恩堂，熊尚初堂名。尚初，江西南昌縣人。宣德間，由吏員舉授都察院都事，轉經歷。正統十一年（1446）十月，陞福建泉州知府，有善政。汀寇犯境，勢猖獗，城危急。尚初率民兵敵之，單騎出城，為流矢所中卒。有司嘉其忠，配享忠臣廟。楊士奇有《題熊尚初經歷茂恩堂》、楊榮有《茂恩堂為熊經歷題》，當為一時之作。

② 玉瓚：圭瓚。古代禮器。爲玉柄金勺，祼祭時用以酌香酒。泛指酒盞。黄流：指酒。

③ 靈蓍：占卜用的蓍草。膏澤：滋潤作物的雨水。比喻恩惠。

④嘉慶：吉祥喜慶。亦指喜慶的事。

⑤庭戺（shì）：即戺庭，階下庭前。戺，堂廉。亦指堂廉下的臺階。

⑥磊磈（kuǐ）：衆石累積貌。亦喻胸中不平之氣。

⑦清標：清美出衆。

⑧宸章：皇帝所作的詩文。

⑨駢蕃：繁多。

⑩令聞：美好的聲譽。

題永豐羅修齡忠義堂①

昔聞令祖著英風，今見雲孫義氣同②。一旅獨期匡國難，千金無惜濟人窮。遺文傳播留賢跡，優詔褒崇出聖衷③。翼翼高堂揭華扁，林泉光耀燭晴虹④。

【注釋】

①羅修齡，江西永豐（今屬吉安市）人。（光緒）《吉安府志》載：『羅修齡，永豐人。大盤山盜起，朝廷命有司捕之。修齡集鄉兵三百人，具白粲百斛以從。正統中，復輸穀二千五十石備賑濟。奏名，賜敕，旌為義民。』（卷三十六《人物·義行》）忠義堂，即為紀念朝廷表彰而建。羅修齡等旌為義民，在正統五年，此詩約當作於此時。

② 雲孫：從本身算起的第九代孫。泛指遠孫。

③ 優詔：褒美嘉獎的詔書。

④ 林泉：山林與泉石。指隱居之地。晴虹：即燈。

題（惠）［會］昌伯具慶堂①

善行多年著，名門百福臻。流芳承世澤，偕老際昌辰②。戚里聲華重，皇家寵數頻。貂蟬尊伯爵③，翬翟表夫人④。素髮聯雙鬢，高年並七旬。松喬躋壽域⑤，龜鶴羨長春。函谷真圖現⑥，瑤池寶籙新⑦。塤篪清滿耳⑧，蘭蕙秀怡神⑨。貴顯今無比，光榮古莫倫。畫堂稱慶處，和氣溢津津⑩。

【注釋】

① 會昌伯具慶堂，是鄒平孫繼宗兄弟奉親之堂。孫忠，字主敬，山東鄒平人。初名愚，宣宗為其改名忠。初任永城縣主簿，監修天壽山陵，有功陞鴻臚寺序班。宣宗即位，冊封其女為貴妃，忠為中軍都督僉事。宣德三年（1428），胡皇后被廢，孫貴妃冊封為皇后，忠封為會昌伯。景泰三年（1452）卒，終年八十五歲。贈會昌侯，謚康靖。英宗復辟，加贈太傅、安國公，改謚恭憲。成化十五年（1479）再贈太師、左柱國。有子五人：繼宗、顯宗、紹宗、續宗、純宗。孫繼宗，字光輔。宣德初，授府軍前衛指揮使，後改錦衣衛指揮使。景泰初，進陞都指揮僉事，旋承父爵。天順元年（1457），發動奪門之變，進為侯爵，加號『奉天翊衛推誠宣力武臣』，特進光禄大夫、柱國。諸弟為都指揮僉事者，

都改為錦衣衛都指揮僉事。成化三年(1467)八月，加太傅。卒贈郯國公，謚『榮襄』。《明史》有傳。王直《具慶堂詩》有《序》云：『具慶堂者，府軍前衛指揮孫繼宗兄弟奉親之堂也。孫氏，鄒平大族，世有德善，其尊府推誠宣忠翊運武臣，特進榮禄大夫、柱國、會昌伯。母夫人董氏，實國家貴戚，今年皆七十餘矣。繼宗與弟紹宗、顯宗、續宗、純宗，喜父母之康寧，而蒙朝廷爵位之隆、禄賜之厚，乃特作一堂以娛親，朝夕侍其起居，承候其顔色，備物敬養焉。二親皆為之喜，京師士大夫歌咏之，而亦以屬余。』(《抑菴文集·後集》卷三十五)『會』，底本作『惠』，據《明史》改。

②昌辰：猶盛世。

③貂蟬：貂尾和附蟬，古代爲貴近之臣的冠飾。

④翬(huī)翟：后妃的禮服。

⑤松喬：神話傳説中仙人赤松子與王子喬的並稱。

⑥函谷：指函谷關。關名。古關爲戰國秦置，在今河南靈寶縣境。因其路在谷中，深險如函，故名。漢元鼎三年(前114)移至今河南新安縣境，去故關三百里。據《史記·老子韓非列傳》，老子西過函谷關，關尹令喜强之，『老子乃著書上下篇，言道德之意五千言而去』。

⑦寶籙：指傳説中鳳凰先後授予黄帝和帝堯的圖籙。用以象徵天命。引申指皇統、皇業。

⑧壎篪：壎、篪皆古代樂器，二者合奏時聲音相應和。因常以『壎篪』比喻兄弟親密和睦。

⑨蘭蕙：蘭和蕙，皆香草。多連用以喻賢者。

⑩津津：充溢的樣子。

題具慶堂①

古人云具慶，爲樂雙親年②。雙親偕老不易得，五福蕃錫良由天。千乘有客彭城裔③，陰德相傳知幾世。田園富夥子孫賢，鶴髮椿萱樂無際④。仲子有才登仕途，綵服嘗向庭闈趨⑤。塤篪迭奏叶笙竽⑥，駢蕃嘉祉集門閭⑦。朝登具慶堂，夕登具慶堂。兒心拜祝殊未央，焉能日日稱霞觴⑧。食禄貴云在補報，誓將佳譽爲親光。誓將佳譽爲親光，丹衷耿耿期無忘。

【注釋】

① 此具慶堂不詳所指。

② 年：指長壽。

③ 千乘：古邑名，春秋時齊地。在今山東高青高苑鎮北。彭城：春秋時宋邑，秦置縣。治今江蘇徐州市。

④ 椿萱：《莊子·逍遥遊》謂大椿長壽，後世因以椿稱父。

⑤ 彩服：猶彩衣。指彩衣以娱親。庭闈：内舍。多指父母居住處。

⑥ 叶（xié）：同『協』。和洽，相合。笙竽：笙和竽。因形制相類，故常聯用。

⑦ 駢蕃：繁多。嘉祉：福祉。

⑧ 霞觴：猶霞杯。盛滿美酒的酒杯。

題椿萱堂①

漆園有佳樹②，春秋踰八千。北堂有忘憂③，歷歲滋長延。花樹久相依，敷榮競鮮妍④。雨露日培植，風霜無迍邅⑤。椿堂壽莫比⑥，繁陰蔽庭前。堂上雙慈顔，鶴髪皓盈巔。蘭桂森玉立⑦，晨昏奉華筵。殷勤祝親年，高歌眉壽篇⑧。

【注釋】

① 椿萱堂，不詳所指。

② 漆園：古地名。戰國時莊周爲吏之處。藉以指莊子。《莊子·逍遥遊》云：『上古有大椿，以八千歲爲春，八千歲爲秋。』

③ 北堂：指母親的居室。語本《詩經·衛風·伯兮》『焉得諼草，言樹之背』。毛傳：『背，北堂也。』

④ 敷榮：開花。

⑤ 迍邅（zhūnzhān）：處境不利，困頓。

⑥ 椿堂：代指父母。椿萱，《莊子·逍遥遊》謂大椿長壽，後世因以椿稱父。《詩經·衛風·伯兮》：『焉得諼草，言樹之背。』諼草，萱草。後世因以萱稱母。椿、萱連用，代稱父母。

⑦ 蘭桂：蘭和桂。比喻賢子孫。

⑧眉壽：長壽。《詩經·豳風·七月》：「爲此春酒，以介眉壽。」

題壽寧堂①

聖神閔民命，爰契造化心。爲醫濟夭折，其術流于今。謂人禀壽期，定數初難諶②。享福在康寧，疾痛胡侵尋。一或至不幸，保衛將所任。假爾有恒者，談笑回呻吟。舉世重道義，匪人奚所欽。猗彼東吴彦③，肘後懸千金④。經德諒不回，傳業獨精深。指訣片言憑⑤，視色施砭針⑥。上池受奇秘⑦，匕勺興顛沉。創來住京邑⑧，赴愬森如林⑨。危殆藉生全，狼狽安席衾。兹實造突奥⑩，何資術與參。翼翼樹高堂，著詞光璆琳⑪。期衆躋壽寧，此意由衷忱。用以示來裔，永言師規箴⑫。

【注釋】

①壽寧堂：不詳所指。

②諶（chén）：相信。

③猗：嘆詞，表示贊嘆。東吴：泛指古吴地。約當今江蘇、浙江兩省東部地區。

④千金：唐代孫思邈撰醫書《千金方》，認爲人命貴於千金，治人一命，等於施捨千金，故稱。

⑤指訣：要訣。

⑥砭針：亦作『砭鍼』。同『砭石』。古代用以治癰疽、除膿血的石針。

⑦上池：『上池水』的省稱。指淩空承取或取之於竹木上的雨露。後用以名佳水。《史記·扁鵲倉公列傳》：『(長桑君)乃出其懷中藥予扁鵲：「飲是以上池之水，三十日當知物矣。」』司馬貞《索隱》：『案：舊説云上池水謂水未至地，蓋承取露及竹木上水，取之以和藥。』

⑧京邑：京都。

⑨赴愬：奔走求告。

⑩窔奥：屋的東南角謂窔，西南角謂奥，比喻隱暗之處。

⑪璆琳：泛指美玉。

⑫師：師法。規箴：勸勉告誡之詞。

壽椿堂爲孔憲使題①

古人善頌禱②，恒言必以壽。或擬南山高③，或比松栢茂。臣子重君親，藹然發忠厚。豈無多願欲，所貴五福首。彼美觀察使，系出魯東後。立朝揚清芬，持身謝纖垢。握符制衡襄，令聞猶一口。時來朝至尊，陳詞省嚴父。衣繡關西道，秋風動高柳。閭里增光聲，足慰暌違久。椿庭不知老④，儼若商顔叟。霜花纔染鬢，精神仍抖擻。兒心一何喜，塤篪況迭奏⑤。高堂揭華扁，光綵照晴晝。康強過古稀，踰八復望九。

不但介期頤⑥，惓惓誦岡阜⑦。人生貴積善，積善天所祐。矧惟皇極君⑧，斂福錫九有⑨。願言諧所祈，俯仰慎無負。

【注釋】

①孔憲使，當指孔文英（1394—1456）。文英，字世傑。陝西慶陽府安化縣（今甘肅慶城縣）人，徙襄陽。永樂十九年（1421）進士。授江西廬陵知縣，遷浙江道監察御史，調河南道。清理軍政，有老成才。正統五年（1440）正月，遷湖廣按察使。景泰元年（1450）正月，陞大理寺卿，鎮守紫荊關督練軍馬。景泰六年二月，轉刑部左侍郎。景泰七年五月，卒於官。詩中『衣繡關西道』句，與孔文英為陝西人相合；『憲使』，系對按察使的美稱，與其官位相合。又《明英宗實錄》卷一百二十六載，正統十年二月，孔文英父喪，據此可以推測，此詩當作於正統五年之後，十年之前。

②頌禱：讚美祝福。

③『或擬』二句：《詩經·小雅·天保》有『如月之恒，如日之升。如南山之壽，不騫不崩。如松柏之茂，無不爾或承。』

④椿庭：指父親。

⑤壎篪：壎、篪皆古代樂器，二者合奏時聲音相應和。

⑥期頤：一百歲。

⑦岡阜：指《詩經·天保》中『如山如阜，如岡如陵，如川之方至，以莫不增』之句。

⑧皇極：指皇帝。矧（shěn）：況且。

⑨九有：九州，九域。《詩經·商頌·玄鳥》：『方命厥後，奄有九有。』毛傳：『九有，九州也。』

題于縣丞積慶堂①

五福畀之人②，所本在好德。玄化司鈞衡，錙銖罔差忒③。伊惟忠厚家，奕世善是力④。綿綿瓜瓞繁⑤，嘉慶斯以集。廳松有貞操，挺挺干霄直。隆冬與春陽，柯葉曾改易。庭闈登遐齡⑥，怡然享康食。兄弟式相好，友于日益篤⑦。堂下五株桂，森森暎瑶席⑧。詩書爲菑畬⑨，家聲邁疇昔⑩。眷言皇極人⑪，信乃天所騭⑫。我歌積慶詩，用縱斯千釋。

【注釋】

①于縣丞，頗疑即卷二所云《永嘉縣丞》于建，其詳無考。

②五福：五種幸福。《尚書·洪範》：「五福：一曰壽，二曰富，三曰康寧，四曰攸好德，五曰考終命。」西漢桓譚《新論》：「五福：壽、富、貴、安樂、子孫衆多。」畀：賜予。

③差忒（tè）：差錯，誤差。

④奕世：累世，代代。

⑤瓜瓞（dié）：比喻子孫蕃衍，相繼不絶。

⑥遐齡：高齡，長壽。

⑦友于：指兄弟友愛。語出《尚書·君陳》：「惟孝友于兄弟。」

⑧瑶席：指珍美的酒宴。

⑨菑畬：耕耘。耕稼為民生之本，故以喻事物的根本。

⑩疇昔：往日，從前。

⑪眷言：回顧貌。言，詞尾。

⑫騭：安排。

慈訓堂爲南陽汪同知題①

父没兒年弱，慈親擅義方。治家心獨苦，擇傅慮何長。燈火勞深夜，詩書繼遠香。斷機應並美②，丸膽可同芳③。白髮期成就，青雲遂顯揚。菁莪游璧水④，別駕出南陽⑤。寄鮓猶頻戒⑥，平反每問詳⑦。臨民當軫恤⑧，報國欲無忘。政蹟稱名郡，仁聲自北堂⑨。惟懷歌陟屺⑩，不敢聽甘棠⑪。風化知攸始，人心重典常⑫。行看書太史，千載播休光⑬。

【注釋】

①汪同知，指汪庭訓。正統年間爲南陽府同知，曾重修南陽府衙。同知，官名，稱副職。

②斷機：斷織。相傳孟軻少時，廢學歸家，孟母方績，因引刀斷其機織，曰：『子之廢學，若吾斷斯織也。』軻因勤學自

奮，師事子思門人，遂成大儒。後遂用爲母親督子勤學的典故。

③丸膽：母親教子勤學之典。詳卷二《送蕭江》。

④菁莪：《詩經·小雅》中《菁菁者莪》的簡稱。《毛詩序》：『菁菁者莪，樂育材也，君子能長育人材，則天下喜樂之矣。』後因以『菁莪』指育材。

⑤别駕：通判的習稱。

⑥寄鮓（zhǎ）：《晉書·列女傳·陶侃母湛氏》：『侃少爲尋陽縣吏，嘗監魚梁，以一坩鮓遺母。湛氏封鮓及書，責侃曰：「爾爲吏，以官物遺我，非惟不能益吾，乃以增吾憂矣。」』後常以『寄鮓』稱讚子孝母賢。

⑦『平反』句：《漢書·雋不疑傳》：『每行縣録囚徒還，其母輒問不疑：「有所平反，活幾何人？」即不疑多有所平反，母喜笑。』

⑧軫（zhěn）恤：深切顧念和憐憫。

⑨北堂：代稱母親。

⑩陟屺（qǐ）：爲思念母親之典。《詩經·魏風·陟岵》：『陟彼屺兮，瞻望母兮。』

⑪甘棠：即棠梨。《史記·燕召公世家》：『周武王之滅紂，封召公於北燕……召公巡行鄉邑，有棠樹，決獄政事其下，自侯伯至庶人各得其所，無失職者。召公卒，而民人思召公之政，懷棠樹不敢伐，哥詠之，作《甘棠》之詩。』後遂以『甘棠』稱頌循吏的美政和遺愛。

⑫典常：常道，常法。

⑬休光：盛美的光華。比喻美德或勳業。

題金華劉通判慈侍堂①

靈椿既云摧②，萱華獨芬馥。詩書有遺業，苦心躬教毓。和熊志彌堅，斷機心何酷。多子若慈訓，青雲繼芳躅③。分符佐黄堂④，政聲總稱穀⑤。忠攄答君恩⑥，孝思分親福。三釜旨甘備⑦，定省曠昏旭⑧。兹焉拜家慶，高堂試華服。蹁躚屢紛舞⑨，霞觴薦醺醁⑩。春風上酡顔，懽忻詎能録。母壽天所報，子心未云足。所職在仁政，所懷酬顧復⑪。捧書辭板輿⑫，白雲疑望目。願諧臻期頤⑬，慈竹蔭恒緑。平反遵素言⑭，寄魚託流竹。愛日篤不忘⑮，展矣前哲續。勉旃爲民儀⑯，于以敦澆俗⑰。

【注釋】

①劉通判，指劉實。字嘉秀，號敬齋。江西安福縣人。宣德五年（1430）進士。正統初，任金華府通判。召修《宋元通鑑綱目》，擢南雄知府。因忤朝使宦官，被誣下獄，瘐死。《明史》有傳。通判，官名，設於各府，分掌糧運及農田水利等事務。

②靈椿：古代傳説中的長壽之樹。比喻父親。

③芳躅（zhú）：指前賢的蹤跡。

④分符：猶剖符。謂帝王封官授爵，分與符節的一半作為信物。黄堂：太守衙中的正堂。借指太守。

⑤穀：善，良。

⑥據：施展。

⑦三釜：古代低級官吏的俸禄數量。一釜是六斗四升。

⑧定省：指子女早晚向親長問安。

⑨蹁躚(piánxiān)：旋轉的舞姿。

⑩霞觴：霞杯。醺醁(xūnlù)：美酒。

⑪顧復：指父母之養育。《詩經·小雅·蓼莪》：『父兮生我，母兮鞠我。拊我畜我，長我育我，顧我復我，出入腹我。』

⑫板輿：古代一種用人抬的代步工具。多爲老人乘坐。晉潘岳《閒居賦》：『太夫人乃御板輿，升輕軒，遠覽王畿，近周家園。』後因以代指官吏在任迎養父母之詞。

⑬期頤：一百歲。

⑭平反：見前詩《慈訓堂爲南陽汪同知題》。

⑮愛日：漢代揚雄《法言·孝至》：『事父母自知不足者，其舜乎！不可得而久者，事親之謂也，孝子愛日。』後以指兒子供養父母的時日。

⑯勉旃：努力。多於勸勉時用之。旃，語助詞，之焉的合音字。

⑰澆俗：浮薄的社會風氣。

題楊御史孝思堂①

雙親成永隔，禄養更無期②。每憶趨庭日③，寧忘和膽時。蓼牆徒在目④，風木屢興悲⑤。幸有褒封誥，烏臺荷寵私⑥。

【注釋】

① 楊御史，指楊禧，字祐之。雲南大理府太和縣（今大理市）人。永樂九年（1411）舉人。任四川雅州滎經縣（今屬雅安市）教諭，上書言時政，詞激切，上怒，繫之獄，尋得釋。授直隸永平府昌黎縣（今河北昌黎縣）知縣。盡心民事，政教大行，考滿，民乞留再三，在任十八年，政聲卓著。宣德三年（1428）十一月，陞四川道監察御史。正統四年（1449）十月，擢廣西慶遠府知府。『清廉著聲，任滿當去，郡民復上章，援迪故事請留』（《廣西通志》卷六十六），因擢廣西左參政，仍知府事。景泰中，進廣西布政司左參政。本書卷六《送楊太守之任慶遠序》云：『又以父母歿，榮弗建，乃為「孝思堂」著其志，縉紳多詠之。』

② 禄養：以官俸養親。古人認爲官俸本爲養親之資。

③ 趨庭：《論語·季氏》：『（孔子）嘗獨立，鯉趨而過庭。曰：「學詩乎？」對曰：「未也。」「不學詩，無以言。」鯉退而學詩。他日，又獨立，鯉趨而過庭。曰：「學禮乎？」對曰：「未也。」「不學禮，無以立。」鯉退而學禮。』鯉，孔子之子伯魚。後因以『趨庭』謂子承父教。

④ 羹牆：《後漢書·李固傳》：『昔堯殂之後，舜仰慕三年，坐則見堯於牆，食則睹堯於羹。』後以『羹牆』爲追念前輩或仰慕聖賢的意思。

⑤ 風木：比喻父母亡故，不及奉養。典出《韓詩外傳》。

⑥ 烏臺：指御史臺。

題王自瑄思親堂①

嚴親隔九原，慈母别千里。既違班衣侍，曷能呈(淑)[菽]水②。耿耿遊子懷，悲切殊無已。旅食京華晨，羹牆恒宛辭③。還憶行時衣，密縫勞柔指。此情欲何爲，望雲歌陟屺④。有日遂歸來，既祼娱甘旨⑤。況當明盛時，以孝風多士。願子勿徒爲，期在顯揚只⑥。

【注釋】

① 王自瑄，生平不詳。

② 菽水：豆與水。指所食唯豆和水，形容生活清苦。語出《禮記·檀弓下》：『子路曰：「傷哉！貧也！生無以爲養，死無以爲禮也。」孔子曰：「啜菽飲水盡其歡，斯之謂孝。」』後常以『菽水』指晚輩對長輩的供養。菽，底本作『淑』，據『朐抄本』改。

③ 羹牆：指追念前輩。詳本卷《題楊御史孝思堂》注。

④ 陟屺：爲思念母親之典。

⑤ 祼(guàn)：祭名。以香酒灌地。

⑥ 只(zhǐ)：語氣詞。表終結或感歎。

克復堂爲新淦宋常固題①

粤惟兹華堂②，乃在金水濱。載構孰云初，宋氏之先民。慨昔罹蕪没③，梅谿實更新。厥考既復廣，尚將期後人。之子紹儒術，仕途耀簪紳④。鳴琴坐三邑，禄資尤充殷。葺理敢怠遑⑤，美哉其奂輪⑥。于以薦豆籩⑦，還爲序天倫。少保國元老⑧，詞藻光嶙峋⑨。顔楣曰克復⑩，謂能亢宗親⑪。兹晨承恩歸，優游樂無垠⑫。篇什勒堂中，永以垂來昆⑬。

【注釋】

①宋常固，即宋常，江西臨安府新淦縣（今新幹縣）人。永樂十六年（1418）進士。先任職於吏部，越四載，授廣東雷州府遂溪縣（今屬湛江市）知縣。宣德三年（1428），出任廣東惠州府龍川縣（今屬河源市）知縣。王直《克復堂記》云：『旌陽令宋常固既請老而歸，介中書舍人金輔伯謁予，告曰：常固世家新淦之金灘，元季之亂，先廬皆燬焉。大父梅溪稍復修治以居。先考宏善嘗慨然欲有為，會以賢良徵，弗克遂。常固昨為龍川令，以憂歸，念前人之志未就也，乃治舊址，作新堂，崇卑廣狹，式中度程。少保金先生喜其能復舊觀，名之曰克復堂。』（《抑菴文集·後集》卷五）

②粤（yuè）：助詞，用於句首。表示審慎的語氣。

③蕪没：掩没於荒草間，湮滅。

④簪紳：猶簪帶。

⑤葺理：修理，整治。

⑥奐輪：即美輪美奐，形容房屋的高大和衆多。語本《禮記・檀弓下》：『晉獻文子成室，晉大夫發焉。張老曰：「美哉輪焉，美哉奐焉！」』奐，言衆多。

⑦豆籩：祭器。木制的叫豆，竹制的叫籩。

⑧少保：指金幼孜（1368—1432）。名善，以字行。江西新淦縣徘山（今屬峽江縣羅田鎮）人。建文二年（1400）進士，授户科給事中。永樂元年（1403），任翰林檢討。累遷右諭德兼侍講。永樂十二年，遷翰林學士。永樂十八年，與楊榮並為文淵閣大學士。仁宗即位後，拜户部右侍郎兼文淵閣大學士，旋加太子少保兼武英殿大學士。洪熙元年（1425），進禮部尚書兼大學士。宣宗時，修兩朝實録。宣德六年十二月（1432年初）卒，贈少保，謚『文靖』。著有《北征詩》、《北征録》等。《明史》有傳。

⑨嶙峋：形容氣節高尚，氣概不凡。

⑩顔楹：指題寫匾額。

⑪亢：高，彰顯之意。

⑫優游：悠閒自得。

⑬來昆：後代子孫。

題一樂堂送林恒簡省親①

五福兼全世所稀，君家樂事更無涯。靈椿覆户清蔭合，慈竹侵堦淑景遲。叢桂總知爲國器，九苞鳳自振廷儀②。玉堂紬史符公論③，講席探經荷寵私。天上錫歸娱綵繡，膝前稱慶奏塤篪。龍章燦爛頒恩命，翟衣煇煌映鬢絲④。共説朗陵占象異，寧論竇氏衍環奇⑤。歸來春酒爲親祝，海上三山即壽期⑥。

【注釋】

① 林恒簡，即林文(1389—1476)。福建莆田縣(今莆田市區)人。宣德五年(1430)一甲三名進士，授翰林院編修。正統初年(1436)，與修《宣宗實録》成，陞修撰。曾兩次出任會試考官。景泰三年(1452)，陞左春坊左諭德兼修撰。次年修《歷代君鑒》，書成，陞左庶子兼侍講。景泰七年(1456)修《寰宇通志》成，陞庶子仍兼侍講。天順初年，改尚寶卿，兼職如舊。天順八年(1464)，憲宗即位，以舊講讀官陞太常少卿兼翰林侍讀學士。其詩格温淳，自成一家，被士大夫們推為『醇儒』。八十七歲時卒於家。贈禮部左侍郎，謚『襄敏』。有《澹軒稿》。楊榮《一樂堂詩序》云：『行簡以省視久曠，言其情於上，許以暫歸，其同官諸君子慶幸之，因取孟氏之所云者名其家居之堂曰「一樂」，相率賦詩為贈，以申祝頌之情。』(《文敏集》卷十一)

② 九苞：鳳的九種特徵。後爲鳳的代稱。《初學記》卷三十引《論語摘衰聖》：『鳳有六像九苞……九苞者：一曰口包命；二曰心合度；三曰耳聽達；四曰舌詘伸；五曰彩色光；六曰冠矩州；七曰距鋭鉤；八曰音激揚；九曰腹文户。』

③ 紬(chōu)：綴緝。

④ 翟(dí)衣：古代貴婦用翟羽為飾或織以翟羽紋樣的衣服。翟，長尾的野雞。

⑤ 朗陵：指東漢荀淑，字季和，潁川潁陰人。少有高行，博學而不好章句。安帝時，徵拜郎中，後再遷當塗長。為大將軍梁冀所忌，出補朗陵侯相。蒞事明理，稱為神君。

⑥銜環：嘴裏銜着玉環。比喻感恩報德，至死不忘。晉干宝《搜神記》：『漢時弘農楊竇，年九歲時，至華陰山北，見一黃雀為鴟梟所搏，墜於樹下，為螻蟻所困。竇見愍之，取歸。置巾箱中，食以黃花。百餘日，毛羽成，朝去暮還。一夕三更，竇讀書未卧，有黃衣童子向竇再拜，曰：「我西王母使者，使蓬萊。不慎為鴟梟所搏。君仁愛見拯，實感盛德。」乃以白環四枚與竇，曰：「令君子孫潔白，位登三事，當如此環。」』（卷二十）

題周節婦貞節堂①

裊裊女蘿絲②，托彼長松邊。永言式相附，長松惟所天。風雨見飄忽，松乃爲之顛。女蘿復何依，終期在黃泉。人生貴貞操，良懷豈苟然。三復栢舟詠③，載吟黃鵠篇④。襁褓有遺孤，絲髮維重懸。高堂並垂白⑤，所奉乏肥鮮⑥。百憂疚厥衷，苦辛寧自言。矢心蹈節義，冰雪歷愈堅。旌異有明詔，華表淩雲煙。我歌銘此堂，千載留青編⑦。

【注釋】

①周節婦，不詳所指。《江西通志·列女》載：『李邦振妻周氏，吉水人。洪武間，邦振兄邦武以坐累見逮至京，邦振從行。兄病卒，邦振亦哀毁而死，周年二十二，守節事姑，撫子沂浴。後沂浴作貞節堂，學士周敘為序。』（卷九十九）馬愉與周叙同在翰林院，頗有交誼，此詩之作疑與周叙有關。此周氏婦，似即詩中所咏。

②褭褭：同『嫋嫋』。輕盈纖美的樣子。女蘿：植物名，即松蘿。多附生在松樹上，呈絲狀下垂。

③栢舟：《詩經·鄘風》篇名。《詩經·鄘風·柏舟序》：『柏舟，共姜自誓也。衛世子共伯蚤死，其妻守義，父母欲奪而嫁之，誓而弗許，故作是詩以絶之。』後因以謂喪夫或夫死矢志不嫁。栢，與『柏』同。

④黄鵠：指婦女的守節不嫁和空閨寂寞。漢劉向《列女傳》載：魯陶嬰少寡，魯人聞其義，將求焉。嬰聞之，乃作歌明己之不更二也。其歌曰：『悲黄鵠之早寡兮七年不雙。』

⑤垂白：白髮下垂。謂年老。

⑥肥鮮：指腴美的食物。

⑦青編：青絲簡編。借指史籍。

題劉給事中知年堂①

母氏躋遐壽②，兒懷喜懼并③。憂哀深慮切，愛日此心誠。三釜初爲養，連枝並擢英。靈萱霑潤澤，慈竹更敷榮④。望八顔逾健，稀年眼倍明。斷絲猶力教⑤，和膽尚嚴程⑥。海屋籌容筭⑦，黄門願始平。好生事孝，無弛後來名。

【注釋】

①劉給事中，指劉益。字宗益，江西吉安府吉水縣（今屬吉安市）人。宣德八年（1433）進士。授兵部給事中。封駁彈劾，務盡大體。官至祭酒。其父劉宗平，為翰林院檢討。其弟劉規，字崇觀，正統四年進士，不喜為官，辭職歸里。此詩手迹存，目錄中無『題』字。

②遐壽：高齡，高寿。

③喜懼並：既高兴又惶恐。《論語·里仁》：『子曰：「父母之年，不可不知也。一則以喜，一則以懼。」』

④慈竹：又稱義竹、慈孝竹、子母竹。叢生，一叢或多至數十百竿，根窠盤結，四時出笋。竹高至二丈許。新竹舊竹密結，高低相倚，若老少相依，故名。敷榮：开花。

⑤斷絲：用孟母断织之典。

⑥和膽：指母教。詳卷二《送蕭江》。

⑦海屋：『海屋籌添』的省稱。祝壽之詞。詳卷二《壽許處士》。

題蔣文榮樂耕堂①

百畝生涯郭外村，此心真趣與誰論。羞將鈎釣營時利，但藉犁鋤具夕飧。莘野不煩王使聘[2]，隆中無假故人尊[3]。于今令子登清要[4]，自有榮恩及九原[5]。

【注釋】

① 蔣文榮，生平不詳。

② 莘野：指隱居之所。《孟子·萬章上》：『伊尹耕於有莘之野。』趙岐注：『有莘，國名。伊尹初隱之時，耕於有莘之國。』

③ 隆中：山名。在湖北省襄陽縣西，臨漢水。東漢末，諸葛亮隱居於此。

④ 清要：指地位顯貴、職司重要而政務不繁的官職。

⑤ 九原：九泉，黃泉。文中借指先祖故人。

題劉永錫崇敬齋①

天倫由至性②，好德在秉彝③。聖人語大賢，兄弟必怡怡④。軻論義之實⑤，從順理其宜。詩言鬩牆釁⑥，若彼又奚爲。彭城有茂族⑦，家世西江湄。食飲聚千指⑧，和睦無乖違⑨。常杖五株聯，韡韡葉相輝⑩。或結巢由徒⑪，甘作林壑姿。或吐瑶華音，噰噰來庭儀⑫。季也更絶俗，勤劬敦書詩⑬。晨興奉伯仲⑭，儼若聞嚴慈⑮。序樂何可言，雍雍鳴塤篪⑯。齋居揭華扁，更欲恒自持。篤敬思靡懈⑰，君實平生期。願言謹終始，令譽垂無涯⑱。

【注釋】

①劉永錫，生平不詳。

②天倫：天然倫次。指兄弟。

③秉彝：持執常道。《詩經·大雅·烝民》：「民之秉彝，好是懿德。」

④怡怡：兄弟和睦的樣子。語本《論語·子路》：「朋友切切偲偲，兄弟怡怡。」

⑤軻：指孟軻，即孟子。孟子對「義」有許多精深的論述。

⑥鬩（xì）牆：語本《詩經·小雅·常棣》：「兄弟鬩于牆，外禦其務。」謂兄弟相爭于内。後用以指内部相爭。

⑦彭城：彭城郡原為西漢的楚國。漢宣帝地節元年（前69）改置彭城郡，治所在彭城縣（今江蘇省徐州市）。劉邦祖籍豐縣，起家於沛縣，豐縣和沛縣後來均屬彭城郡，彭城被視為劉姓的正宗郡望。

⑧千指：一人十指，千指，形容人多。

⑨乖違：背離，違背。

⑩韡韡（wěiwěi）：光明華美的樣子。

⑪巢由：巢父和許由的並稱。相傳皆爲堯時隱士，堯讓位於二人，皆不受。因用以指隱居不仕者。

⑫噰噰：和諧，融洽的樣子。

⑬勤劬：辛勤勞累。

⑭晨興：早起。

⑮嚴慈：指父母。

⑯雍雍：聲音和諧。

⑰篤敬：篤厚敬肅。

⑱令譽：美好的聲譽。

題八景學士仙峰①

誰謂山爲學士峰？想應圖畫有仙縱。蒼巒曉疊如文現，碧嶼春陰似墨濃②。自古嶽靈生仲甫③，于今名士見元龍④。投閑准擬多詩思，杖屨行吟許我從。

【注釋】

①學士峰，據（乾隆）《浙江通志》卷十九《山川十一》載：（分水縣）『舊《浙江通志》：在縣西四十里，十八峰排列，故名。』不知詩中所咏是否即此山。

②嶼（yǔ）：平地小山。

③仲甫：即仲山甫，事周宣王爲卿士，佐宣王成中興之治。

④元龍：即陳登，字元龍，東漢下邳淮浦（今江蘇漣水西）人。爲人忠亮高爽，有扶世救民之志。建安初奉使赴許，向曹操獻滅吕布之策，授廣陵太守。誅吕布有功，加伏波將軍。又遷東城太守。年三十九卒。

題王天官水竹居①

西昌舊業接雲林②，景趣清高自古今③。奕葉詩書留慶澤④，三槐門第繼芳陰⑤。庭棲彩鳳嘗儀世，潭起蟠龍幾作霖。八座只金居第一，九重日日沐恩深。

【注釋】

① 王天官，指王直。見卷前《澹軒歷受誥詞》注。楊榮亦有《水竹居爲王學士題》（《楊文敏集》卷三）。

② 舊業：先人的事業。雲林：隱居之所。

③ 景趣：由景色而生的情趣。

④ 奕葉：累世，代代。慶澤：指皇帝的恩澤。

⑤ 三槐：宋王祐嘗手植三槐於庭，曰：『吾子孫必有爲三公者。』後其子旦果入相，天下謂之三槐王氏。世因以『三槐』爲王氏之代稱。

前人卜築事幽棲①，萬玉森森遶碧谿。月照驪珠當户出②，風翻舞鳳傍簷低。高情曾共袁宏賞③，曲徑從教蔣詡迷④。畫省披圖鄉思切⑤，彩毫日日有新題。

【注釋】

①卜築：擇地建築住宅，即定居之意。

②驪珠：寶珠。傳説出自驪龍頷下，故名。

③袁宏：字彦伯，小字虎，時稱袁虎。陳郡陽夏（今河南太康）人。東晉文學家、史學家。初入仕途，謝尚引爲參軍。袁宏文筆典雅，才思敏捷，後爲大司馬桓温府記室。恒温卒後，入爲吏部郎，授東陽太守。太元初去世。今存《後漢紀》三十卷。

④蔣詡：漢杜陵（今陝西西安）人，哀帝時官兖州刺史，以廉直名，王莽執政，告病返鄉，終身不出。其庭院中有三條小路，只與羊仲、求仲二位隱士來往。後來人們把『三徑』作爲隱士住所的代稱。

⑤披圖：展閱圖籍、圖畫等。

題賴編修清流讀書莊①

玉堂歸去暫閑居②，重葺清流郭外廬。賸積圖書盈萬卷③，還勞燈火效三餘④。牙籤映日明窗隙⑤，芸草生香辟蠹魚⑥。賦罷焦桐時一操⑦，滿庭修竹舞清虚。

【注釋】

①賴編修，指賴世隆。字德受，福建汀州府清流縣（今屬三明市）人。宣德五年（1430）進士，授翰林院編修。有才略。正統中，坐事降浙江台州府經歷。後召還，已卒。有《玉堂稿選》二卷。有書莊在清流縣南。楊士奇《賴編修讀書莊詩引》云：『翰林編修賴世隆，舊有讀書莊在清流縣南。今以例暫歸，求余詩。世隆直義而有清雅之趣，爲賦四時各一首。』（《東里續集》卷六十一）

②玉堂：指翰林院。

③賸（shèng）積：增益，增加。

④三餘：指空閒時間。

⑤牙籤：系在書卷上作爲標識，以便翻檢的簽牌，用牙骨等製成。

⑥蠹魚：蟲名。即蟫。又稱衣魚。蛀蝕書籍衣服。體小，有銀白色細鱗，尾分二歧，形稍如魚，故名。

⑦焦桐：琴名。東漢蔡邕曾用燒焦的桐木造琴，後因稱琴爲焦桐。

宴楊鴻臚東郭草亭①

東郭路迢遥[2]，茅亭靜軒敞[3]。值兹休暇期，聯鑣縱幽賞[4]。主人樂嘉賓，高懷同浩蕩。殽核旅行廚[5]，
絲竹發清響[6]。好鳥相和鳴，飛花自飄颺[7]。民物屬熙皥[8]，康衢共擊壤[9]。

【注釋】

① 楊鴻臚，指鴻臚寺卿楊善（約 1382—1458）。字思敬，北直隸大興縣（今北京大興）人。年十七為諸生。成祖起兵，預城守有勞，授典儀所引禮舍人。永樂元年（1403），改鴻臚寺序班。累官進右寺丞。仁宗即位後，擢為本寺卿。英宗即位後，擢陞禮部左侍郎，兼管鴻臚寺。天順二年（1458）卒，贈興濟侯，謚『忠敏』。《明史》有傳。鴻臚寺，官署名，主要掌朝會儀節等。東郭草亭，是楊善的別業。《明一統志》云：『在府東南，本朝興濟伯楊善別業也。地可數十百畝，周回繚以垣，中建小亭，上覆以茅。亭後有房三楹，為宴集之所。繞亭雜植奇花異果，每朝士休暇宴遊，及餞迎賓友，咸憩於此。』（卷一）據楊士奇《東郭草亭宴集詩序》（《東里續集》卷十四），正統元年三月十五，楊士奇等講臣十人至此郊遊宴樂，暢飲賦詩。

② 迢遥：遠的樣子。

③ 軒敞：寬敞明亮。

④ 聯鑣（biāo）：猶聯鞭，並騎而行。鑣，馬嚼子。與銜合用，銜在口中，鑣在口旁。青銅制或鐵制，也有用骨、角制的，上面可系鑾鈴。

⑤ 肴核：肉類和果類食品。行廚：指傳送酒食。

⑥ 絲竹：絃樂器與竹管樂器之總稱。亦泛指音樂。

⑦ 飄颻：飄揚。飄動飛揚。

⑧ 熙皡：和樂，怡然自得。

⑨ 擊壤：指擊壤歌。古歌名，相傳唐堯時有老人擊壤而唱此歌。王充《論衡·藝增》：『傳曰：有年五十擊壤於路

者，觀者曰：「大哉，堯德乎！」擊壤者曰：「吾日出而作，日入而息，鑿井而飲，耕田而食；堯何等力！」』

題彭主事東麓甘泉①

蒼山西畔隱君居，中有源泉湧跳珠。瀉出甘芳疑蔗密，挹來清味似醍醐②。非緣卓錫緇流闢③，秖許濯纓孺子𣂃④。幾度竹窗風雨夕，泠泠寒玉間笙竽。

【注釋】

① 彭主事，當指彭貫。字進唯，別號一齋。江西吉安府安福縣（今屬吉安市）人。正統元年（1436）進士。二年十月，擢刑部主事。八年十一月，陞浙江按察司僉事。天順四年（1460）十二月卒，年五十三。彭貫故里在安福縣武功山東麓大智村。其子彭彥充（天順元年）、彭華（景泰五年）、彭禮（成化八年）也先後中進士，時稱『父子四進士』。

② 醍（tí）醐：從酥酪中提製出的油。比喻美酒。

③ 卓錫：卓，植立；錫，錫杖，僧人外出所用。因謂僧人居留爲卓錫。緇流：僧徒。僧尼多穿黑衣，故稱。

④ 濯纓：洗濯冠纓。語本《孟子·離婁上》：『滄浪之水清兮，可以濯我纓。』後以『濯纓』比喻超脱世俗，操守高潔。𣂃（jū）：挹，酌。底本漫漶。『朐抄本』作『挹』。從全詩用字、音律上看，不妥。

題李知州筠川書屋① 三首

螺溪新卜築②，翠篠護横塘③。絶勝輞川墅④，(渾如)[清幽]何氏莊⑤。臨池翻雪楮⑥，攤帙散芸香⑦。白髮投閒日⑧，琴尊樂趣長⑨。

【注釋】

①李知州，當指李信圭。字君信，江西泰和縣(今屬吉安市)人。洪熙時舉賢良，授清河(今屬江蘇淮安市)知縣，有惠政於民。正統元年(1436)，陞蘄州知州。清河民詣闕乞留，命以知州理縣事。十一年(1446)冬，被舉薦為處州知府。卒於官。《明史》入《循吏傳》。筠川書屋，據詩意，當在李氏家鄉泰和南岡。此詩手跡存，據以校訂。

②螺溪：泰和境内的一條河流。李氏世居螺溪旁南岡村。卜築：择地建筑住宅。

③篠(xiǎo)：小竹，細竹。

④輞川：水名，即輞谷水。諸水會合如車輞環湊，故名。在陝西省藍田縣南，源出秦嶺北麓，北流至縣南入灞水。唐代詩人王維曾在此居住。

⑤清幽：底本作『渾如』，據手跡改。

⑥雪楮：白紙。

⑦芸香：香草名。花葉香氣濃郁，可入藥，有驅蟲、驅風、通經的作用。

⑧投閒：置身於清閒境地。

⑨琴尊：琴與酒樽爲文士悠閒生活用具。

闢居托佳興①，幽景似湘川②。種筍成蓁竹，通流引百泉。堆床餘簡帙③，遶舍盡菑田。有待抛簪笏④，高歌一放船。

【注釋】

①佳興：指雅興。

②湘川：即湘江。

③簡帙：指書籍。

④抛簪笏：指告老還家。

地僻塵紛淨①，超然水竹居。澄光明几席，翠色蔭庭除②。門接新開徑，家藏舊日書。歸來孫子長，准擬課三餘③。

【注釋】

①塵紛：指紛亂的塵世。

②庭除：庭院。

③三餘：三國魚豢《魏略》記載董遇釋『三餘』曰：『冬者歲之餘，夜者日之餘，陰雨者時之餘也。』後以『三餘』泛指空閒時間。

題王訓導芝軒①

師席何人似，槐陰有俊賢②。練囊迎白日③，玄髪擁青氈④。髦士初蒙育⑤，靈芝已兆先。蟠英芹水上，濯秀小齋前。煒煒連莖美⑥，煌煌五色鮮⑦。寧論芬九葉⑧，應擬墮三鱣⑨。自是斯文慶，宜煩太史編⑩。珠璣盈錦軸⑪，喜爲賦新篇。

【注釋】

①王訓導，指王祐。字昌訓，江西金溪縣（今江西撫州臨川）人。撫州儒學訓導。王直《贈王訓導序》云：『王祐昌信（信字當訛），今詹事府少詹事兼翰林侍講學士王公時彦子，監察御史昌問弟也。王氏故金溪儒家，其尊府以學行聞天下久矣。昌信承家學之懿，早有譽縉紳間，於是撫州儒學缺訓導，以幣走其門請焉。既至京師，試在高等，遂授職以去。』（《抑菴文集·後集》卷十一）。

②槐陰：指祖先的蔭庇。宋王祐嘗手植三槐於庭，曰：『吾子孫必有爲三公者。』後其子旦果入相，天下謂之三槐王氏。（見邵伯温《聞見前録》卷八）

③練囊：絹袋。

④青氈：『青氈故物』的省稱。裴啓《語林》：『王子敬在齋中卧，偷人取物，一室之内略盡。子敬卧而不動，偷遂登榻，欲有所覓。子敬因呼曰：「石染青氊是我家舊物，可特置否？」於是群偷置物驚走。』（《太平御覽》卷七〇八引）《晉書·王獻之傳》也載此事。後遂以『青氈故物』泛指仕宦人家的傳世之物或舊業。

⑤髦士：英俊之士。

⑥燁燁：燦爛，鮮明。

⑦煌煌：光彩奪目的樣子。

⑧九葉：九代。

⑨儗（nǐ）：比擬。墮三鱣：東漢楊震明經博覽，屢召不應，有鸛雀銜三鱣魚飛集講堂前，人謂蛇鱣爲卿大夫服之象；數三，爲三台之兆。後果位至太尉。事見《後漢書·楊震傳》。後每用以爲典，指登公卿高位的吉兆。

⑩太史：指史官。

⑪珠璣：珠寶，珠玉。比喻美好的詩文、繪畫等。錦軸：錦、綾裝裱的卷軸。

題李醫士橘井①

開雲種碧玉，鑿石啓靈泉。陰覆玄芝圃②，源通析木川③。七方群疫愈④，勺飲壽年延⑤。神事已千古，君今得秘傳。

【注釋】

① 李醫士，當指李敏(1392—1446)。字思訥。祖籍汴梁，北宋南渡至蘇州。曾祖李文俊，祖父李原美，皆儒醫。父李文翰，為無錫醫學訓科。叔伯為明初儒生、太醫李士文。李敏醫術高超，醫德高尚，深受時人敬重。楊溥有詩《橘井為太醫李思訥賦》云：『蘇耽贏得清名在，莫羡江南萬户封。』（《楊文定公詩集》卷五）。橘井：相傳蘇仙公修仙得道仙去之前對母親説：『明年天下疾疫，庭中井水，檐邊橘樹，可以代養。井水一升，橘葉一枚，可療一人。』來年果有疾疫，遠近悉求其母治療。皆以得井水及橘葉而治癒。見晉葛洪《神仙傳・蘇仙公》。後因以『橘井』爲良藥之典。

② 玄芝：黑芝，靈芝的一種。

③ 析木：古代幽燕地域的代稱。古代以析木次爲燕的分野，屬幽州。

④ 七方：中醫指大方、小方、緩方、急方、奇方、偶方、複方七種方劑。李時珍《本草綱目・序例上・七方》引完素曰：『流變在乎病，主病在乎方，制方在乎人。方有七：大、小、緩、急、奇、偶、複也。』

⑤ 勺飲：一勺湯水。言湯水量少。

題王氏洪祈書舍①

淳安自古嘉山水②，洪祈林壑尤絶美。中有幽人結小堂，樂以詩書探至理。垂垂萬軸懸牙籤，連屋堆床盈素几。通宵窗下課兒讀，長爇蘭膏繼夕晷③。閑門斜徑少塵跡，客來問字多知己。時復清尊與相對④，笑談聲出烟霞裏。優游其樂幾餘年，庭前佳樹青葱起。金臺喜見皎然枝，信識槐陰多慶祉⑤。

【注釋】

①王氏洪祈書舍，當在淳安，詳情無考。

②淳安：縣名，屬浙江省。

③爇(ruò)：同『爇』。燒，焚燒。蘭膏：古代用澤蘭子煉製的油脂。可以點燈。

④清樽：酒器。亦借指清酒。

⑤慶祉：福澤。

題城南草堂①

高人托佳趣，卜地向韋曲②。斬茆牽薜蘿③，構此數椽屋。匪徒縱遐覽，良足暢幽獨。積書如鄴侯④，時課兒孫讀。頻紆長者轍，門巷無塵俗。臨風聞松聲，鑑池清可掬。鶴舞常當軒，花草競芬馥。人儗蔣氏宅⑤，誰復羨金谷⑥。真堪放吟思，況乃消棋局⑦。何日一攀遊，蹔爲解煩熇⑧。

【注釋】

①城南草堂，不詳所指。

②韋曲：地名。唐代位於長安城南郊，因韋氏世居於此得名。即今陝西省長安縣。其地北有鳳棲原，南有潏水、神禾原，依山傍水，風景秀麗，爲唐時遊覽勝地。此處代指卜得好地方。

③茆：同『茅』。茅草。

④鄴侯：唐李泌累封鄴縣侯，家富藏書。後用爲稱美他人藏書衆多之典。

⑤儗（nǐ）：比拟。

⑥金谷：即金谷園，晉石崇於金谷澗（在今河南省洛陽西北）中所築的園館。泛指富貴人家盛極一時但好景不長的豪華園林。多含諷喻義。

⑦棋局：指弈棋。二字底本漫漶，據『朐抄本』補。

⑧煩熇（xiāo）：煩燥。熇，熱的樣子。

題松泉山居①

高人自是遠浮榮②，卜築偏求物外清。翠盖覆簷寧識歲，碧流環舍不知名。風來時聽鳴琴韻，夜靜嘗聞漱玉聲③。盡日柴門無客到④，溪橋斜處薜蘿横⑤。

【注釋】

① 松泉山居，不詳所在。

② 高人：指隱士。浮榮：虛榮。

③ 漱玉聲：指泉流漱石，聲若擊玉。語本晉陸機《招隱詩》：「山溜何泠泠，飛泉漱鳴玉。」

④ 柴門：用柴木做的門。代指貧寒之家。

⑤ 薜蘿：薜荔和女蘿。兩者皆野生植物，常攀緣於山野林木或屋壁之上。

瞻雲軒爲廣西歐文題①

親庭南望粵天長，目斷飛雲似太行。可是宦遊情最切②，不知何日舞斑裳③。

【注釋】

① 歐文，不詳何人。

② 宦遊：外出求官或做官。

③ 斑裳：猶斑衣。裳，下身的衣服。

五嶺雲興自欝林，家山駐目客懷深①。人生欲識君親分，忠孝無忘盡此心。

【注釋】

①駐目：凝視。

題松竹軒①

問君何事愛松竹？爲愛同心傲歲寒。不絢紛華榮席上，頻移清影到簷端。月明常見棲玄鶴，風度時看舞翠鸞。何日攜壺坐軒檻②，共飡赤實對琅玕③。

【注釋】

①松竹軒，不詳。

②軒檻：欄板。攜壺：傳説東漢費長房見一老翁掛着一把壺在賣藥，賣好藥後就跳進壺裏。第二天，費長房去拜訪他，和他一起入壺，但見房屋華麗，酒菜豐盛。費於是向他學道。事見《後漢書·方術傳下·費長房》。後以「攜壺」指行醫。

③飡（cān）：用同「餐」。吃，進食。琅玕：形容竹之青翠，亦指竹。

宜晚軒①

朱槿絢朝花②，夭桃逞春姸③。焉可以此態④，偃蹇寒霜前⑤。卓彼東籬英⑥，賦性乃異天。白帝欲還軨⑦，青娥正飛鉛⑧。離離粲馨芬⑨，净色方自娟⑩。淒飈縱摇落⑪，勁質曾少捐。回視衆嫵媚⑫，摧折成紛顛。幽哉隱逸心⑬，歲晏誰與憐⑭。緊惟靖節翁⑮，夷猶三徑邊⑯。秪緣有宿契⑰，愛賞獨怡然。曠懷邈千古⑱，斯駕良難駢⑲。高人托佳情⑳，軒以宜晚言。永以追遐風㉑，敦彼馳芳鮮。

【注釋】

① 本篇底本第四卷中亦收，題作《題宜晚軒》，兩篇僅個别文字有出入，當系重出。或一爲草稿，一爲定稿，其情不可考。今保留此篇，第四卷中作存目處理。

② 朱槿：落葉灌木，葉闊卵形，花紅、白色。觀賞植物。又名「佛桑」、「扶桑」等。

③ 夭桃：《詩經·周南·桃夭》：「桃之夭夭，灼灼其華。」後以「夭桃」稱豔麗的桃花。春姸：指春天姸麗的景色。

④ 可：底本第四卷中作「能」。

⑤ 偃蹇：猶困頓。

⑥ 東籬英：指菊花。東晉陶淵明《飲酒》詩之五：「採菊東籬下，悠然見南山。」後因以東籬指種菊之處。

⑦ 白帝：古神話中五天帝之一，主西方之神。還軨：回車。軨，同「軫」。

⑧青娥：即青女。主司霜雪的女神。飛鉛：射出子彈。此處指霜雪。

⑨離離粲馨芬：底本第四卷中作『籬粲散馨芬』。

⑩娟：底本第四卷中作『涓』。

⑪飆：旋風，暴風。搖落：凋殘，零落。

⑫嫵媚：姿容美好。此處指各種各樣豔麗的花。

⑬幽哉：底本第四卷中作『眷兹』。

⑭歲晏：一年將盡的時候。指人的暮年。

⑮靖節翁：指陶淵明，字元亮，號五柳先生，私謚靖節，潯陽柴桑人。東晉詩人，曾做過幾年小官，後辭官回家，從此隱居。

⑯三：底本第四卷中作『動』。『三徑』，指隱士住所。陶淵明《歸去來兮辭》中有『三徑就荒，松菊猶存』句。夷猶：從容自得。

⑰宿契：宿緣。

⑱曠懷：豁達的襟懷。

⑲駕：底本第四卷中作『賢』。駢：並列。

⑳高人托佳情：底本第四卷中『伊人托高情』。

㉑遐風：影響深遠的教化。指仁義道德之類。

題湯都指揮畫虎圖①

臥當岩壑靜，黄蘆驚秋風。咆哮振長嘆，閃爍明雙瞳。桓桓何雄武②，寧假丹青工。豈云衛藜藿③，清時肅元戎④。威風懾百靈⑤，貔貅屯雲從⑥。終當靖萬里，魑魅絶行蹤⑦。

【注釋】

①湯都指揮，似指湯節，見卷二《送湯參將》注。都指揮使司，簡稱都司，是明朝設立於地方的軍事指揮機關。掌一方軍政，統率其所轄衛所，屬五軍都督府而聽從兵部調令。與承宣布政使司、提刑按察使司合稱三司。

②桓桓：勇武、威武的樣子。

③藜藿：藜和藿。指貧賤的人。

④元戎：指主將，統帥。

⑤百靈：各種神靈。

⑥貔貅：兩種猛獸。多連用以比喻勇猛的戰士。雲從：語出《詩經·齊風·敝笱》：『齊子歸止，其從如雲。』後用『雲從』比喻隨從之盛。

⑦魑魅：古謂能害人的山澤之神怪。常喻指壞人或邪惡勢力。

題金臺送别圖贈南京太學王博士①

明發出都城，送客金臺路。臺畔集冠紳②，相攜話情素。羡君此來難同論，遠朝明主兼娱親。綵服試罷奉嚴命③，蘭橈促駕官河津④。南去金陵行幾許，回首金臺每延竚⑤。也知移孝即爲忠，橋門諸生望時雨⑥。况君系出三槐裔⑦，西昌儒業傳家世。尊翁當代秉鈞衡⑧，白髮丹心擅經濟⑨。君抱奇才游璧水⑩，士類陶成資化理⑪。青氈事業豈能羈⑫，行看圖南九萬里⑬。

【注釋】

①南京太學王博士，指王直次子王稽(jī)，字希稷。王直，見卷前《澹軒歷受誥詞》注。《萬曆野獲編·詞林》：『王稽者，江西泰和縣人，吏部尚書王文端(直)次子也。以布衣薦授本縣訓導，陞南京國子博士。再陞翰林檢討，署監丞事。三年考滿入京，適南京翰林學士邢寬卒，吏部奏以舊職掌南院。又三年丁母憂，卒於家。以布衣入翰林，一異也；以檢討從七品史館，而握詞林篆，二異也；邢起家狀元，而稽布衣繼之，三異也；其推掌院印時，文端公方爲冢宰在事，而子膺異數，不一引嫌，四異也；天順改元，舊臣誅逐殆盡，文端亦革少傅致仕，時稽在南院，亦無人指摘之，五異也。盖文端重望，非有私於子，而時猶淳樸，言事者亦未嘗有穿鑿搜抉之習，遂無物色及之者。』(卷十)《明史·王直傳》：『其子稽爲南國子博士。考績至部，文選郎欲留侍直，直不可，曰：「是亂法自我始也。」』(卷一六九)金臺，指燕都北京。

②冠紳：比喻仕宦。

③綵服：猶彩衣。指彩衣以娱親。

④蘭橈：小舟的美稱。官河：指大運河。

⑤延竚：久立，久留。

⑥『橋門』句：形容太學生盼望其到來。時雨，應時的雨水。

⑦三槐：宋王祐曾手植三槐於庭，曰：『吾子孫必有爲三公者。』後其子果入相，天下謂之三槐王氏。

⑧鈞衡：比喻國家政務重任。

⑨經濟：經世濟民。

⑩璧水：指太學。

⑪陶成：陶冶使成就。

⑫青氈：泛指仕宦人家的傳世之物或舊業。

⑬圖南：比喻人的志向遠大。《莊子·逍遥遊》載：北冥有魚，其名為鯤。化而為鳥，其名為鵬。鵬之徙於南冥也，水擊三千里，摶扶摇而上者九萬里，背負青天而莫之夭閼者，『而後乃今將圖南』。

題金華王鎮撫孝感卷①

昔人有至行，昭遐達兩間。芝草産丘壟，祥鳥集樹端。偉矣將門子，純誠世所艱。高堂奉親柩，即彼窀穸安②。倉卒值群虎③，咆哮怒以環。儐親既奔仆，子獨悲心酸。由來物同仁，感此不爲患。縉紳有大筆，如椽揭其顔。願子推是孝，報君攄寸丹④。黽勉兩無遺⑤，千古名不刊⑥。

【注釋】

① 金華王鎮撫，生平履歷不詳。

② 窀穸：墓穴。

③ 倉卒：即『倉猝』。匆忙急迫。值：遭遇。

④ 寸丹：『一寸丹心』的省稱。指一片赤誠之心。

⑤ 黽勉：勉勵，盡力。

⑥ 刊：更改。

題李鎮撫公餘清趣卷①

沙場走馬獵初還，細柳垂門盡日閑②。倚閣攤書開翠幔③，凭欄敲句對青山④。數聲唳鶴松庭下⑤，一曲瑶琴綺席間⑥。正是太平烽火熄⑦，畫蛇長弛不須彎⑧。

【注釋】

①李鎮撫，似指李隆。字彥平，襄城伯李濬子，南直隸和州人。年十五嗣封。雄偉有將略。數從北征，出奇料敵，成祖器之。即遷都，以南京根本地，命隆留守。仁宗即位，命鎮山海關。未幾，復守南京。隆讀書好文，論事侃侃，清慎守法，尤敬禮士大夫。《明史》本傳載其：『正統五年入總禁軍。十一年巡大同邊，賜寶刀一，申飭戒備，内外凜凜。訖還，不僇一人。』（卷一百四十六）。本篇描述其公餘活動。《明詩紀事》收録此詩，個別文字有異。

②細柳：用『細柳營』之典。漢文帝時，周亞夫爲將軍，屯軍細柳。帝自勞軍，至細柳營，因無軍令而不得入。於是使使者持節詔將軍，亞夫傳令開壁門。既入，帝按轡徐行。至營，亞夫以軍禮見，成禮而去。帝曰：『此真將軍矣！曩者霸上，棘門軍，若兒戲耳！』（見《史記·絳侯世家》）。後遂稱軍營紀律嚴明者爲細柳營。細柳，在今陝西省咸陽市西南。『垂』，《明詩紀事》及『朐抄本』作『轅』。

③翠幔：青綠色帳幕。

④敲句：推敲詩句。

⑤唳鶴：即鶴唳，鶴鳴。

⑥瑶琴：用玉裝飾的琴。

⑦烽火熄：指戰亂停止。

⑧畫蛇：指牆上的雕弓映照在酒杯中而形成的彎曲的影子。因形似蛇，故稱。多用作武臣臥疾或賦閑之典。『畫蛇』，《明詩紀事》及『朐抄本』作『雕弓』。弛：同『弛』。

題廬陵義民陳勖讓恩榮堂卷①

令祖鄉推保障功，賢孫今復振高風。千斯散盡心無吝，萬命生全義不窮。褒典新頒三使節，璽書遥下九重宫②。堂中常見迎蕃祉③，耿耿龍光夜燭虹④。

【注釋】

① 陳勖讓，生平履歷不詳。恩榮堂，見本卷《題恩榮堂》注。「恩榮」底本正文作「榮恩」，從底本目録改。

② 璽書：指皇帝的詔書。九重宫：皇宫。

③ 蕃祉：多福。

④ 耿耿：明亮的樣子。龍光：指皇帝給予的恩寵、榮光。

題廬陵陳宏德德星堂卷①

太丘高節漢賢良②，千載雲孫有此堂③。猶似諸荀同聚會，還聞太史奏禎祥④。芝蘭㘳室稱名族⑤，詩禮傳家重義方。況是詞林攀桂客⑥，多才端可繼流芳。

【注釋】

①盧陵陳宏德，生平履歷不詳。德星堂，是陳氏宗族建祠祭祀先祖陳寔之堂名。寔（104—187），字仲弓，東漢潁川許（今河南許昌長葛市）人。少為縣吏都亭刺佐，後為督郵，復為郡西門亭長，四為郡功曹，五辟豫州，六辟三府，再辟大將軍。司空黄瓊辟選理劇，補聞喜長，宰聞喜半歲；復再遷除太丘長，故號『太丘』。與子紀、諶並著高名，時號『三君』。又與同邑鍾皓、荀淑、韓韶以清高有德行聞名於世，合稱為『潁川四長』。《後漢書》即以四人合傳（見卷六十二）荀淑，字季和，潁川潁陰（今許昌魏都區）人，荀卿十一世孫，官至朗陵侯相，辦事明斷，時稱『神君』。其子八人，皆才學出衆，譽稱『八龍』。陳、荀二人志同道合，交往甚密。一日，陳寔攜子二人及小孫陳群，拜訪荀淑。淑設宴款待，八子（儉、昆、靖、燾、任、爽、肅、敷）侍陪，兩家歡樂至極。此時，朝中太史夜觀天象，説衆德星相聚，於是奏稱『德星聚奎，其五百里内有賢人焉』。漢靈帝派人查訪，知是退隱的陳寔率子孫与荀淑等人游於許昌西湖。漢靈帝遂在許昌西湖敕建『德星亭』。自此以後，陳氏族人便以『德興』或『聚德』為堂號，綿延不絕。自本詩正文以下至《題芸窗夜讀卷》中『箕裘是所欽』，底本缺頁，今據『胸抄本』補。

②高節：高尚的節操。

③雲孫：泛指遠孫。

④禎祥：吉祥的徵兆。

⑤芝蘭：芷和蘭。皆香草。比喻優秀子弟。芝，通『芷』。牣（rèn）：盈滿，充塞。

⑥攀桂：攀援或攀折桂枝。比喻科舉登第。

題孫醫士存仁堂卷①

卜築京華歲已深②，秖儲良藥不儲金。傳家總是活人術，種德寧忘濟物心。夜火丹還常伏虎，春風杏熟自成林③。從知思邈仙源遠④，又見雲仍重至今⑤。

【注釋】

①孫醫士，太医院医士，生平不詳。楊榮有《存仁堂為孫太醫題》：『人為萬物靈，具此惻隱心。存之有其要，勿為物欲侵。是心一云喪，不異獸與禽。孫氏世業醫，利濟恩惠深。施藥不圖報，恪守厥祖箴。以茲種陰德，芥視千黃金。春意妙流動，盎然滿胸襟。杏花爛雲日，橘葉敷繁陰。懷哉蘇與董，此術無古今。願言保終始，允矣人所欽。』（《文敏集》卷三）楊士奇有《存仁堂》：『肘後名方直百金，越人帶下業精深。功多爲有江湖跡，世遠皆存天地心。橘葉香浮蘇氏井，杏花春藹董家林。鳳樓東畔新堂構，大扁光華衆所欽。』（《東里續集》卷五十九）據此推知，此詩作於孫醫士存仁堂新構成之時。

②卜築：擇地建築住宅，即定居之意。

③『春風』句：相傳三國吴董奉隱居廬山，爲人治病不取錢，但使重病癒者植杏五株，輕者一株，積年蔚然成林。後因以『杏林』代指良醫，並以『杏林春滿』、『譽滿杏林』等稱頌醫術高明。

④思邈：孫思邈，唐朝京兆華原（今陝西耀縣）人，著名的醫師與道士，被後人譽爲『藥王』。

⑤雲仍：遠孫。

題高漫士雲山圖①

白雲縹緲亂山深②，最喜幽棲傍翠岑③。茅屋幾家松柏暗④，石梯數里薜蘿侵⑤。門前流水通南浦，村外長橋接遠林。有客抱琴何處至？秖知來共歲寒心。

【注釋】

①高漫士，指高棅（bǐng）（1350—1423）。字彥恢，後改名廷禮，號漫士，福建長樂縣（今屬福州市）人。永樂初以布衣徵爲翰林待詔，遷典籍。閩中十才子之一，其詩、書、畫時人稱爲『三絶』，藝術成就甚高。書法推崇米芾，山水畫學元人高房山，筆力蒼古，墨氣秀潤，自成一家。臨摹方壺的煙雲山水畫，尤其精妙絶倫。論詩主唐音，所撰《唐詩品匯》爲明初詩歌復古的里程碑，也是中國文學的重要評論著作。另著有《嘯台集》、《水天清氣集》、《唐詩拾遺》、《唐詩正聲》。《御定歷代題畫詩類》、《御選宋金元明四朝詩》、《明詩綜》均收録此詩，異文較多。

②山深：『深山』的倒裝。

③幽棲：幽僻的棲止之處。指隱居的地方。棲：《明詩綜》作『居』。翠岑：蒼翠的山峰。岑，山小而高。

④柏：《明詩綜》作『栝』。暗，《明詩綜》作『繞』。

⑤數里：《明詩綜》等作『五丈』。薜蘿：薜荔和女蘿。兩者皆野生植物，常攀緣於山野林木或屋壁之上。

題芸窗夜讀卷①

月轉芸窗寂，藏修足用心。千金酬一刻②，尺璧易分陰。散帙盈緑几，垂帷整素襟。焚膏情正適③，繼晷趣彌深④。咫尺親賢哲，蒐羅貫古今。助勤思警枕⑤，喻理玩磨鍼⑥。舊得須紬繹⑦，新聞貴討尋。惜年猶水逝，恐墜若淵臨。紈綺非吾慕⑧，箕裘是所欽⑨。三餘無廢日⑩，五夜振琅音⑪。席上從知聘，城南何用吟。雲霄看顯達⑫，宫桂鬱森森。

【注釋】

①芸窗，指書齋。

②『千金』二句：都是形容時光的珍貴。俗語云：『一寸光陰一寸金，寸金難買寸光陰。』尺璧，直徑一尺的璧玉。言其珍貴。《淮南子·原道訓》：『聖人不貴尺之璧，而重寸之陰，時難得而易失也。』

③焚膏：指夜間繼續工作或學習。

④繼晷：指夜以繼日。唐韓愈《進學解》：『焚膏油以繼晷，恒兀兀以窮年。』

⑤警枕：用圓木做的枕頭，熟睡則攲動，容易覺醒。《禮記·少儀》『茵、席、枕、几、熲』鄭玄注：『熲，警枕也。』孔穎達

疏：云『潁警枕也者，以經枕外别言潁，潁是潁發之義，故爲警枕』。

⑥磨針：意指肯下功夫。取『若要功夫深，鐵杵磨成針』之意。

⑦紬繹：引出端緒。引申為闡述。

⑧紈綺：精美的絲織品。引申爲富貴安樂的家境。

⑨箕裘：比喻祖上的事業。詳卷二《送蕭江》。

⑩三餘：泛指空閒時間。

⑪五夜：即五更。琅音：指讀書聲。

⑫顯達：顯赫聞達。

題草閣清吟圖①

草閣清吟圖，西昌蕭君某②，即其鄉所居之景爲之也。爲鴻臚序班③，以書翰與事中書④，予嘗識之。秩滿，今補山西藩司幕職⑤，求題於予，爲書之。

高人托佳趣⑥，卜築青山隈。草閣構新成，寥閴何幽哉⑦。千峰羅綺屏，萬頃波縈回。嘉木雜修篁，繁陰翳庭階⑧。南薰洞蓁薄⑨，六月絶炎埃⑩。簷前暑雨霽，鳥鬪蟬聲哀。憑闌一遐覽⑪，觸目興吾懷。揮毫落雲牋⑫，璀璨盤瓊瑰⑬。藻麗窮洪纖⑭，豪氣轟霆雷。上以薄風騷⑮，顔謝尤兼該⑯。縱思浩無極，清尊時復開⑰。真謂羲皇人⑱，追往栗里儕⑲。眷茲悠賞心，塵慮爲寒灰⑳。他日謝冠纓㉑，還歌歸去來㉒。

【注釋】

① 標題底本無，據目録補。

② 西昌：指江西泰和縣。三國時吴置西昌縣。隋改為安豐，尋改為太和。故城在今泰和縣西。

③ 鴻臚序班：鴻臚寺官員。鴻臚寺，是明代掌管朝會、筵席、祭祀贊相禮儀的機構。

④ 書翰：文字。

⑤ 藩司：明清時布政使的别稱。主管一省民政與財務的官員。幕職：地方長官的屬吏，因在幕府供職，故稱。

⑥ 高人：志行高尚的人。多指隱士、修道者。

⑦ 寥閴（qù）：亦作『寥闃』。寂靜。

⑧ 庭階：庭院。

⑨ 南薰：指從南面刮來的風。蓁薄：茂密的草叢。

⑩ 炎埃：暑熱。

⑪ 闌：門前柵欄，欄杆。遐覽：遠望。

⑫ 雲牋：亦作『雲箋』。有雲狀花紋的紙。

⑬ 璀瑑：光彩絢麗。瓊瑰：比喻美好的詩文。

⑭ 洪纖：大小，巨細。

⑮ 風騷：指《詩》中的《國風》和《楚辭》中的《離騷》。借指詩文。

⑯顔謝：南朝宋詩人顔延之與謝靈運的並稱。《宋書・顔延之傳》：『延之與陳郡謝靈運俱以詞彩齊名，自潘嶽、陸機之後，文士莫及也，江左稱顔謝焉。』

⑰清尊：酒器。借指清酒。

⑱羲皇人：伏羲時人。羲皇，指伏羲氏。古人想像羲皇之世其民皆恬静閑適，故隱逸之士自稱羲皇上人。

⑲栗里：地名。在今江西省九江市西南。陶潛曾居於此。儕：輩，類。

⑳寒灰：猶死灰。比喻不生欲望之心或對人生已無任何追求的心情。

㉑謝冠纓：指辭官。

㉒歸去來：指東晉陶淵明所作辭賦篇名《歸去來兮辭》。《晉書・隱逸傳・陶潛》：『執事者聞之，以爲彭澤令……郡遣督郵至縣，吏白：「應束帶見之。」潛歎曰：「吾不能爲五斗米折腰，拳拳事鄉里小人邪！」義熙二年解印去縣，乃賦《歸去來》。』後用以歸隱之典。

題梅贈趙司業①

老樹西湖姿，託根璧水涯。開花冰雪鄉，萬玉凝瓊枝。素豔豈逞媚，貞心孰與期。夙契廣平好②，仍堪和靖怡③。玄冥肅嚴令④，皓月臨清池。群卉隕寒沍⑤，孤標時自持⑥。蹊下有桃李，朝日借涵滋。春風結佳實，終當和鼎彝⑦。

【注釋】

①趙司業，當指趙琬，字叔琰。南直隸常州府武進（今屬江蘇常州）人。永樂九年（1411）舉人，授教諭，陞翰林待詔。未幾，陞國子監司業，官終右春坊右諭德。趙琬畫梅竹知名當世，其别號『梅』（《别號録》卷八），楊士奇有《題趙琬司業竹》二首，亦可佐證。

②廣平：指晉周處。因其曾任廣平太守，故稱。周處（238—299），字子隱。東吴吴郡陽羨（今江蘇宜興）人。周處年少時曾為禍鄉里，後改過自新，留下『周處除三害』的傳説。

③和靖：指林逋，北宋人。隱於杭州西湖孤山，不娶，種梅養鶴以自娱，人謂之『梅妻鶴子』，後世常以『逋仙』稱譽之。

④玄冥：神名，冬神。《禮記·月令》：『（孟冬、仲冬、季冬之月）其帝顓頊，其神玄冥。』嚴令：寒冷的時節。

⑤孤標：指山、樹等特出的頂端。形容人品行高潔。

⑥寒沍（hù）：嚴寒凍結，極寒。

⑦『春風』二句：指梅樹上結的梅子，可以調味。鼎彝，古代祭器。

題周侍郎墨梅①

萬木寒僵雀不譁，滿林春意是誰家？須知一種調羹味，先作江南萬樹花。

【注釋】

①周侍郎，指周忱(1381—1453)。字恂如，號雙崖。江西吉水縣(今屬吉安市)人。永樂二年(1404)進士。選庶吉士。永樂三年，成祖擇二十八人，令進學文淵閣。忱自陳年少乞預，成祖嘉其有志，許之。尋擢刑部主事，進員外郎。忱有經世才，浮沉郎署二十年，人無知者，獨夏原吉奇之。洪熙元年(1425)，遷越府長史，以善理財知名。宣德五年，因楊榮薦舉出任工部右侍郎，巡撫江南。創立平米法，總督稅糧、漕運、營造等。偕蘇州知府況鍾奏請減免重賦。歷宣德、正統兩朝，在江南凡二十年，惠政大著，諸所建明，皆著為令。景泰二年(1451)，以工部尚書致仕。景泰四年十月卒，謚『文襄』。有《雙崖集》。《明史》有傳。

題梅寄深州宋太守①

逋仙寫出江南景②，爲寄房淵五馬侯③。願得清標同意味，不慚何遜在揚州④。

【注釋】

①深州，明屬北直隸真定府，在今河北省深州市。宋太守，生平履歷不詳。

②逋仙：指北宋林逋。見本卷《題梅贈趙司業》注。

③五馬侯：指太守。漢時太守乘坐的車用五匹馬駕轅，因用『五馬』借指太守的車駕。

④何遜：字仲言，東海郯（今山東蒼山縣）人。南朝梁詩人。八歲能詩，弱冠州舉秀才，官至尚書水部郎。有集八卷，今失傳，明人輯有《何水部集》一卷。《初學記》卷二十八載其《咏早梅詩》（一云《揚州法曹梅花盛開》）：『兔園標物序，驚時最是梅。銜霜當路發，映雪擬寒開。枝横卻月觀，花繞淩風台。朝灑長門泣，夕駐臨邛杯。應知早飄落，故逐上春來。』杜甫《和裴迪登蜀州東亭送客逢早梅相憶見寄》中稱『東閣官梅動詩興，還如何遜在揚州』。

題竹贈鄒員外宜①

孤標勁節出林間，獨飽風霜傲歲寒。料得粉闈公事少②，揮毫常對此君看。

【注釋】

①鄒宜，江西吉安府廬陵縣（今屬吉安市）人。宣德二年（1427）進士。授行人。

②粉闈：尚書省的別稱。

怪石幽篁①

孤峰峭立何瑰奇②，蘚護苔封歲亦遲。不是此君多意味，世間俗士詎能醫。

【注釋】

①幽篁，指幽深的竹林。

②瑰奇：美好特出。

枯木竹石

古木淩寒竹塢深，半岩蒼翠濕清陰。何當便作林泉客①，歲晚來遊共此心。

【注釋】

①林泉客：指隱士。

題竹四首

春到瀟湘淑氣多①，斑斑蒼玉欲成柯。何當截作伶倫管②，奏向虞廷表泰和③。

【注釋】

①瀟湘：湘江與瀟水的並稱。多借指今湖南地區。淑氣：温和之氣。

②伶倫管：指竹樂器。伶倫，傳説爲黄帝時的樂官。古以爲樂律的創始者。

③虞廷：指虞舜的朝廷。代稱政治清明的朝代。

長養乾坤雨露深，笋能成幹葉成陰。晉賢有意同尊俎①，應待巾車話素心②。

【注釋】

①晉賢：指『竹林七賢』。魏正始年間，嵇康、阮籍、山濤、向秀、劉伶、王戎及阮咸七人，常在當時的山陽縣（今河南輝縣、修武一帶）竹林之下，喝酒、縱歌，肆意酣暢，世謂竹林七賢。尊俎：盛酒肉的器皿。尊，盛酒器；俎，置肉之几。用爲宴席的代稱。

②巾車：有帷幕的車子。素心：本心。

緑繞亭臺萬萬枝，客來共賞習家池①。醉歸何處西風急，正是瀟湘夜雨時。

【注釋】

①習家池：一名高陽池。在湖北襄陽峴山南。《晉書·山簡傳》：『簡鎮襄陽，諸習氏荊土豪族，有佳園池，簡每出遊

嬉，多之池上，置酒輒醉，名之曰高陽池。』後多借指園池名勝。

霏霏玉屑壓琅玕①，好景吟詩得句難。獨理絲桐寄閑趣②，此君相對不知寒。

【注釋】

① 琅玕：似珠玉的美石。

② 絲桐：指琴。古人削桐爲琴，練絲爲絃，故稱。

題竹

一川煙雨簇琳瑯①，小院風生六月涼。坐對不知塵慮遠②，卻疑身世在篔簹③。

【注釋】

① 琳瑯：精美的玉石。借指美好的事物。

② 塵慮：猶俗念。

③ 篔簹（yúndāng）：一種皮薄、節長而竿高的竹子。

翠玉亭亭只數柯，南薰纔入舞婆娑。清標自足供吟思①，絶勝渭川千畝多②。

【注釋】

① 清標：清美出衆。

② 渭川：即渭水。亦泛指渭水流域。

題畫竹

一川煙雨畫生寒，舞鳳〔衤麗〕褷濕翠翰①。天上歸來春正好，幾回吟咏倚闌看。

【注釋】

① 〔衤麗〕褷(líshī)：離披散亂的樣子。翠翰：碧色的翅羽。

題梅

鐵榦蒼皮冰玉姿，芳菲獨在歲寒時。八閩地暖春先到[①]，畫省須看第一枝[②]。

右墨梅不知何人作，翰林編修謝重器持贈牧伯方公[③]，且求余題。余嘗識公，知其爲老成人，盖老而其操愈勵者，必將有以自覎於兹云。

【注釋】

① 八閩：福建省的别稱。福建古爲閩地。宋時始分爲八個府、州、軍，元代分爲福州、興化、建寧、延平、汀州、邵武、泉州、漳州八路，明代改八路爲八府，因有八閩之稱。

② 畫省：指尚書省。

③ 謝重器：謝璉。見卷二《送謝編修省母》注。

寒梅雙鵲

冰姿霜節歲寒開[①]，已報陽和地下回[②]。雙鵲飛來緣底事[③]？聲聲報喜自天來。

【注釋】

①冰姿：淡雅的姿態。霜節：猶霜操。堅貞的節操。

②陽和：春天的暖氣。借指春天。

③底事：何事。

題葡萄

纍纍紫乳碧藤長，萬顆匀含玉露香。浪説涼州多異味①，何如金盌賜瓊漿②。

【注釋】

①浪説：漫説，別説。涼州：今甘肅省武威。

②瓊漿：仙人的飲料。比喻美酒。

題畫秋景

一色秋天靜，登臨眼界寬。孤舟横野渡①，茅屋隔層巒。捲幔看巖瀑②，圍棊坐石灘。夕陽歸興懶，紅樹最堪觀③。

【注釋】

①野渡：荒落之處或村野的渡口。

②幔：幕布。

③紅樹：指經霜葉紅之樹，如楓樹等。

題畫①

倛顔相軀②，昂裾引祛③。奮迅若趨④，企眄望舒⑤。其所爲也，吾不知其何居；盖脱靈於度索⑥，而禳祓於庭除⑦。

【注釋】

①本詩所題何畫不清楚，據内容，當是人物畫。

②倛(qī)：古代驅除疫鬼時用的面具。又叫倛頭。

③裾(jū)：衣服的前後襟。亦泛指衣服的前後部分。祛(qū)：除去，消除。

④奮迅：形容鳥飛或獸跑迅疾而有氣勢。

⑤望舒：神話中爲月駕車的神。借指月亮。

⑥度索：即度索君，神名。

⑦禳祓(rángfú)：除邪消災的祭祀。庭除：庭院。

佹乎其形[①]，威乎其靈。攘臂怒睛[②]，若嘯若憑。若其狀也，吾不可得而名；若其所以然也，則將問諸丹青[③]。

【注釋】

①佹(guǐ)：乖戾。

②攘臂：捋起衣袖，伸出胳膊。常形容激奮的樣子。

③丹青：丹砂和青雘，可作顔料。代稱畫工。

帳

低垂紅錦密，高掛紫綃輕[①]。寶鴨香頻爇[②]，羊羔酒謾傾。

【注釋】

①綃（xiāo）：薄的生絲織品；輕紗。

②寶鴨：即香爐。因作鴨形，故稱。爇：同「焫（ruò）」。燒，焚燒。

紙帳

輕明低覆斗，細皺薄生紋[①]。疑是圍寒雪，渾如臥白雲。

【注釋】

①皺：衣、物等經折疊而顯出痕跡。

被

吴綾裁處美[①]，蜀錦製來新[②]。臥暖渾無臘，眠安總是春。

【注釋】

①吴綾：古代吴地所産的一種有紋彩的絲織品，以輕薄著名。

②蜀錦：指四川生産的彩錦。

紙被

非爲丞相詐，特愛楮生香①。捲處潮翻席，舒時月滿床。

【注釋】

①楮（chǔ）：指紙。楮皮可制皮紙，故有此代稱。

履

飾足形猶古，裁羅樣更新①。躡珠多貴客，行雪有貧人。

【注釋】

①羅：稀疏而輕軟的絲織品。

屐

歷歷金爲齒①，硜硜木作形②。遊山應適意，涉徑最便輕。

【注釋】

① 歷歷：排列成行。

② 硜硜：象聲詞。形容行走聲。

錦

織文從禹貢①，奇樣出秦川②。挑字工偏巧，濯江色更鮮。

【注釋】

① 禹貢：《尚書》中一篇，分天下爲九州。

② 秦川：古地區名。泛指今陝西、甘肅的秦嶺以北平原地帶。因春秋、戰國時地屬秦國而得名。

舟

制作三皇始①，周流萬古通。已爲浮海具，尤有濟川功。

【注釋】

①三皇：傳説中上古三帝王。

漁舟

孤帆依岸渚①，一葉泛汀洲②。舉網驚飛鷺，鳴榔起宿鷗③。

【注釋】

①岸渚：即岸邊。

②汀洲：水中小洲。

③鳴榔：敲擊船舷使作聲。用以驚魚，使入網中。或爲歌聲之節。榔，用以擊打船舷發聲的木棒。

釣竿

坐把絲綸繫①，行看香餌投。富春終避漢②，渭水已興周③。

【注釋】

①絲綸：釣絲。

②『富春』句：用嚴光隱居之典。嚴光，字子陵，會稽餘姚（今浙江餘姚）人。原姓莊，因避東漢明帝劉莊諱而改姓嚴。少有高名，與劉秀一起遊學。其後助劉秀起兵。劉秀稱帝後，多次延聘他，但他隱姓埋名，退居富春山。

③『渭水』句：傳説西周姜太公釣於渭，被周文王聘請，後輔佐武王伐紂興周。

車

軒皇初作古①，商制最爲中。駟乘輸兵賦②，蒲輪召隱翁③。

【注釋】

①軒皇：即黄帝軒轅氏。車，相傳是黄帝時發明的。

②駟乘：指一車四馬。

③蒲輪：指用蒲草裹輪的車子。轉動時震動較小，古時常用於封禪或迎接賢士，以示禮敬。

聞霑卹典①

聞霑卹典，獨坐偶成二律，再和前韻。録奉苗、高二先生②，發一盧胡耳③。

十二年來住破房，構成那有一旬長。垣墉齊敗波猶洶④，瓴甋斜傾夜未央⑤。地闊何從容庋槅⑥，年豐誰信缺餱糧⑦。寒酸大抵多前定，笑斷朱樓公子腸⑧。

【注釋】

①卹典，是指朝廷對去世官吏分别給予輟朝示哀、賜祭、配饗、追封、贈謚、樹碑、立坊、建祠、恤賞、恤蔭等的典例。標題據目録補。

②苗、高二先生：指苗夷、高穀。二人與馬愉同時入閣。

③盧胡：笑聲發於喉間。

④垣墉：牆。

⑤瓴甋(língdì)：磚。

⑥庋(guǐ)槅：放東西的架子。

⑦餱(hóu)糧：食糧，乾糧。

⑧朱樓：富麗華美的樓閣。

病來愁卧幾曾醒，沉灶頹垣失所寧。詹尹若能推卜筮⑨，醫和何必用參苓⑩。願逢年穀秋多熟，甘處柴關夜不扃⑪。況復九重施卹典⑫，好同勤切祝三靈⑬。

【注釋】

⑨詹尹：古卜筮者之名。

⑩醫和：春秋時秦國良醫。醫爲職業稱謂，和是名字。參苓：中藥名。人參與茯苓。有滋補健身的作用。

⑪柴關：柴門。指寒舍。扃(jiōng)：關閉。

⑫九重：指天子。

⑬三靈：指天、地、人。

林間行讀

適興依林樾①，逍遥樂此心。緗囊隨杖屨②，緗帙散光陰③。賢聖遺風遠，鳶魚至理深④。高懷千古上，自不染塵襟⑤。

【注釋】

①適興：遣興。林樾：林木，林間隙地。

②緗囊：絹袋。

③緗帙：淺黄色書套。亦泛指書籍、書卷。

④鳶魚：『鳶飛魚躍』的省稱。《詩經·大雅·旱麓》：『鳶飛戾天，魚躍于淵。』後以『鳶飛魚躍』指萬物各得其所。

⑤塵襟：世俗的胸襟。

漁樵問答

生計烟波與碧岑①，白雲深處有知音。相逢一笑斜陽暮，説盡紅塵萬古春②。

【注釋】

①碧岑：青山。

②紅塵：指人世。

坐石觀泉

聞説匡廬萬丈峰①，峰前飛瀑似垂虹。欲尋濯足知何地？卻見湍聲落望中。

【注釋】

①匡廬：指江西的廬山。相傳殷周之際有匡俗兄弟七人結廬於此，故稱。

題高節淩雲①

揮毫拂生綃②，寫出瀟湘景③。落落碧玉莖④，直節一竿挺。昂藏淩紫虚⑤，臨風力逾勁。明月當窗軒⑥，扶踈散清影⑦。只疑鳳翔下，奇毛銜鮮整⑧。鏘然振瑶華⑨，飛上丹山頂。

【注釋】

①本詩當爲一幅畫竹之畫而題咏。高節，指高聳的竹竿。竹有節，故稱。

②生綃（xiāo）：未漂煮過的絲織品。古時多用以作畫，因亦以指畫卷。

③瀟湘：指湘江。因湘江水清深故名。

④落落：稀疏，零落。

⑤昂藏：氣度軒昂。紫虚：天空。因雲霞映日而天空呈紫色。

⑥窗軒：窗户。

⑦扶疏：枝葉繁茂分披的樣子。

⑧鮮整：鮮明整齊。

⑨鏘然：形容金寶珠玉等聲音清脆。瑶華：玉白色的花。

澹軒文集校注

【卷之四】

贊

吴處士像①

衣冠古雅②，襟度雍容③。粹乎其外，耿乎其中④。味道腴於至理⑤，備行義於厥躬。擇仁義以爲居，厚倫理而全宗。噫！玉韞璞而山輝木潤⑥，若人任師表於鄉也，安得不長夫仁厚之風。

【注釋】

①吴處士，不詳所指。

②古雅：古樸雅致。

③襟度：襟懷與氣度。

④耿（gěng）：光明，照耀。

⑤腴：豐厚，富裕。

⑥韞（yùn）：藴藏。

寒山像①

空山寄食②，寒巖隱跡。咲月吟風③，顛狂莫識。豐干饒舌④，泄我神密⑤。遁身石罅，山完無隙。

【注釋】

① 寒山：唐代長安（今西安）人，出身於官宦之家，多次投考不第，出家爲僧，三十歲後隱居於浙東天臺山，因自號寒山子。善爲詩，有《寒山詩集》。

② 寄食：依附别人生活。

③ 咲：同『笑』。

④ 『豐干』二句：豐干，又作封干，唐代高僧，居天臺山國清寺，與寒山友善。寒山的名望，是豐干向外透露的，故曰：『豐干饒舌，泄我神密。』

⑤ 石罅（xià）：石縫。罅，裂縫，縫隙。

素心廖先生像①

襟度瀟洒，氣貌端凝②。後生楷範③，鄉里儀刑④。教子登二卿之貴，致身膺鸞誥之榮⑤。享禄養之豐裕⑥，樂壽域之康寧⑦。盖好德之實，固有以備諸己；而行義之著，尤有以示法於雲仍者耶⑧！

【注釋】

① 廖先生，指廖莊之父廖孟素。廖莊，字安止，號東山。江西吉水縣（今屬吉安市）人。宣德五年（1430）進士。八年，選庶吉士。歷事六科，英宗初，授刑科給事中。正統八年（1443）八月，授大理寺左寺丞，十一年十一月，遷南京大理少卿。天順五年（1461），擢禮部右侍郎，改刑部。成化初，召為刑部左侍郎。逾年卒。贈尚書，謚『恭敏』。《明史》有傳。

② 端凝：莊重。

③ 楷範：典範，模範。

④ 儀刑：楷模，典範。

⑤ 鸞誥：天子封贈之辭。

⑥ 禄養：以官俸養親。古人認爲官俸本爲養親之資。

⑦ 壽域：指人人得盡天年的太平盛世。

⑧雲仍：亦作『雲礽』。遠孫。比喻後繼者。

廖母黎恭人像①

生於華族②，歸於名家③。孝敬著聞，柔慈孔嘉④。主中饋惟崇乎儉勤⑤，治衣服不近於靡奢。得所天而遂偕老之願，因子貴而被命服之華⑥。是宜樂鼎俎之榮養⑦，而膺福祉於無涯也耶⑧！

【注釋】

①指廖莊之母黎氏。見前《素心廖先生像》注。恭人，明爲四品官員之妻的封號。如系贈封母或祖母，則稱太恭人。

②華族：高門貴族。

③歸：女子出嫁。

④柔慈：温和仁慈。孔嘉：非常美好。

⑤中饋：指家中供膳諸事。

⑥『貴』字：底本漫漶，據『晌抄本』補。命服：指官員及其配偶按等級所穿的制服。

⑦鼎俎：鼎和俎。

⑧福祉：幸福，福利。

忠孝二像①

千載風雲，一時魚水②。恢復炎祚③，慨任諸己。二《表》忠誠④，伊傅問比⑤。成功在天，人心無已。

【注釋】

①忠，從詩中所詠推測，『忠』當指諸葛亮。『孝』，似指李密（224—287）。密，又名虔，字令伯。三國蜀犍為郡武陽縣（今四川省彭山縣）人。幼年喪父，母親改嫁，由祖母劉氏撫養成人。密雖境遇不佳，但自幼好學，師從於譙周門下，博覽五經。早年曾任蜀尚書郎、大將軍主簿等職。蜀亡後，以奉養祖母為由，謝絕晉鄧艾之請，辭不出仕。泰始三年（267），晉武帝下詔徵密為太子洗馬，密又以照料年邁祖母為由，作《陳情表》，言辭懇切，感人至深，得晉武帝恩許。祖母亡故後，出任太子洗馬，官至漢中太守。

②魚水：比喻君臣相得。語本《三國志·蜀志·諸葛亮傳》：『（先主）於是與亮情好日密。關羽、張飛等不悦，先主解之曰：「孤之有孔明，猶魚之有水也，願諸君勿復言。」』

③炎祚：五行家稱劉漢以火德王，因以『炎祚』指漢的國統。三國蜀劉備自稱得漢之正統，故亦指蜀漢。

④二表：指諸葛亮的前後《出師表》。

⑤伊傅：伊尹和傅説的合稱。均爲商代賢相。

士有卓行，孑立無伍[①]。祖孫爲命，夙嬰艱阻。隱居終養，浮雲圭組[②]。偉哉斯人，高風萬古。

【注釋】

① 孑立：孤立。

② 浮雲：此處作視若浮雲意。語出《論語·述而》：『不義而富且貴，於我如浮雲。』圭組：印綬。借指官爵。

歌

青雲閣歌①

青雲之閣臨江滸[②]，歲月迢迢經幾許？貽謨垂訓由先圖[③]，偉矣裔孫繩祖武[④]。伊先有美號雪樓[⑤]，文物江南第一流。詞華已許超前代，纍纍旋復紹箕裘[⑥]。武岡再振家聲起[⑦]，肯構肯堂實所始[⑧]。大扁青雲顏厥楣，欲俾雲仍承此志[⑨]。山水嶸澄地高亢[⑩]，户牖玲瓏碧霄上。左圖右史足自娱[⑪]，刻晷蘭膏事幽惕[⑫]。廷儀十載躬栽培，致身早已依蓬萊[⑬]。昔日成均見脱穎[⑭]，作賓畫省稱清才[⑮]。官居恒有家山趣，不忘平生舊讀處。能令斯閣復一新，啓迪來葉光前續[⑯]。吁嗟程氏孫，子當自惟，燕歌游處非徒爲，詩書滿架樂朝夕，增輝遐躅期無涯，增輝遐躅期無涯。

【注釋】

①青雲閣，程南雲重修祖居並重新命名。程南雲，字清軒，號遠齋。江西南城縣人。永樂初，以能書與修《永樂大典》，授中書舍人。陞吏部稽勳司郎中兼翰林侍書，供職内閣。正統四年(1439)十一月，進太常寺少卿，十三年，轉寺卿。天順初致仕，二年(1458)正月卒。書工五體，尤精篆隸，為時所尚。正統初，奉命書長陵等碑。喜作雪梅、雪竹，極妙。歌，詩歌體裁的一種。

②江滸：江邊。

③垂訓：垂示教訓。

④裔孫：遠代子孫。繩：繼承。祖武：先人的遺跡、事業。武指步武，足跡。

⑤雪樓：程鉅夫(1249—1318)之號。鉅夫，元代江西建昌(今江西南城)人，祖籍郢州京山(今屬湖北)。初名文海，因避元武宗廟諱，改用字代名，號雪樓，又號遠齋。宋亡後入大都(今北京)，留宿衛。元世祖試以筆劄，改授應奉翰林文字，累官翰林學士承旨。歷仕四朝，號爲名臣。追封楚國公，謚『文憲』。有《雪樓集》三十卷。程南雲系程鉅夫玄孫。

⑥箕裘：比喻祖上的事業。詳卷二《送蕭江》注。

⑦家聲：家族世傳的聲名美譽。

⑧肯構肯堂：《尚書·大誥》：『若考作室，既厎法，厥子乃弗肯堂，矧肯構？』孔傳：『以作室喻政治也，父已致法，子乃不肯爲堂基，況肯構立屋乎？』後因以『肯堂肯構』或『肯構肯堂』比喻子能繼承父業。

⑨雲仍：比喻後繼者。

⑩高亢：指地勢高。與『低窪』相對。

⑪左圖右史：周圍都是圖書。謂嗜書好學。

⑫蘭膏：古代用澤蘭子煉製的油脂。可以點燈。

⑬致身：《論語·學而》：『事父母能竭其力，事君能致其身，與朋友交言而有信。』原謂獻身。後用作出仕之典。蓬萊：蓬蒿草萊。借指草野。

⑭成均：古之大學。泛稱官設的最高學府。這裏指國子監。

⑮畫省：指尚書省。清才：卓越的才能。

⑯來葉：後世。

小瀛洲歌　爲吏部王尚書行儉題①

昔聞三神山②，溟渤五萬里③。今看圖畫中，曾何盈尺咫。圓嶠方壺疑可數④，瓊島千峰出煙霧⑤。靈槎遥通銀漢來⑥，下瞰丹丘猶指顧。朝陽初上雲霞明，紫芝瑶草環敷榮⑦。金闕玉闕常不扃⑧，箇中人物皆長生。爲咲昔人何太愚，欲因方士探其區⑨。徐市樓船卒莫返，遂令瀛洲想像成虚無。東華甲第連霄漢⑩，圖書牣積逾東觀⑪。唐室何勞重鄴侯⑫，襄陽米氏徒夸誕⑬。畫省歸來豁懷抱⑭，同遊更有商顔皓⑮。對酌常分沆瀣杯⑯，供盤屢薦安期棗⑰。主人況是方士裔，身近蓬萊託所地。常把天章五色文，散向人間作清氣⑱。

【注釋】

①吏部王尚書行儉，即王直。見卷前《澹軒歷受誥詞》注。楊榮《小瀛洲詩序》：『禮部侍郎兼翰林侍讀學士西昌王君行儉，官於朝者幾四十年，清修力行，於凡天下瓌奇珍麗、丁妙可喜之物，人所甚好而寶重之者，一無所欲。而獨積經史圖籍、古今百家之書，多至數千百卷，於居後創一軒以藏之。軒静深閟廓，絶喧囂而脱埃氛。君於公退則峩冠正襟，焚香端坐其間，欲其有所披閲研究，隨取而得無一不具焉。嘗言：「漢時學者稱東觀為老氏藏室、道家蓬萊山者，以幽經祕籙無不在故也。斯軒雖小，而所藏之書幾於東觀，因名之曰小瀛洲。」學士大夫聞者，咸發諸賦詠。』（《文敏集》卷十一）

②三神山：傳説東海中仙人所居之山，即蓬萊、方丈、瀛洲。

③溟渤：溟海和渤海。多泛指大海。

④方壺：傳説中神山名。一名方丈。

⑤瓊島：傳説中的仙島，仙人的居所。

⑥靈槎：能乘往天河的船筏。典出晉張華《博物志》卷十：『近世有人居海渚者，年年八月有浮槎去來，不失期，人有奇志，立飛閣於槎上，多齎糧，乘槎而去。』

⑦敷榮：開花。

⑧金闕：道家稱天上有黄金闕，爲仙人或天帝所居。玉闕：傳説中天帝、仙人所居的宫闕。扃(jiōng)：關閉。

⑨方士：方術之士。古代自稱能訪仙煉丹以求長生不老的人。

⑩東華：傳説仙人東王公又稱東華帝君，省稱『東華』。

⑪牣（rèn）積：堆積。牣，充塞。東觀：東漢洛陽南宫内觀名。東漢明帝詔班固等在此修撰《漢記》，書成名爲《東觀漢記》。章、和二帝時爲皇宫藏書之府。後因以稱國史修撰之所。

⑫鄴侯：唐李泌累封鄴縣侯，家富藏書。後用為稱美他人藏書衆多之典。

⑬襄陽米氏：米芾（1051—1107），字元章，號襄陽漫士、海岳外史、鹿門居士。祖籍山西太原，後定居江蘇鎮江。因個性怪異，舉止顛狂，遇石稱兄，膜拜不已，因而人稱『米顛』。宋徽宗詔爲書畫學博士，人稱『米南宫』。米芾能詩文，擅書畫，精鑒别，集書畫家、鑒定家、收藏家於一身，是『宋四書家』之一。

⑭畫省：指尚書省。

⑮商顔皓：指商山四皓，簡稱『四皓』，秦末隱士東園公、夏黄公、綺裏季、甪裏四人，因避秦亂世而隱居商山，采芝充饑，四人年皆八十多歲，鬚眉皓白，世稱爲商山四皓。

⑯沆瀣（hàngxiè）：夜間的水氣，露水。指仙人所飲。

⑰安期棗：傳説中的仙果名。《史記·封禪書》：『臣嘗遊海上，見安期生，安期生食巨棗大如瓜。』後因有『安期棗』之稱。

⑱清氣：引申爲光明正大之氣。

題怪石幽竹①　六言

翠玉臨庭瀟洒，蒼巖當户崔嵬②。棲息便爲安穩，何勞原上悲哀。

【注釋】

①此詩手跡存，題作《題怪石幽竹》。底本目録無「題」字，據補。

②崔嵬：高聳的樣子。

銘

公勤堂銘①

刑部侍郎楊侯彦謐，采褒嘉語，名其堂曰「公勤」。盖欲視警，以求乎不負也。間以求言，故爲銘以相之。銘曰：

善事服衆，匪公弗得。樹勳立業，匪勤不克。克己循理，公孰與儔。無倦匪懈，勤孰與侔②。是以君子，務其在己。天爵既修③，人爵自至。有偉楊侯，公勤名堂。副以吾力，褒自綸章④。《書》戒滅私⑤，《易》勉不息⑥。積善有慶⑦，惠迪乃吉。⑧昔聞其語，今見斯人。騤騤夙夜⑨，造何可倫⑩。

【注釋】

①公勤堂，楊寧的堂號。寧（1400—1458），字彦謐，南直隸歙縣（今屬安徽黄山市）人。宣德五年（1430）進士。授刑部主事，機警多才能，負時譽。正統初年，隨尚書魏源巡視宣大。正統四年（1439）隨都督吴亮征討麓川（今雲南省瑞麗市）。正統六年，再隨兵部尚書王驥平亂，以功陞刑部右侍郎。後巡撫江西，未幾召爲禮部尚書，以足疾改南京刑部。致仕卒。銘，文體的一種。古代常刻於碑版或器物，或以稱功德，或用以自警。《明文衡》卷十八收録此文，據以參校。

②侔（móu）：齊等，相當。

③天爵：天然的爵位。指高尚的道德修養。因德高則受人尊敬，勝於有爵位，故稱。《孟子·告子上》：『仁義忠信，樂善不倦，此天爵也；公卿大夫，此人爵也。』

④綸章：即詔書。

⑤滅私：《尚書·周書·周官》：『凡我有官君子，欽乃攸司，慎乃出令，令出惟行，弗惟反。以公滅私，民其允懷。學古入官。議事以制，政乃不迷。』

⑥不息：《周易·乾卦·象》：『天行健，君子以自強不息。』

⑦積善：累積善行。《周易·坤》：『積善之家，必有餘慶；積不善之家，必有餘殃。』

⑧惠迪乃吉：《尚書·大禹謨》：『惠迪吉，從逆凶。』孔安國傳：『迪，道也。順道吉，從逆凶。』後因以『迪吉』表示吉祥，安好。

⑨騤騤：馬疾速奔馳的樣子。形容疾速。

⑩可倫：可比。

靜虚齋銘[1] 有序

湖廣僉憲方君[2]，觀省之餘[3]，問學不懈。嘗取周子之言[4]，名其齋居曰『靜虚』。至京求予題，是豈易言哉？夫靜虚者，無欲之謂也。蓋言作聖之事，豈常人可易言哉？君職風紀，日鞅掌於庶務[5]，其嗜學如此，而又以是榜之目前，蓋有知聖人心境之天[6]，明通公溥，豁然一物之無有。人當常加警省，不可自汩於物欲[7]，而不爲之振拔也。予推其義，而爲之銘曰：

湛彼太虚[8]，沖漠其如[9]。寂然不動，萬有乃俱[10]。人克厥天，物欲是祛[11]。光風霽月[12]，皦皦其初[13]。仰昔聖賢，曾巽庭除[14]。深藏不有，大智若愚。卓彼下學，自示廣居[15]。允矢攸蹈[16]，永惟敬且[17]。

【注釋】

①靜虚齋，方勉齋名。方勉，見卷二《送方御史出巡浙江》注。

②僉憲：僉都御史的美稱。明都察院置，分左、右，正四品，位次於正三品之左、右副都御史。

③觀省：觀察，觀看。

④周子：指周敦頤（1017—1073）。北宋哲理家。字茂叔，號濂溪，道州營道縣（今湖南道縣）人。曾官大理寺丞、國子博士。晚年知南康軍，治所在今星子縣城。曾遊覽廬山，為廬山的山水所吸引，因築室廬山蓮花峰下的小溪上，取營道故

居濂溪以名之，後人遂稱為濂溪先生。理學創始人之一。著作有《太極圖説》和《通書》等，後人編為《周子全書》。周敦頤認為，作為聖人之本的『誠』是『寂然不動』的，所以只有主靜才能達到與『誠』合一的境界，也才能『立人極』。而主靜（靜虛）在於『無欲』。所以，學聖之要在於『無欲』、『靜虛』。他説：『「聖可學乎？」曰：「可」。曰：「有要乎？」曰：「有」。「請問焉。」曰：「一為要。一者，無欲也。無欲則靜虛動直。靜虛則明，明則通；動直則公，公則溥。明通公溥，庶矣乎！」』（《通書·聖學第二十》）

⑤ 鞅掌：指職事紛擾煩忙。庶務：各種政務，各種事務。

⑥ 天：指天性与生命。

⑦ 汩（gǔ）：沉迷。

⑧ 太虛：指空寂玄奥之境。

⑨ 沖漠：虛寂恬靜。

⑩ 萬有：猶萬物。

⑪ 祛（qū）：除去，消除。

⑫ 光風霽月：形容雨過天晴時萬物明淨的景象。光風，雨後初晴時的風。霽，雨雪停止。

⑬ 皦皦：清白，光明磊落。

⑭ 庭除：庭院。

⑮ 廣居：宽大的住所。儒家用以喻仁。《孟子·滕文公下》：『居天下之廣居，立天下之正位，行天下之大道。』孙奭《疏》：『孟子言能居仁道以爲天下廣大之居。』朱熹《集注》：『廣居，仁也。』

⑯ 允：語氣助詞。矢：發誓。

⑰永惟：深思，常念。且(jū)：語氣詞，用於句末。

賦

禎槐堂賦①

伊惟相卜，乃洛東隅②。堂成三楹，面陽以居。匪雕甍而刻桷③，惟質儉而素如。蓋將于以展蒸嘗之敬④，于以聚宗族之娱。倏乃天報積善，坤載效靈⑤，爰有嘉禾，産于中庭。始穿庯而萌蘖⑥，忽挺直以峥嶸；匪栽培而自茂，不沃灌而滋榮。是木也，非杞，非梓，匪桃，匪梅，鍾德於火，其名曰槐。是爲虚星之精，寔兆位於公台。王氏三株，已見徵於美詠；竇家五桂⑦，於兹亦遜其材。榦排雪霜，枝撑風雨。高拂層霄，深蟠厚土。葉密密而雲屯，花蕤蕤而金吐⑧。幄成數畝之繁陰，涼卻三伏之炎暑。蓋以人事集慶，先物發祥，是生賢俊，厥家用昌。掇巍科以揚烈⑨，步烏基而耀芳。俯幼學而無愧，仰前修而有光。悲夫！靈椿已老⑩，槐則斯存；言念風木，感惕并臻。追肯構之惓惓⑪，景嚴訓之諄諄⑫，庶其保斯堂於永固，播休馨於後昆也⑬。

【注釋】

①禎槐堂，李賢《禎槐堂賦》云：『監察御史房君子儀，洛陽人也，其尊甫既構堂以居，忽有槐生其下，已而蓊然暢茂，子儀亦大顯。人以是槐為房氏積慶之兆，遂名其堂曰禎槐。』（《古穰集》卷二十）房子儀，即房威，字子儀。河南省河南府洛陽縣（今洛陽市）人。宣德二年（1427）進士。宣德八年八月，擢為廣東道監察御史。正統六年二月，授直隸保定府涞水縣（今屬河北）知縣。

②洛：指洛陽。東隅：東側。

③甍（méng）：屋脊，屋棟。桷（jué）：方形的椽子。

④蒸嘗：本指秋冬二祭。泛指祭祀。

⑤效靈：顯靈。

⑥庸：通『墉』，牆。萌蘖：植物開始萌芽。

⑦竇家五桂：五代竇禹鈞有五個兒子，家教甚嚴，文行並優，均先後中進士，時人贊爲『竇氏五龍』。

⑧蕤蕤（ruíruí）：茂盛的樣子。

⑨巍科：猶高第。古代稱科舉考試名次在前者。

⑩靈椿：古代傳説中的長壽之樹。比喻父親。

⑪肯構：『肯堂肯構』的省稱。比喻子能繼承父業。詳本卷《青雲閣歌》注。

⑫嚴訓：父訓，父命。

⑬後昆：後嗣，子孫。

記

恩榮堂記[1]

水之源淵洪湧溢，其流必派分而不息焉；木之本蟠固深厚[2]，其末必條達而日盛焉[3]。是之謂在物之理然耳。人道之生，必由乎祖宗之盛大，陰騭培植之深且厚故[4]。其胤嗣蕃衍[5]，續繼承傳，瓜瓞藆藆[6]，膺福履之駢集[7]，增門户之光耀。斯理的然[8]，猶旦之承夜，不可易者。今觀永豐聶萬紀氏所築之恩榮堂，其有徵乎？

聶，故邑之磊原鉅姓，既析之下市，又析古巷，子孫日長而益蕃，田業屢分而益增。萬紀之曾大父、大父暨考[9]，世習詩書，有隱行，重鄉里。萬紀夙謹孝弟，尤善治生。自古巷又析雙溪，居有園池之勝，沃壤之饒，廩庾日充[10]。日恒思以周不給[11]，凡官府有所徵斂營繕，必首先輸力供億，邑大夫每義之。與諸釋老之宫、通津之梁[12]，苟有敗圮而須葺焉者，即捐貲募役以成，念在濟人，不少靳[13]。有子四，諸孫茁然日長，皆教以孝弟禮義，俾修於家。

正統庚申⑭，江西歲薦饑⑮，會朝廷有勸分之令⑯，萬紀慨然曰：『積以自富，孰若散以與衆？矧周人之急，是吾志乎！』乃出粟二千石，輸於官。有司上聞，蒙賜敕褒其義，且旌門閭⑰。萬紀端拜而受。於是里閈姻戚⑱，扶老相慶。萬紀列俎繹觴以會之。乃謂諸子曰：『吾老矣，幸承先人餘澤，致有今日。而又爲太平之民，得以升斗之餘，益常盈之需，是效涓滴於滄海，致絶埃於岱嶽也。而蒙恩寵之加於衡茅⑲，吾何修而克任乎！』既以所居之中築堂數楹，以庋璽書⑳，而［顔］曰『恩榮』㉑。既而又曰：『上天雨露之施，纖荄必被㉒，而纖荄固無答於上天也。然而猶以蕭爲菻燎㉓，氣得上達。吾受朝廷恩光，不可不詣覲以謝。』將行，會以疾卒。有日煊者，其家嗣也。既治葬，乃承父志，墨縗上京師㉔，進名於大鴻臚㉕。達拜已，託其姻友國子生李光訓㉖，詣予求堂記，用述其事。

予曰：『噫！《書》云：「厥父□，厥子乃弗肯堂，矧肯構。厥父菑，厥子乃弗肯播，矧肯獲。」㉗蓋謂人子克紹父志爲難。日煊不遠數千里，齎亡父之命㉘，以畢蜉蝤答大化之心㉙。且求文以傳，圖其不泯，蓋欲增大先業，有匪但爲宜構肯獲者矣。』

予故爲之文，俾聶氏子孫觀而誦焉，知祖宗之傳有自㉚，陰騭培植之厚以致之。而萬紀行義之著，可爲家訓，永繩而弗替云㉛。

【注釋】

① 恩榮堂，江西永豐聶萬紀所築。正統五年（1440），聶氏以捐粟二千石助官，獲賜敕褒獎，為庋藏詔書，於所居之中築堂數楹，題曰『恩榮』。記，文體的一種。以叙事為主，兼及議論抒情和山川景觀的描寫。

②蟠固：根深柢固。
③末：樹梢。
④陰騭：陰德。
⑤胤嗣：後嗣，後代。蕃衍：繁盛衆多。
⑥瓜瓞(dié)：比喻子孫蕃衍，相繼不絶。
⑦福履：福禄。
⑧的(dí)然：明顯的樣子。
⑨曾大父：即曾祖父。大父：祖父。考：稱呼死去的父親。
⑩廩庾：糧倉。
⑪不給：供給不足，匱乏。
⑫通津：四通八達之津渡。
⑬靳：吝惜。
⑭正統庚申：正統五年(1440)。
⑮薦饑：連年災荒。
⑯勸分：勸導人們有無相濟。
⑰門閭：指鄉里、里巷。
⑱里閈：指鄉里。姻戚：猶姻親。
⑲衡茅：衡門茅屋，簡陋的居室。

⑳庋(guǐ)：置放，收藏。璽書：指皇帝的詔書。

㉑顔：底本脱，據『朐抄本』補。顔，指題字於匾額上。

㉒荄(gāi)：草根。

㉓焫(ruò)：同『爇』。燒，焚燒。

㉔墨縗(cuī)：黑色喪服。

㉕大鴻臚：專掌一般殿廷禮儀的官員。

㉖李光訓：生平履歷不詳。

㉗《書》云句：見《尚書·周書·大誥》。『厥父』二字，『朐抄本』作『若考作室，既厎法』，疑據《尚書》補。底本『厥父』下脱一字。

㉘齎(jī)：攜帶。

㉙蜉蝤：即『蜉蝣』。蟲名。幼蟲生活在水中，成蟲褐绿色，有四翅，生存期極短。比喻微小的生命。大化：指宇宙，大自然。

㉚有自：有其原因。

㉛繩：繼承。

寶善堂記①

吾邑干尚絅，爲(台)[邑]之著姓②。自其考公異父，嘗以『寶善』命其所居之堂。尚絅復構而新之，仍其舊扁以書③，請予記。

予不及識公巽父，而因其名堂，亦可知其賢矣。夫善人得乎天，所以爲明德之理也。古之聖賢，知善之在己，爲物欲昏之，其心業業然④，無時弗致謹懼，猶恐或失而忘之；於所居户牖、几席、觴豆、盤器之屬⑤，莫不銘之以自儆⑥，其孜孜於善如此。後世居室有扁，蓋其遺意。而能知之者，或取山水之勝、登臨之美，或慕樓閣之麗、玩賞之適，要皆以誇耳目之娱而已。公巽父獨名其居『寶善』，非誇人也，亦曰自儆耳，可謂不賢乎？矧世之所寶而競取者，金玉錦繡、珠璣珍異之物，穹居廣厦、腴田沃壤之利，皆竭心力以致之。毅然爲子孫計，曾不能數世。或子孫既替而爲人所取，甚者以是致覆亡之慼，不寤往往相藉也。公巽父能以善爲寶，則人莫之取，而子孫亦可保其所有，不賢者能之乎？宜尚絅之惓惓不忘也⑦。

予之賢公巽父，將以愧世之浮名其居，與夫貪冒徇利⑧，而子孫不能守者也。又以勉尚絅念其先訓以迪於善，庶幾慶及後之人也。尚絅年富力強，嘗長鄉税，能時徵輸，振貧匱，不殖利自厚⑨，蓋無愧其『寶善』之訓也。苟能由之弗已，足爲一鄉之善士，進而爲一國、爲天下之善士，則孰能禦之哉？此公巽父之心，亦予之所望尚絅也。

尚絅名錦，少與予善云。

【注釋】

① 寶善堂，干錦之父干巽父所居之堂，干錦復構而新之，仍其名。干錦，字尚絅，山東臨朐縣人，曾掌管鄉里税收。

②邑：底本作「台」，據「朐抄本」改。

③扁：匾額。後多作「匾」。

④業業：危懼的樣子。

⑤觴豆：觴與豆。古代盛酒肴之具。

⑥自儆(jǐng)：自我告戒。

⑦惓惓(juànjuàn)：念念不忘。

⑧貪冒：貪得，貪圖財利。

⑨殖利：生利，營利。

素履軒記①

西昌有隱德君子曰蕭德會氏，名其讀書之軒曰「素履」，蓋取《履》「初九」之義[②]，屬其子婿尚書膳部員外郎曾[序]求余記[③]。

余嘗繹《易》之辭曰：「素履往，無咎。」謂初以陽德居下，安處其位，不有其德，猶君子隱居其下，安受貧賤，不慕榮利。即見在所居之位，樂其日用之常，泊乎無營，淡乎無欲者也。而其志之所嚮，意之所適，無往而不自得。蓋由其所履，一安於恬素[④]，無慕乎其外，充然自足，盎然有餘，人莫能知，而己獨造焉者。

故《象辭》又曰：『素履之往，獨行願也。』德會以是名軒，得非味於《易》書之旨，將以自貺，而安於『素履』者乎？

德會世爲西昌之巨族，居邑東鄉桃源里，田野沃饒，殖産豐夥⑤，藏室富厚，在一鄉右。有山林、泉石、花竹幽勝之槩。家積書如鄴侯⑥，以教子姓、族黨、鄉人之後進。初嘗舉進士，不果第，遂輟舉子業，日惟講求前言往行⑦，可爲齊家、治身之法者，必究其微意所在而服行之。嘗語人曰：『士出與處，均有得焉。于國觀光⑧，進揚王庭，固所願。然而其懷道居貞，盤桓于下⑨，以自逸其心，豈不亦綽綽然有餘裕哉？』自是深居隱約，不復有仕進意，日與親朋賓友，杖屨消摇、壺觴吟咏於丘園隴畝之間⑩。時西昌之在朝聞人⑪，若翰林學士曾公輩⑫，多欲薦之者，德會皆力辭。人或勸其出，乃摇首曰：『人不有義，命耶！吾前已試之矣。於今欲老而違之，可乎？』餘不復應。長者故老聞其言而韙之⑬。

孟子曰：『尊德樂義，則可以囂囂矣！』⑭若然，則德會其可謂樂義之儔乎？能安於義命而不失，其可謂幾於『素履』而『無咎』者乎？德會之志誠有出於是耶，則兹軒之名，其有取焉爾矣。

是爲記。

【注釋】

① 素履軒，江西泰和縣蕭某（字德會）讀書齋。泰和古稱西昌，蕭氏世居泰和仙槎鄉桃源里，是邑中大族。

② 履：《周易·履卦》。初九：初，是指卦自下向上數第一爻。九，指陽爻。下文『素履往，無咎』，即為本卦之詞。

③ 膳部：古官署名。掌祭器、牲豆、酒膳及藏冰等事。唐代設膳部郎中、員外郎，屬禮部。明改膳部為精膳司。『曾』

後底本闕一字。據本卷後文《素履軒引》，曾序乃蕭德會之婿，故此處闕字當為『序』，據補。曾序，泰和人。宣德二年進士。景泰五年（1454）九月，由禮部員外郎擢廣西右參議。天順六年（1462）三月，轉左。

④恬素：恬淡樸素。

⑤豐夥：豐足，富饒。

⑥鄴侯：唐代李泌累封鄴縣侯，家富藏書。後用爲稱美他人藏書衆多之典。

⑦前言往行：指前代聖賢的言行。

⑧觀光：觀覽國之盛德光輝。語出《周易·觀》：『觀國之光，利用賓于王。』

⑨盤桓：徘徊，逗留。

⑩杖屨：指拄杖漫步。

⑪聞人：有名望的人。

⑫曾公：指曾棨（1372—1432）。字子啟，號西墅，江西永豐人。永樂二年（1404）狀元，授修撰。成祖詔試，立筆言就，文詞極佳，帝愛其才。參與《永樂大典》的編纂。陞侍講，多隨帝幸，進侍讀學士。仁宗朝，遷左春坊大學士兼翰林院侍讀學士。宣宗朝，進少詹事。工詩，能書法，尤長於草書。宣德六年卒，謚『襄敏』。

⑬韙（wěi）：以為是，讚賞。

⑭『孟子曰』句：見《孟子·盡心上》。意思説，尊崇道德，喜愛仁義，就可以安詳自得了。囂囂，自得無欲的樣子。

吴氏先塋八景圖記①

南京領國子助教事、翰林檢討姑蘇吴君顒，考績來京，持其《先塋八景圖》告于余曰：『顒先世居河南，自幾代祖某，當宋末，徙居蘇城齊門内。至曾祖實夫，家道殷富，大倍於前。乃置第卜築②，構崇樓數楹，下有園池、竹木、花卉幽雅之勝。日邀親朋賓舊、文士、大夫，相與觀翫觴詠其中③。由是先世家業未成者以成，後人養生喪死可以給足者，有所承受矣。祖會之，亦善治生。父朗，復克繼述。顒自幼在侍，奉若先父之志，以先世塋域未立④，乃捐重貲，市長洲彭華鄉高阜之地，第列兆次，序昭穆⑤，而合葬焉。既葬，樹以松栢，表以碑銘。逮顒中科第，由教諭陞教授⑥，滿，被選入春坊⑦，爲司課。自司課徙助教，九年，遷檢討，仍領助教事。在宦途者四十餘年，而先世丘壟恒在念⑧，未嘗一息置也。故繪諸圖，藏之巾笥⑨，時以展觀，則家山之趣儼然在目⑩，庶幾寓吾之思矣！敢請文爲記。』

余聞其辭，知君於親無日而忘者也。及覽其所繪八景，又見吴中山川之秀，景物之麗，遠近掩映，襟帶左右，奇狀勝槩，悉爲吴氏先隴。吴君又求能賦者爲之題詠，欲永其傳，其用心何其遠哉！昔陳后山作《思亭記》有曰⑪：『升高以望松梓，下丘壟而行墟墓之間，荆棘莽然，狐兔之跡交道，其有不思其親者乎？』吴君以違先壟之久且遠，時閱斯圖，則如親行於松梓榛莽之間者，亦此意也。他日歸來，登拜于墓，覩松栢之蓊鬱⑫，覽八景之羅列，則必儼儀像於髣髴，聆謦欬於杳冥⑬，怵惕悲哀不能已已⑭，又豈直展圖而興起其孝思者乎！

【注釋】

①吴氏，指吴顒。見卷二《送南京吴助教》注。先塋，先人墳塋。

②卜築：擇地建築住宅，即定居之意。

③觴詠：指飲酒賦詩。

④塋域：墓地。

⑤昭穆：古代宗法制度，宗廟或宗廟中神主的排列次序，始祖居中，以下父子（祖、父）遞爲昭穆，左爲昭，右爲穆。

⑥教諭：學官名。宋代在京師設立的小學和武學中始置教諭。元明清縣學亦置教諭，掌文廟祭祀，教育所屬生員。教授：學官名。宋代除宗學、律學、醫學、武學等置教授傳授學業外，各路的州、縣學均置教授，掌管學校課試等事，位居提督學事司之下。元代諸路散府及中州學校和明清的府學亦置教授。

⑦春坊：太子宫所屬官署名。唐置太子詹事府，以統衆務；左右二春坊，以領諸局。歷代相承，屬官時有增減。明清時實際成爲翰林院編修、檢討開坊陞轉之所。

⑧邱壟：墳墓。

⑨巾笥：即巾箱。

⑩家山：指故鄉。儼然：齊整有序的樣子。

⑪陳后山：指陳師道（1053—1102）。字履常，一字無己，號后山居士，彭城（今江蘇徐州）人。宋哲宗元祐二年（1087），蘇軾等薦其文行，起爲徐州教授，五年移潁州教授。元符三年（1100），除秘書省正字。一生安貧樂道，閉門苦吟，有『閉門覓句陳無己』之稱。爲『蘇門六君子』之一，江西詩派『三宗』之一。有《后山先生集》、《后山詞》。

⑫ 蓊鬱：草木茂盛的樣子。

⑬ 謦欬：咳嗽。亦借指談笑，談吐。杳冥：指高遠之處。

⑭ 怵惕：戒懼，驚懼。

菊坡記①

『菊坡』二大字，宋理宗皇帝書賜故右丞相、金紫光禄大夫、開府儀同三司、上柱國、南海郡開國公、賜金紫魚袋，食邑一千六百户、食實封六百，贈太師，謚清獻，崔公與之之家也。公子孫寶藏，距今二百三十餘年，楮墨尚新②。公六世孫伯胄，偕七世孫裕，將摹勒上石，刻寘公祠，用垂永久。復走京師，求予誌其下方，欲俾來葉觀之，知其所自，益加寶重。庶幾追念乃祖之武，思有以振起，無墜辱。

按史，公字正子，廣縣人。生平每慕韓魏公爲人③。韓嘗言『士之保初節易，保晚節難』④，故詩有『不羞老圃秋容淡，且看黄花晚節香』之句⑤。公心契之，因自號曰『菊坡』。及老而歸，又目所居之寢曰『晚節堂』。既殁，門人李昴英者，侍講經筵，詢論及公，帝追念不已，遂有是錫。蓋公忠貞之言，直諒之節⑥，有以仰副淵衷⑦，維持社稷。而帝至是始有悔於既往，悼惜老成⑧，發乎情，有不能已然。

公少負義氣，俯視當世，慨然於熙寧、元祐諸賢⑨。初舉進士，累遷淮東安撫。時有與虜和好之議，公即遺書宰相，力詆其非，以爲彼方得志，恐辱國體。卓然遠略，有過人者。摠蜀師，將士輯睦⑩，軍政肅然，邊防益密。始至，軍食不充，公調度轉餉，不數年，公私給足，廩庾盈溢，兵民相安，帖然無擾。代還，虜諜知之，遂大入。公再臨邊，虜驚懼奔遁。公以疾歸廣，蜀人思之，爲肖像，與張忠定、趙清獻並祀于成都仙遊閣上[11]。蓋公以誠信結於人心，威名著於夷夏。既至暮齡[12]，清操愈勵，真視二公無愧。家居，累召不起。會廣州戍卒銜怨以叛，攻掠近鄙。適有經略安撫兼知廣州之命至，公亟力疾起，即家治事，諭以順逆，凶黨即散。事平，復致其命。善用權以濟時，熨安反側[13]，有不得已也。朝廷偉其識，趣召愈急[14]，待以執政之位。公連章固辭[15]，復條陳時政十餘事，其言皆切於治體，匡扶國勢，摧折權姦，排斥佞倖[16]，精忠之發，皎然日星之明，屹然砥柱之立。當時士大夫聞者，咸嘉歎之。公雖未久立朝以當大柄，其憂國爲民，自幼至老，未始一息怠。慕韓公之風以自況者[17]，庶其有卒云。

嶺海之陬[18]，古稱遐僻[19]，人才之生，唐有張文獻公九齡[20]，宋初有余忠襄公靖[21]，聲名事業，正大光明，所謂傑然者也。公晚出其鄉，雖不遇夫開元、慶曆之盛[22]，得行其志而周旋職務，隨分戮力[23]，清風峻節，磊落瑰奇，與二公先後相望，豈非其山川之秀，鍾靈爲人特然而起者歟[24]？廣之人必將觀於斯，尚將有以感於斯。

【注釋】

① 菊坡，宋理宗書賜崔與之大字。崔與之，字正之，號菊坡，廣東增城人。南宋光宗紹熙四年（1193）登進士第。授潯州司法參軍，調淮西提刑司檢法官，特授廣西提點刑獄。嘉定中，權發遣揚州事、主管淮東安撫司公事，知成都府兼本路安撫使。端平元年（1234），授廣東經略安撫使兼知廣州。二年，除參知政事。三年，拜右承相兼樞密使。歷侍光、寧、理三朝四十七年。卒贈少師，謚『清獻』。著有《崔清獻公集》。『金紫光禄大夫』等，皆爲封號。

②楮（chǔ）墨：紙與墨。借指詩文或書畫。

③韓魏公：指韓琦（1008—1075）。字稚圭，自號贛叟，相州安陽（今屬河南）人。北宋政治家、名將，天聖進士。初授將作監丞，歷樞密直學士、陝西經略安撫副使、陝西四路經略安撫招討使。與范仲淹共同防禦西夏，名重一時，時稱『韓范』。嘉祐元年（1056），任樞密使；三年，拜同中書門下平章事。英宗嗣位，拜右僕射，封魏國公。神宗立，拜司空兼侍中，出知相州、大名府等地。熙寧八年（1075）卒，年六十八。謚『忠獻』。著有《安陽集》五十卷。《宋史》有傳。

④『士之』二句：見韓琦《寢室題匾・晚節堂》。

⑤『不羞』二句：見韓琦《崔府堂前》。

⑥直諒：正直誠信。語出《論語・季氏》：『益者三友……友直，友諒，友多聞，益矣。』

⑦淵衷：淵深的胸懷。多用來稱頌皇帝。

⑧老成：指舊臣，老臣。

⑨慨然：感情激昂的樣子。熙寧：宋神宗趙頊的一個年號（1068—1077），共使用十年。元祐：宋哲宗趙煦的第一個年號（1086—1094），共使用九年。

⑩輯睦：和睦。

⑪張忠定：指張詠，字復之，自號乖崖，濮州鄄城（今屬山東）人。北宋太宗、真宗兩朝名臣，死後謚忠定。太平興國間進士。累擢樞密直學士，真宗時官至禮部尚書。趙清獻：指趙抃（biàn）（1008—1084）。字閲道，宋衢州西安（今浙江衢州市）人。景祐元年（1034）進士，任殿中侍御史，彈劾不避權勢，時稱『鐵面御史』。爲政簡易，長厚清修，日所爲事，夜必衣冠露香以告於天。累官至參知政事，以太子少保致仕，卒後謚『清獻』，蘇軾曾爲之作《清獻公神道碑》。

⑫暮齡：晚年。

⑬熨安：安撫。

⑭趣（cù）：趕快，從速。

⑮連章：接連上章。

⑯佞倖：指以善於諂諛得君主寵倖之臣。

⑰自況：自比。

⑱嶺海：指兩廣地區。其地北倚五嶺，南臨南海，故名。

⑲遐僻：邊遠偏僻之地。

⑳張文獻公九齡：張九齡（678—740），字子壽，一名博物，韶州曲江（今廣東韶關市）人。長安年間進士。官至中書侍郎同中書門下平章事。後罷相，爲荆州長史。忠耿盡職，秉公守則，直言敢諫，選賢任能，不徇私枉法，爲『開元之治』作出了積極貢獻。被譽爲『嶺南第一人』。有《曲江集》。

㉑余忠襄公靖：余靖（1000—1064），本名希古，字安道，號武溪。韶州曲江（今屬廣東韶關）人。天聖二年（1024）進士。慶曆四諫官之一。歷官集賢校理、右正言，使契丹，還任知制誥、史館修撰、桂州知府、集賢院學士、廣西體量安撫使，以尚書左丞知廣州，卒謚『襄』。有《武溪集》二十卷。

㉒開元：唐玄宗李隆基年號（713—741）。慶曆：是宋仁宗趙禎的年號（1041—1048）。

㉓戮力：勉力，並力。戮，通『勠』。

㉔鍾靈：指靈秀之氣彙聚。

跋

題崔太僕春日宴桃李園詩卷後①

景物因人而勝。竹林以七賢②，蘭亭以逸少③，杜陵韋曲④，香山洛社⑤，諸勝槩皆其名公聞人，嘗所遊憩，以樂於當時。若杜子美之於何將軍山莊⑥，重遊疊詠，則尤抗然者也⑦。而其篇什垂之於今，鏗然鏘然⑧，風流高致⑨，若可想見。今觀翰林諸公，宴遊太僕之園，觴詠窮日⑩，興懷無已⑪，清賞之樂，不減於昔。予是以知士大夫當太平無事之日，治事有間，必思所適，以暢懷抱⑫；舒寫性情，發之詩詠，摹寫造化⑬，有不徒爲酣觴之樂而已也。矧是會七人⑭，皆其文章名世之傑然者也⑮。没者聲光聞譽，傳之海内，士皆能稱之；存者據要津⑯，列侍從⑰，爲多士師範⑱，事業炳著⑲，偉焉歸焉⑳。而珠玉之什㉑，當與昔人所遺並傳永久，無疑也。余因觀是卷，特書於後云。

【注釋】

① 崔太僕，指太僕寺少卿崔奎。字文奎，直隸宛平縣（今屬北京市）人。洪熙初，任淮安府山陽縣丞。宣德元年（1425）五月，陞太僕寺丞。滿九載，年七十三，例當退，自陳守城功，特陞少卿，時在正統三年（1438）四月。正統十二年，已

八十三歲，復自陳，陞太僕寺卿。八十六始致仕。王直《春日宴桃李園詩》云：『太僕崔公有園在城南，雜植桃李，雖服官政，而時清事簡，得以從容於此園。當春花盛開，風日和煦，乃與學士曾公八人者遊而宴焉。……曾公即序其詩，崔公又以求予言。』（《抑菴文集·後集》卷三十六）

② 竹林以七賢：魏晉時嵇康、阮籍、山濤、向秀、劉伶、阮咸、王戎七個名士，在山陽縣（今河南輝縣、修武一帶）竹林之下，喝酒，縱歌，肆意酣暢，世稱『竹林七賢』。

③ 蘭亭以逸少：蘭亭在今浙江省紹興市西南之蘭渚山上。東晉永和九年（353），王羲之與謝安等同遊於此，王羲之作《蘭亭集序》，名垂千古。逸少，是王羲之的字。

④ 杜陵：杜陵在今陝西省西安市東南。古爲杜伯國。秦置杜縣，漢宣帝築陵於東原上，因名杜陵，並改杜縣爲杜陵縣。韋曲：唐代位於長安城南郊，因韋氏世居於此得名。即今陝西省長安縣。其地北有鳳栖原，南有潏水、神禾原，依山傍水，風景秀麗，爲唐時遊覽勝地。

⑤ 香山：在今河南省洛陽市龍門山之東。白居易曾在此築石樓，自號香山居士。洛社：宋歐陽修、梅堯臣等在洛陽時組織的詩社。

⑥ 杜子美：即杜甫。何將軍山，位於長安南邊明德門外樊川北原上，據現存杜甫詩文看，他前往遊覽先後有兩次，留下了《陪鄭廣文遊何將軍山林十首》、《重過何氏五首》十五首咏園林的詩，極受後人稱讚。

⑦ 抗然：高亢的樣子。

⑧ 鏗然鏘然：形容作品音節流暢，言語有力。

⑨ 風流：形容文學作品超逸佳妙。高致：高尚或高雅的情致、格調。

⑩ 觴詠：指飲酒賦詩。

⑪興懷：引起感觸。

⑫懷抱：心懷，心意。

⑬造化：指大自然。

⑭矧（shěn）：況且，而況。

⑮傑然：特出不凡的樣子。

⑯要津：指顯要的職位、地位。

⑰侍從：宋代稱翰林學士、給事中、六尚書、侍郎爲侍從。泛指名卿巨公。

⑱多士：衆多的賢士。也指百官。

⑲炳著：顯著。

⑳巋焉：高大獨立的樣子。

㉑珠玉：比喻美好的詩文。

題晏知府重慶堂①

重闈近期頤②，萱親過古稀③。兒爲五馬使④，侈錦鄉園歸。升堂拜家慶⑤，庭户生春輝。酡顔並如駐⑥，鶴髮明相依。蘭蓀粲柯玉⑦，森然植前階。俛仰穹壤間⑧，此樂胡可涯⑨。霞觴薦芳俎⑩，愛日何舒遲⑪。五福世罕具，一門今萃之。爰著重慶辭，揭于堂之楣。昭代多聞人⑫，篇什聯璚瑰⑬。匪徒歌盛事，于以敦民彝⑭。

【注釋】

① 晏知府，指晏毅。四川重慶府璧山縣（今屬重慶市）人（璧山明初併入巴縣，明成化十九年復置。故一說巴縣人）。永樂二十一年（1423）舉人。正統年間，任雲南曲靖軍民府知府。景泰元年（1450）五月，陞為江西布政司右參政，仍領直隸池州府知府。歷官至雲南布政使左參政。天順二年（1458），致仕。嘉靖《池州府志》稱其：『平易近民，民多德之。後陞雲南布政。及歿，民不忍忘，祀以為神。』（卷六）重慶，是指祖父母與父母俱存。楊榮亦有《重慶堂為曲靖知府晏毅題》（见《文敏集》卷五）

② 重闈：指祖父母。期頤：一百歲。

③ 萱親：母親。

④ 五馬使：指知府。漢時太守乘坐的車用五匹馬駕轅，因用五馬指太守的車駕。

⑤ 拜家慶：久别歸家省親。

⑥ 酡顔：指臉色紅潤。

⑦ 蘭蓀：指佳子弟。

⑧ 穹壤：指天地。

⑨ 涯：邊際，極限。

⑩ 霞觴：霞杯。芳俎：對祭祀用盛牲器具的美稱。芳，言馨香潔淨。

⑪ 舒遲：猶舒徐，從容不迫的樣子。

⑫ 昭代：政治清明的時代。常用以稱頌本朝或當今時代。

⑬ 篇什：《詩經》的『雅』和『頌』以十篇爲一什，所以詩章又稱『篇什』。

⑭ 民彝：人倫。

書泗水令李君傳後①

莆田黄謙傳泗水令李寧事②，該括而核③，簡正而彰，磊落乎數百十言④。非獨爲今之守令者勸，抑亦爲後之史家録循吏者張本也⑤。吾於其間，竊有觀焉。考耆德⑥，禮高年⑦，固爲治之先政。近世以來，俗隨勢遷，浸以偷薄⑧，居牧民者，往往自爲尊大。民之居卜，非有諛辭令色及以事相從者⑨，弗獲接於燕間之際⑩。況百歲之人，癯老尫羸⑪，待斃蓬篳⑫，何有意乎衣冠車馬之臨⑬？而官處劇冗者，或困於鞅掌⑭，好簡略者⑮，或易於傲忽⑯，孰肯釋安屈己，下禮於環堵哉⑰？李令於其邑百年者四人，饋以肉帛，躬欵室廬而侑之⑱，其可謂勤矣。且人之既老，孰不厚計子孫，私便一家⑲，遑恤他人哉？

今邑之李旺者乃有曰：『荷侯枉顧⑳，惠莫大焉。尚願舉斯心加諸邑民，俾安居樂業，恒如今日，老氓之望也。』不以一言私及子孫，不其賢矣乎？昔新城三老㉑，啓高祖以君臣之義；壺關三老㉒，悟孝武以父子之仁。不知今日之事，其信然否耶？如其然也，旺之言若此，爲令者因而擴之，其所補豈淺淺哉？于是不獨著令之美，且以見魯人之言之忠厚有如是也。後之觀人風者㉓，尚考于斯。

【注釋】

① 泗水令李君，指李寧。永樂十五年(1417)任泗水知縣。

② 黄謙：字益甫，福建莆田人。初以明經録，永樂二年(1404)進士，授魯府伴讀。朝夕勸講，因事納忠。工詩文、書法，爲士林所重。著有《原學齋稿》。

③ 該括：包羅，概括。

④ 磊落：衆多委積的樣子。

⑤ 循吏：守法循理的官吏。

⑥ 耆德：年高德劭、素孚衆望者之稱。

⑦ 高年：老年人。

⑧ 偷薄：澆薄，不敦厚。

⑨ 令色：偽善、諂媚的臉色。

⑩ 燕間：公餘之時，閒暇。

⑪ 癯(qú)：瘦。尫羸(wāngléi)：瘦弱。亦指瘦弱之人。尫，孱弱，瘦弱。羸，衰病，瘦弱。

⑫ 蓬篳：『蓬門蓽户』的省語。用草、樹枝等做成的門户。形容窮苦人家所住的簡陋房屋。

⑬ 衣冠車馬：指達官顯貴。

⑭ 鞅掌：指職事紛擾煩忙。

⑮簡略：疏闊。

⑯傲忽：傲慢。

⑰環堵：四周環着每面一方丈的土牆。形容狹小、簡陋的居室。借指貧窮人家。

⑱室廬：居室，房舍。

⑲私便：指爲己營利。

⑳枉顧：屈尊看望。稱人來訪的敬辭。

㉑三老：古代掌教化之官。鄉、縣、郡均曾先後設置。《漢書·高帝紀上》載新城三老董公向漢王劉邦陳述君臣之義事。

㉒壺關三老：令狐茂，壺關縣人。漢武帝時，封爲壺關三老。征和（前92—前89）年間，武帝寵臣江充專權，群臣不齒。衛太子起而殺之。武帝欲加罪太子，太子遂舉兵反。武帝益怒，發兵討之，太子兵敗逃亡。令狐茂仗義直言，作《上武帝訟太子冤書》力陳是非。武帝讀後始悟，乃詔太子，太子已卒。武帝悔恨不已，誅滅江充全族，作思子之宫，賜令狐茂所在村爲『崇賢』。

㉓人風：民風，民情。

書董用和傳後①

孔子曰：『德不孤，必有鄰。』②德非仁義之謂乎？仁義之謂德，非人心所同然乎？夫然，故有感必類應，不能自遏也。觀太僕少卿沈公志行著《錢塘董用和傳》，及悉俞叔銘、吳純伯事，皆所謂仁義之所發者。觀用和垂老困窮，孑然一身，弗於故所識，而直依叔銘，一見相好若僑札③，亡町畦④。蓋其平生義氣必欲有合，而非世俗鄙吝可偶也⑤。叔銘，衣食用和，終其身亡以易，非其知用和之心者克然乎？純伯，嚴子弟禮於用和，卒能爲服終⑥，心喪復不忘其遺囑⑦，亦可謂亡負用和者。之三子固皆賢矣，非太僕公詳識之，亦將泯焉而無聞於世。然則太僕公，其重三子者之行而樂道其善乎？抑其感於是心之同然而相成其美乎？噫！其尤厚也已夫⑧。

【注釋】

① 董用和傳，沈升所撰。楊士奇《題董以中傳後》云：『沈志行著《董以中傳》，述以中深於醫，且德其愈母之疾，而又悉其素行。』（《東里續集》卷十九）沈升（1376—1446），字志行，浙江海寧人。永樂二年（1404）進士。選翰林院庶吉士，官刑部主事。歷四川、河南布政司參議。宣德十年（1435），擢太僕寺少卿，卒於官。史載：『升立朝好獎拔善類，凡同年同官中有文武才能堪為時用者，亟疏薦之，後皆不負所舉。人多賞其鑒識。』（《浙江通志》卷一百五十八）太僕寺，古代中央官署之一。主要掌牧馬之政令。

② 『孔子曰』二句：見《論語·里仁》。

③ 僑札：指春秋鄭國公孫僑（子産）與吳國公子季札。季札至鄭，與子産一見如故，互贈縞帶紵衣。事見《左傳·襄公二十九年》。後因以『僑札』比喻朋友之交。

④ 亡：通『無』。下文中幾處用法同。町畦：田界。比喻規矩，約束。

⑤鄙吝：形容心胸狹窄。
⑥卒：終於，最後。
⑦心喪：指老師去世，弟子守喪，身無喪服而心存哀悼。《禮記·檀弓上》：『事師無犯無隱，左右就養無方，服勤至死，心喪三年。』鄭玄注：『心喪，戚容如父而無服也。』
⑧已夫：罷了。

書商器圖後①

辛酉冬，戚里儒教東魯鹿君嵓得鑄器於市②，高尺許，制象特異，不類今作者。底、盖皆有銘志文字。嵓歸，稽諸《博古圖》③，考其欵識，其文曰：『惟王九祼世昌。』④盖商人以祼爲年，又其制度與商宗廟彝器合⑤，因知其爲商器。嵓不敢藏，乃進之於上，賜楮幣⑥，宴賚優厚⑦。嵓復圖其形，用存古意，求予題其左方。

予觀之，竊有歎焉。昔武王伐殷，遷九鼎于郟鄏⑧。周曆將終⑨，九鼎淪於汜，秦皇使人入水求之，卒莫能得。唐得岐陽石鼓⑩，獲覩宣王中興之盛⑪，及史籀大篆⑫，薦紳播之，以爲無前之美。夫殷鼎去秦僅千年，而已不可得；石鼓之於唐，尚不滿二千，而夸美無極。彼皆爲器之大而宜壽者，猶以爲難。兹其器之微者，距今且將三千餘歲，而不爲蚩氓庸工所撲擲、陶鎔土壤瓦礫所剥蝕淪滅⑬，顧乃得壽如此⑭，果神靈護守而然耶？或其中藏武庫⑮，王人大族世守，偶流落於民間？不然，則近代之人慕古而作，欲因以見古人制器之遺意，是未可知也。然其出，適聖天子新明堂，朝萬方⑯，而嵓以儒雅之士獨能識之，所謂物之數窮而通，由晦而顯，必俟其時與人，不偶然而致也。因書以識之。

【注釋】

①本文系正統六年(1441)冬為鹿嵓繪《商器圖》所作跋。據萬曆《兖州府志》載，鹿嵓，山東兖州府濟寧州(今濟寧市)人，永樂三年(1405)舉人，累官府同知。

②儒教：指儒学教授。

③博古圖：當指《宣和博古圖》，簡稱《博古圖》。宋徽宗敕撰，王黼編纂。三十卷。大觀初年(1107)開始編纂，成於宣和五年(1123)之後。該書著録宋代皇室在宣和殿收藏的自商代至唐代的青銅器八百九十三件。

④禩(sì)：同『祀』，年。

⑤制度：規模，樣式。彝器：古代宗廟常用的青銅祭器的總稱。如鐘、鼎、尊、罍、俎、豆之屬。

⑥楮幣：指一般的紙幣。宋、金、元時發行的『會子』、『寶券』等紙幣，因其多用楮皮紙製成，故名。

⑦宴賚：宴飲賞賜。

⑧九鼎：相傳夏禹鑄九鼎，象徵九州，夏商周三代奉爲象徵國家政權的傳國之寶。戰國時，秦楚皆有興師到周求鼎之事。周顯王時，九鼎没於泗水彭城下。郟鄏(jiárǔ)：周朝東都。故地在今河南省洛陽市。郟，山名，即北邙山。

⑨周曆：代指周朝。

⑩岐陽：岐山之南。石鼓：東周初秦國刻石。形略像鼓，共有十個，上刻籀文四言詩，現存北京故宫博物院。

⑪宣王：姬姓，名靜（一作靖），周厲王之子，周朝第十一位王，前827年—前781年在位。即位後，整頓朝政，討伐侵擾周朝的戎、狄和淮夷，使已衰落的周朝一時復興，史稱「宣王中興」。

⑫大篆：漢字書體的一種。相傳周宣王時史籀所作，故亦名籀文或籀書。秦時稱爲大篆，與小篆相區別。

⑬蚩氓：敦厚而愚昧的人。淪滅：消失，埋沒。

⑭顧乃：卻，反而。

⑮武庫：泛指藏器物的倉庫。

⑯新、朝：都是使動用法。明堂：帝王宣明政教的地方。凡朝會、祭祀、慶賞、選士、養老、教學等大典，都在此舉行。萬方：萬邦，各方諸侯。

題懷德堂卷後①

信陽陳君義民，以父母既蚤即世，念劬勞之無報②，築堂而扁之曰「懷德」，于以寓羹牆之思③，起居食息而不忘也。既又繪圖，裝潢成卷，求縉紳大夫詩文，以發揮其義。

嗟夫！鞠育之恩④，不可以名矣。天地之大德曰生。吾生於親，而德有甚於天地。德惟大，故吾生事葬祭必以禮，他無所容報。然而猶有生不能躬養，死不獲送終，悵然抱終天之痛，此堂所由作也。嗚呼！可以感也夫。君自永樂初賓余邑幕，勞心諄諄⑤，視民如子，愛之而惟恐傷。自去至今，人猶念之。再典東阿、盖城兩邑，政績尤著。于以知君慈祥温諒出乎天性，則所愛慕父母終身而不忘者，即爲政愛民之所由本也。先正云『親親而仁民』⑥，君其有焉。君去余邑十五年，今始會京師，間以卷示余，余爲題其後以歸。

【注釋】

①懷德堂，是陳義民爲紀念父母而建。陳義民，河南信陽人。據本文所述，曾在山東臨朐做幕職，再轉東阿、盖城。

②劬勞：勞累，勞苦。《詩經·小雅·蓼莪》：『哀哀父母，生我劬勞。』

③羹牆：指追念前輩或仰慕聖賢的意思。詳本卷《題楊御史孝思堂》注。

④鞠育：撫養，養育。語本《詩經·小雅·蓼莪》：『父兮生我，母兮鞠我，拊我畜我，長我育我。』毛《傳》：『鞠，養也。』鄭玄《箋》：『育，覆育也。』

⑤諄諄：忠謹誠懇的樣子。

⑥親親而仁民：見《孟子·盡心章句上》。

題宜晚軒

本篇與第三卷《宜晚軒》文字基本相同，當係重出，此處存目。

題怡軒 並序

《彼荆》，美兄弟也。姑蘇孫氏某，以醫鳴京師，以昆季幾人居於鄉，友于之情，常切念而不忘也，乃作軒，名之曰『怡』。蓋取諸孔子『兄弟怡怡』之意①。間告予，爲賦《彼荆》之什歸之②。

奕奕有軒③，彼荆孔蕃④。厥枚既分⑤，厥有弟晜⑥。和樂且賢⑦，奏篪與塤⑧。怡怡是言，永矢弗諼⑨。

渠渠有堂⑩，彼荆孔良。厥條既芳，曰季與荒⑪。和樂且康，于于是將⑫。式好伊何？哲言孔彰。載服厥膺，永矢弗忘。

楚楚有楹⑬，欝彼斯荆。厥芳苾馨⑭，伊難弟兄。和樂既翕⑮，式好則寧。無言牆鬩⑯，無然炭冰⑰。刑于爾家⑱，儀于爾鄉。刑嘉是承，永樹弗崩。

粲粲有階⑲，彼荆孔材。既碩既茂，惟德之培。以也同氣，鍾秀孔階⑳。既岐既嶷㉑，式和好懷。斯愛永惇㉒，無嫌爾猜。願言敬之，式彰克諧㉓。

【注釋】

①兄弟怡怡：見《論語·子路》：『朋友切切偲偲，兄弟怡怡。』怡怡，指兄弟和睦的樣子。

②歸（kuì）：通『饋』。贈送。

③奕奕：高大的樣子。

④孔蓄：十分茂盛。孔，甚，很。

⑤枚：樹幹。

⑥弟冡（kūn）：弟兄。冡，同『昆』，兄

⑦和樂：和睦安樂。

⑧篪（chí）、塤（xūn）：皆樂器。

⑨矢：通『誓』，發誓。諼（xuān）：通『萱』。忘記。

⑩渠渠：深廣的樣子。

⑪季：指物之幼嫩者。

⑫于于：自得的樣子。

⑬楚楚：排列整齊的樣子。楹：廳堂的前柱。

⑭苾（bì）馨：芬芳。苾，芳香。

⑮翕（xī）：和合，聚合。

⑯牆鬩（xì）：即鬩牆。語本《詩經·小雅·常棣》：『兄弟鬩于牆，外禦其務。』指兄弟相爭於內。後用以指內部相爭。鬩，爭吵，爭鬥。

⑰無然：不要這樣。炭冰：炭熱而冰冷。比喻不能相容。

⑱刑：做榜樣。

⑲粲粲：鮮明的樣子。

⑳鍾秀：聚集靈秀之氣。

㉑岐嶷：形容幼年聰慧。語本《詩經·大雅·生民》：「誕實匍匐，克岐克嶷。」

㉒惇（dūn）：敦厚，篤實。

㉓克諧：能和諧。

素履軒引①

先生西昌東鄉人也②。其里曰桃源，其族爲里之著姓，碩大蕃衍③，代有聞人。尚詩禮，習矩度④，耆俊英邁華茂而豪爽者衆⑤。室廬鱗次⑥，貲産之富⑦，甲於邦族。善假貸貫售⑧。由是四方之人士，日禮於其閭。先生處其間，泊然以居⑨，讀古人之書，明乎吉凶、消長、進退、存亡之道；不矯激⑩，不詭隨⑪，超越乎流輩⑫。少習舉子業⑬，既而不偶於有司⑭，即深自晦遁，未嘗干貴達以圖振拔⑮，而時亦少有知己者。修身聽命，蓋有味於《易》之旨。嘗爲里塾子弟師，信從者衆。晚節益堅，逍遥徜徉⑯，自肆於山水間⑰。性嗜酒，朋舊賓客之至，輒引壺觴、具醇醲以酌之⑱，陶然而醉，吟咏賦詩以自適，人未有知其趣者。

予嘗遊其地，覩其山之勢，峰巒奇秀，卓絶乎東南，盤紆踴躍，環拱乎西北。草木秀茂，冬夏常蔚然⑲。澗壑之水，分爲兩溪，合流於前。澄潭淺渚，層陂曲障⑳，灌溉乎田畝，不啻萬頃，無旱澇之患。故其族人多獲其利，各據其勝，誠幽麗奇處也。意其間必多隱君子者，先生其儔耶㉑。先生杖屨往來㉒，玩物適情㉓，鹿門、柴桑㉔，不是過也。東里先生、松臞學士㉕，嘗館其族㉗，詞翰文墨，充溢乎簡册，先生於文字中交久也。

學士嘗欲薦之，固以老疾辭，安於恬退㉗，遂其優游之願㉘。乃闢一軒，坐作動息於其中。奉先裕後，循理之常，初無外馳之慕、外物之撓。今年幾七十矣，儒冠衣履，俯仰宇宙，探萬化之玄㉙。或有問難者，辨博古今事實，當時人物之馳騖華靡㉚，後有成敗者，洞燭無隱㉛。故多所敬憚而懷服者㉜。噫！德以周身，而善足以及人，『不汲汲於富貴，不戚戚於貧賤』㉝，斯之謂與㉞？

序㉟，先生婿也。喜先生享有壽祉㊱，嗣孫滿前，皆有成立；痛先學士之捐世㊲，未有以發揚隱德，姑撮其大概，求名言以貽之。先生姓蕭，字德會，『素履』，其軒號。其父安石先生，洪武中以明經舉仕，終廣東鹽課提舉㊳。先生世其家學云。

【注釋】

①素履軒：蕭德會的軒名。參本卷《素履軒記》。引，文體名。唐以後始有此體，大略如序而稍為簡短。

②西昌：指江西泰和縣。

③蕃衍：繁盛衆多。

④矩度：規矩法度。

⑤耆俊：年老而才能優異者。英邁：才智超群。華茂：繁盛。

⑥室廬：居室，房舍。鱗次：像魚鱗那樣依次排列。

⑦貲産：財産。貲，通『資』。

⑧假貸：借貸。

⑨泊然：恬淡無欲的樣子。

⑩矯激：猶詭激。奇異偏激，違逆常情。

⑪詭隨：指不顧是非而妄隨人意。《詩經·大雅·民勞》：『無縱詭隨，以謹無良。』毛《傳》：『詭隨，詭人之善，隨人之惡者。』

⑫流輩：同輩。

⑬舉子業：舉業。

⑭有司：官吏。古代設官分職，各有專司，故稱。

⑮貴達：顯貴的人。振拔：提拔。

⑯徜徉：猶徘徊。盤旋往返。

⑰自肆：放縱任意。

⑱壺觴：酒器。醇醲：指味道濃厚的酒。

⑲蔚然：草木茂密的樣子。

⑳陂(bēi)：池塘湖泊。

㉑儔(chóu)：輩，同類。

㉒杖屨：拄杖漫步。

㉓適情：順適性情。

㉔鹿門：鹿門山的省稱。在湖北省襄陽縣。唐孟浩然曾隱居此山。柴桑：古縣名。西漢置，因縣西南有柴桑山得名，治所在今江西省九江市西南。借指以東晉隱士陶淵明。因其故里在柴桑，故稱。

㉕東里先生：指楊士奇。見卷前《澹軒歷受誥詞》注。松臞學士：指曾鶴齡（1382—1441）。字延年，又字延之，號松坡，一號臞（qú）叟。江西泰和人。幼勤學，博究經史，與兄椿齡參加永樂三年（1405）鄉試均中。因家貧，讓其兄先赴京會試（中永樂四年進士），自己在家教館養母。永樂十九年（1421）中一甲一名進士。歷官翰林院修撰、侍讀，至侍講學士、奉訓大夫。與修《成祖實録》、《仁宗實録》、《宣宗實録》。為官盡職盡責。詩文俱佳。正統六年（1441）三月，暴病卒，年五十九。有《松臞集》。

㉖館：就館，教私塾。

㉗恬退：淡於名利，安於退讓。

㉘優游：休養。

㉙萬化：萬事萬物，大自然。

㉚華靡：華麗奢靡。

㉛洞燭：明察。

㉜敬憚：敬畏。

㉝「不汲汲」二句：見陶淵明《五柳先生傳》。汲汲：心情急切的樣子。戚戚：憂懼的樣子。

㉞與（yú）：語氣詞。表疑問或反詰。

㉟序：指曾序。見本卷《素履軒記》注。

㊱壽祉：長命而幸福。

㊲先學士：指蕭德會之父蕭安石。捐世：猶棄世。人死的婉辭。

㊳鹽課：指辦理鹽課事務。提舉：官名。宋樞密院編修敕令所有提舉，宰相兼；同提舉，執政兼。此外，有提舉常平

倉、提舉茶鹽、提舉水利等官。元明沿其制。

張氏四子字説①

人之於甚愛，雖以器物之微，必與之以嘉美之名。且欲其堅植重貴，悠久靡替，恒懼其戕害殀折、隕墜顛覆之將臨，避遠之不暇，况其於子乎？故世之名子者，有以吉慶祝，有以盛譽稱，有類以器用，有期以負任，有道其恒性之良，有諭其進修之極。愛之重而願之深，顧之遠而慮之切，用心無所不至，有以焉②。

淮陽張伯恭氏，有丈夫子四人③。既冠④，乃命其伯曰彝，仲曰宗，叔曰黼⑤，季曰黻⑥。彝字秉之，宗字繼之，黼字繡之，黻字冕之。盖彝，常也，秉則執守之意。執其常姓而不失，則得之天者全。《詩》謂『民之秉彝，好是懿德』是已⑦。宗，訓曰尊；繼，續也。續，序祖宗而不替，則傳之後者遠。《詩》謂『以似以續，續古之人』是已⑧。黼，裳之繡文，采之章也。《詩》有『衮衣繡裳』⑨。黻，亦裳之繡文；冕，冠也⑩。有黼黻必加冕，則宗廟朝廷文章之美備矣。

伯恭之所名子者，欲其賢且昌，以取重於世，其意不既深且遠哉？然願欲之者，父之志；其修省操履而不墜令名者，則己之責也。爲張氏子者，其志父之志，服父之訓；不戕厥天，不忝厥宗祖；求其如黼黻文章之美⑪，庶幾於命名之意少有副矣。勉乎哉！勉乎哉！嘗聞張氏自先以醫業傳，伯恭之父彦文，爲郡醫學官，世有令德；四子善孝友，並敦義讓，鄉里重之，知張氏箕裘有紹矣。其宗者，尤樂易⑫，讀書明禮義，教授鄉里，行謹飭。此以藝游京師，謁予，請其説。具疏如右，俾歸以自勖⑬。

【注釋】

① 張氏四子字説，意爲解釋張氏四個兒子的『字』。張氏，指張伯恭，淮陽（今屬河南周口）人，生平不詳。

② 有以：猶有因。有道理，有規律。

③ 丈夫子：兒子。古代子女通稱子，男稱丈夫子，女稱女子子。

④ 冠（guàn）：古代男子到成年時舉行加冠禮，叫做冠。一般在二十歲。

⑤ 黼（fǔ）：古代禮服上白黑相間的花紋，取斧形，象臨事決斷。

⑥ 黻（fú）：古代禮服上繡的黑與青相間的亞形花紋。

⑦『民之秉彝』二句：見《詩經·大雅·烝民》。秉彝，保持常性。彝，恒常之性。懿德，美德。

⑧『以似以續』二句：見《詩經·周頌·良耜》。似，通『嗣』，與『續』同義。古之人，指先祖。這兩句意爲，今後將繼續不斷祭祀社稷之神，要繼承祖先的傳統。

⑨ 衮（gǔn）衣繡裳：見《詩經·豳風·九罭》。衣上繡着龍爲『衮衣』。繡裳，是繡有花紋的裙子。

⑩ 文：指刺畫花紋。

⑪ 黼黻文章：古代禮服上所繡的色彩絢麗的花紋。泛指華美鮮豔的色彩。

⑫ 樂（lè）易：和樂平易。

⑬ 勖（xù）：勉勵。

謙益居士説①

閩龍溪有懷道抱貞、卑抑退巽，以隱自守者②，曰楊姓，文昌字。居邑之赤嶺，以耕讀課子孫，足跡罕入城府，自號曰『謙益居士』。或笑之曰：『子以黄冠野服③，窮處於下，居無所庇，行無所爲，簪組弗之嬰④，鈞衡弗之執⑤，譏議何召？毁譽何如⑥？夷猶斯世⑦，不知其所累，則卑抑退縮固所分耳。而乃務曰「謙益」，予不知子之所以名也。借使子不居以謙，則王公非子援，卿士非子狎，矜夸豪縱之徒，非子將何所陵駕而驕蹇傲忽哉⑧？子年幾耄，髪已白，視聽就衰，筋力不任⑨。家已傳之子孫，且令子洞明《易》數、地理之學，聞著遐邇，將振起厥家，宜於子所足矣，又何益之復求？』

居士聞之，曰：『噫，客過矣！子政未知予之所存⑩，又烏知予之所以名乎？予誠齊民⑪，且老死，位固無所加於人，名固無所矜於世。然恒不敢忽，所謹者盖二儀：父母以完軀畀予，冀予修制檢省⑫，日繼月續，不使羞俯仰而累乎造物者⑬，庶可也。予觀天下之理，所以求全而無毁者，惟謙爲然。故《易》著其卦曰「謙，亨。君子有終」⑭。至推其辭則曰「天道虧盈而益謙」⑮。盖盈則必虧，而謙則受益，天道之與謙也如此。明其象⑯，則又曰「地中有山」⑰。山至高，物而在地中，則高而不居，德而不有，非謙退之義乎？嘗聞古人，大聖人堯、舜，以天下讓，而猶曰「于德，弗嗣」⑱；大禹祗德矣，而猶以「滿招損，謙受益」爲戒⑲；武王執競矣⑳，而尚父猶以「敬勝吉，怠勝凶」爲儆㉑；孔子不以聖居，曰「我無能焉」㉒；顔子不有其德，曰「願無伐善，無施勞」㉓。聖賢之爲聖賢，必崇謙虚而嘉退謙，曷嘗有自足心？以故聖益聖、賢（亦有）〔益賢〕㉔。衛之武公㉕，九十猶陳《抑》詩之戒，彼又何人哉？某自少奉先人教，有知以來，見善固師之，見不善亦師之。舉天下之善技萬分不一，其能窮天下之可欲，萬端不一敢取。幸天假之以康寧，錫之以温飽，夷夷嬉嬉，延息七十有三年㉖。賤息僅克任負薪㉗，而又遭逢盛世，莫知莫識，爲太平氓，愚竊自慶有不容以言罄悉者㉘。予豈不知夫聃氏之止足榮生三樂也哉㉙？訓不云「爲山九仞，功虧一簣」㉚，止吾止也。某也薄山之景、垂木之露，甘蓬蓽以待斃而已㉛，尚奚敢求益爲？但未能從先人地下，啓手啟足，未卜何期。脱或一有不幸，則一生事皆非所足，吾爲是懼，故不忘所訓。客真謂吾有所求耶？客過矣！客過矣！』

客不復能詰，退而語諸翰林編修謝君重器㉜。重器，其鄉人，余同年進士第三人，誠信君子也。比外艱起復來京㉝，爲余道其事。余嘉其説有理，爲著于篇，用備史氏覽采㉞。

【注釋】

① 謙益居士，姓楊，名不詳，字文昌，福建漳州府龍溪縣（今屬三明市）人。據《明英宗實録》，謝璉正統二年十月尚在制中，三年四月，『以其監試歲貢生員不嚴』，『下錦衣衛獄，尋釋之』（卷四十一）。以此推測，此文作於正統三年春的可能性較大。

② 卑抑：謙恭忍讓。退巽（xùn）：卑順，謙讓。

③ 黄冠野服：粗劣的衣着。借指平民百姓。有時指草野高逸。

④ 簪組：冠簪和冠帶。

⑤鈞衡：比喻國家政務重任。如：『朐抄本』作『加』，於意似更妥。

⑦夷猶：從容自得。

⑧驕蹇：傲慢，不順從。傲忽：傲慢。

⑨筋力：體力。

⑩政：通『正』。只，就。

⑪齊民：平民。

⑫檢省：檢驗查看。

⑬俯仰：一舉一動。造物者：特指創造萬物的神。

⑭『謙』句：見《周易・謙》。

⑮天道虧盈而益謙：見《周易・謙》之《彖》辭。

⑯象：指卦象。

⑰地中有山：見《周易・謙》之《象》辭。

⑱于德，弗嗣：見《尚書・舜典》。原句作『舜讓于德，弗嗣』。孔安國《傳》：『辭讓於德不堪，不能嗣成帝位。』

⑲『滿招損』句：見《尚書・大禹謨》。

⑳執競：謂自強不息。《詩经・周頌・執競》：『執競武王，無競維烈。』朱熹《詩集傳》：『競，強也。言武王持其自強不息之心，故其功烈之盛，天下莫得而競。』

㉑尚父：指周代呂望。『敬勝吉』二句：語出《太公兵法・武王踐阼》爲逸文。

㉒我無能焉：見《論語・憲問》：『子曰：「君子道者三，我無能焉：仁者不憂，知者不惑，勇者不懼。」子貢曰：「夫

子自道也。」

㉓『願無伐善』二句：見《論語·公冶長》。伐，誇耀。施，表白。

㉔『益賢』：底本作『亦有』，據『朐抄本』改。

㉕衛武公：姬姓，衛氏，名和，衛國第十一代國君，前812年—前758年在位。《詩經·大雅》中有《抑》篇，《毛詩序》以爲『衛武公刺厲王，亦以自警也』。《國語·楚語》：『昔衛武公年數九十有五矣，猶箴儆于國，曰：自卿士以下至師長士，苟在朝者，無謂我老耄而舍我，必恭恪於朝，朝夕以交戒我。聞一二之言，必誦志以納之，以訓道我。……於是乎作《懿》，戒以自儆也。』

㉖延息：指延長生命。

㉗賤息：對自己的謙稱。

㉘磬：通『罄』，全，遍。

㉙聃氏：指老子。

㉚『爲山九仞』二句：見《尚書·旅獒》。意思是説，堆九仞高的山，只差一筐土而未能成功。比喻做一件事只差最後一點努力未能完成。

㉛蓬蓽：『蓬門蓽户』的省語。用草、樹枝等做成的門户。形容窮苦人家所住的簡陋房屋。

㉜謝重器：謝璉。見卷二《送謝編修省母》注。

㉝外艱：指父喪或承重祖父之喪。起復：官員遭父母喪，守制尚未滿期而應召任職。

㉞史氏：史家，史官。